AF386738

# Lukas

## Der andere Ausweg

ALEXANDER BOOKEN

Roman

Bibliografische Information der
Deutschen Nationalbibliothek:
Die Deutsche Nationalbibliothek verzeichnet diese
Publikation in der Deutschen Nationalbibliografie;
detaillierte bibliografische Daten sind im Internet
über http://dnb.dnb.de abrufbar.



© 2024 Alexander Booken
Lektorat: David Hollmer und Sieglinde Hollmer
Korrektorat: Der letzte Schliff
Coverdesign: Andang Suhana
Verlag:
BoD · Books on Demand GmbH, In de Tarpen 42,
22848 Norderstedt, bod@bod.de
Druck:
Libri Plureos GmbH, Friedensallee 273, 22763 Hamburg
ISBN: 978-3-7597-4275-9

# Inhalt

# PROLOG - MEIN LEBEN

*Lukas*

Man durfte nicht auffallen, man durfte nicht anders sein. Ich durfte nicht anders sein, ich durfte nicht weiter auffallen. Ich war eh schon der Kleinste und Dünnste in meiner Klasse und fiel hierdurch in der Klasse sehr schnell auf. Zudem standen meine Haare, aufgrund mehrerer Wirbel, ständig in alle Richtungen ab.

Wenn man nicht so war wie der Durchschnitt, dann bedeutete das, dass man Aufmerksamkeit auf sich zog. Aufmerksamkeit von den gewaltbereiten Jungs dieser Schule. Von denen, die sich für die Chefs dieser Schule hielten und mit allem, was sie taten, gegen die Lehrer rebellierten.

Auch Tom musste man zu dieser Gruppe zählen. Er wiederholte die siebte Klasse in diesem Schuljahr und war somit einer der ältesten und größten Schüler in meiner Klasse.

Schulische Leistungen waren ihm gleichgültig. Zudem hatte es den Eindruck, dass sich Tom bei den Lehrern und gerade bei Herrn Müller alles erlauben konnte. Herr Müller schien nahezu machtlos gegenüber Tom zu sein.

Getrieben durch Tom rühmten sich einige in meiner Klasse damit, die schlimmste Klasse der ganzen Schule zu sein.

Cool musste man sein. Aber was genau waren die Kriterien für *cool*? Ich fand Patrik cool. Seine rötlichen kurzen Haare und leichten Sommersprossen verliehen seinem Gesicht etwas Mysteriöses und etwas Aufrührerisches.

Wir waren seit dem Kindergarten miteinander befreundet.

Im Kindergarten war es noch völlig gleichgültig gewesen, ob jemand groß, klein, dick, dünn, arm, reich, intelligent oder doof war. Eine Kategorie *cool* gab es in dem Alter noch nicht. Das, was damals für eine Freundschaft zählte, war, dass man zusammen lachen konnte.

Wir haben viel zusammen gelacht. Mit keinem anderen habe ich so viel lachen und erleben können, wie mit Patrik.

Patrik war auch noch mit Stephan und Uwe befreundet. Da wir vier häufig etwas zusammen unternahmen, bezeichnete ich auch Stephan und Uwe als meine Freunde. Das war aber nicht das Gleiche wie mit Patrik.

Das Ende des siebten Schuljahres änderte alles.

# Stundenplan

| Zeit | Montag | Dienstag | Mittwoch | Donnerstag | Freitag | Samstag |
|---|---|---|---|---|---|---|
| $7^{30} - 8^{15}$ | Werken | Physik | Kunst | WPF | Bio | Musik |
| $8^{20} - 9^{05}$ | Werken | Deutsch | Mathe | WPF | Englisch | Musik |
| $9^{15} - 10^{00}$ | Mathe | Deutsch | Deutsch | Englisch | Reli | Mathe |
| $10^{20} - 11^{05}$ | Reli | Englisch | AL | Mathe | Deutsch | Mathe |
| $11^{10} - 11^{55}$ | Chemie | Bio | Erdkunde | Deutsch | AG | |
| $12^{05} - 12^{50}$ | AWT | AL | Geschichte | Sport | AG | |
| | | | | | | |
| | | | | | | |

# DIE BEGEGNUNG MIT LUKAS

*Herr Kretschmann:* Montag

Heute hatten wir Montag, der Schulgong verkündete gerade das Ende der sechsten Stunde. In dieser letzten Stunde war es nicht immer ganz einfach, die Konzentration bei den Schülern aufrecht zu halten. Das war besonders zum Ende des Schuljahres der Fall, wenn bereits alle Arbeiten geschrieben waren, die Noten somit feststanden und das Wetter gut war. Ich glaubte aber, dass es mir heute ganz gut gelungen war.

Ich packte meine Sachen in meine Tasche und ging zur Tür des Klassenzimmers. Die meisten Schüler hatten bereits kurz vor mir den Klassenraum verlassen – nach der sechsten Stunde hatten sie es immer besonders eilig –, die letzten drei Schüler gingen soeben durch die Tür, neben der ich wartete.

„Einen schönen Feierabend, Herr Kretschmann", sagte Monika, während sie als Letzte an mir vorbei auf den Schulflur trat.

„Dankeschön, Monika. Ich wünsche dir auch einen schönen Nachmittag", antwortete ich und freute mich über die aufmunternden Worte von ihr. Dann schloss ich die Tür und machte mich auf den Weg zum Lehrerzimmer.

Ich ging an dem Klassenzimmer der 7a vorbei und sah, wie Tom bereits vor dem Klassenzimmer stand und hier mit seinen beiden Freunden rumflachste. Regulär unterrichtete ich nicht in der Klasse von Tom, ich durfte hier aber schon zwei Mal als Vertretung für Frau Gerlach Mathematik unterrichten. Bei diesen Stunden stachen zwei Schüler aus der großen Masse dieser Klasse hervor. Das war zum einen Tom, der in dieser Klasse mit Abstand der Größte und Stärkste war. Alleine dadurch war er in der Klasse stets präsent. Er war in der Klasse das, was man in der Welt der Tiere das Alphatier nennen würde. In der Schule umgaben ihn stets seine zwei Freunde, Carsten und Michael.

Für Tom lief es an dieser Schule zuerst nicht so gut. Er hatte das letzte Schuljahr wiederholen müssen, da er zu viele Fehlstunden gehabt hatte. Aufgrund der Fehlstunden war er auch notentechnisch weit abgesackt. Er durchlief die siebte Klasse somit bereits zum zweiten Mal. Allerdings schien ihm dieses Extrajahr gutgetan zu haben. Auch wenn er in den meisten Fächern eher unter dem Durchschnitt lag, schienen seine Stärken in Deutsch und Sport zu liegen.

Neben dem Klassenzimmer der 7a führte eine lange und gerade verlaufende Treppe hinunter in das Erdgeschoß. Ich ging um das Treppengeländer herum und schlenderte die ersten Stufen der Treppe herunter. Vor mir, ungefähr auf der Hälfte der Treppe, sah ich Lukas. Auch er ging in die 7a und auch er war mir in den Vertretungsstunden aufgefallen. Er war das komplette Gegenteil von Tom. Er war einer derjenigen, die ständig unter dem Radar blieben. Sehr ruhig und zurückgezogen. Bei diesen Schülern fragte man sich am Ende der Stunde, ob sie heute überhaupt da waren.

Lukas war der Kleinste und Zierlichste in seiner Klasse. Er war so schlank, dass ich mich mal bei dem Gedanken erwischt habe, ob ich seine Taille mit meinen beiden Händen (wohlgemerkt, mit den Händen, nicht mit den Armen) umfassen könnte. Aber ein wenig kräftiger war er wohl schon. Ich wagte aber zu bezweifeln, dass an dem Jungen auch nur ein Gramm

Fett war. Er wirkte dabei aber auch nicht mager, sondern eher drahtig.

Seine Haare waren fast immer ein wenig zerzaust. Besonders nach dem Schulsport standen seine Haare in alle Richtungen. Eine Frisur ließ sich hier dann nicht mehr erkennen.

Aber auch Lukas hatte Stärken. Davon durfte ich mir in den Vertretungsstunden bereits ein Bild machen. Er hatte ein ausgesprochenes Talent für Mathematik, und wie ich gehört hatte, war er auch in den technischen Fächern einer der besten Schüler dieser Schule. Ein kluger Kopf, wenn es um logische Zusammenhänge ging. Dafür aber sehr introvertiert. Sein einziger Freund in der Klasse war Patrik.

Patrik hingegen war in dem Klassenverband – wenn man in dieser Klasse denn von einem Klassenverband sprechen konnte – sehr beliebt. Durch Patrik hatte auch Lukas Anschluss in der Klasse.

Die Schwächen von Lukas hingegen lagen – wie bei mir – in den Sprachen und in der Rechtschreibung.


Ich sah, wie Lukas vor mir ganz langsam die Treppe hinunterging. Die erste Hälfte der Treppe hatte er bereits hinter sich, während ich mich anschickte, ihm zu folgen. Lukas hielt sich mit der linken Hand an dem Treppengeländer fest und nahm ganz vorsichtig Stufe für Stufe.

Tom und seine Freunde stürzten auf der Treppe an mir vorbei, und nach wenigen Sekunden war Tom auf der Höhe von Lukas.

„Platz da, du Arsch!", rief Tom in Lukas' Richtung, noch ehe er ihn erreicht hatte, und rempelte ihn an. Lukas strauchelte, konnte sich aber am Treppengeländer festhalten.

Ich war leicht entsetzt. Die Treppe wäre durchaus breit genug gewesen, sodass alle nebeneinander die Treppe hinuntergehen hätten können.

„Tom!", brüllte ich ihm hinterher. Mein Ruf verhallte ungehört auf dem Schulflur unter dem Getöse der anderen Schüler. Wie erstarrt blieb Lukas stehen, während Tom die Treppe weiter runterlief. Lukas ging vorsichtig weiter. Ich schloss schnell auf.

„Hallo, Lukas. Das sieht heute aber gar nicht rund aus, wie du hier die Treppe runtergehst. Was ist passiert?", fragte ich ihn, als ich mit ihm auf gleicher Höhe war.

„Ich habe Muskelkater in den Beinen", antwortete Lukas leise und hielt sich dabei am Treppengeländer fest.

„Oh, vom Sport? Was machst du? Spielst du Fußball?", fragte ich weiter.

„Ich hatte eine Wette mit meinem Bruder … Wer die meisten Kniebeugen schafft", antwortete Lukas ausweichend.

Ich fragte mich, wie viele Kniebeugen er wohl machen musste, um bei seinem Gewicht einen Muskelkater zu bekommen, der ihn zu einem solch vorsichtigen Gang zwang. Lukas sah verlegen an mir vorbei in die Weite des Flures.

„Ist mit dir und Tom alles in Ordnung?"

„Ja", antwortete Lukas kurz.

Es hatte den Anschein, dass Lukas die Unterhaltung unangenehm war. Ich wollte ihn nicht weiter quälen und schloss das Gespräch mit den Worten ab:

„Na dann … Da hilft nur, in Bewegung bleiben, auch wenn es schmerzt. Ich wünsche dir noch einen schönen Tag."

Von der Seite sah ich noch, wie Lukas verlegen lächelte, dann setzte ich meinen Weg zum Lehrerzimmer fort.

Auf dem Flur, vor dem Gang zum Lehrerzimmer, kam mir Herr Gottwald, unser Hausmeister, entgegen. Ich konnte mich nicht daran erinnern, dass ich schon mal gesehen hätte, wie sich Herr Gottwald gefreut hat. Er war wohl chronisch schlecht gelaunt. Durch seine grummelige und leicht aufbrausende Art hatte er sich zum favorisierten Ziel einiger Schüler gemacht, die ihm mit Freude immer wieder Streiche spielten.

Das, was an Herrn Gottwald aber besonders auffällig war, das war seine Frisur. Was er wohl zu seinem Friseur sagte, wenn er da hinging? ‚Wie immer. Einmal *Bär im Schritt* bitte.‘ Leicht lockig, immer fettig und an einigen Stellen schon etwas licht.

Es ist nicht so, dass ich einem Bären schon mal in den Schritt gesehen hätte, aber genau so stellte ich mir das da vor.

„Guten Tag, Herr Gottwald“, begrüßte ich ihn freundlich. Er sah mich an, hob grüßend die Hand und entgegnete ein einfaches und monoton ausgesprochenes „Hallo.“

Ich glaubte, dass er sich meinen Namen bis jetzt noch nicht merken konnte. Wieso auch. Wir hatten in der Regel ja nicht ganz so viel miteinander zu tun.

„Was ist los mit Ihnen? Wieso sind sie so schlecht gelaunt?“, fragte ich höflich.

„Die Jugend von heute ist nicht mehr so wie früher, sage ich Ihnen. Die haben keinen Respekt! Keinen Respekt vor anderen Menschen und keinen Respekt vor der Leistung anderer Menschen“, wetterte Herr Gottwald. Ich sah ihn verwundert an.

„Auch in dieser Generation gibt es solche und solche. Das war schon zu unserer Zeit so und das wird auch in Zukunft so sein“, antwortete ich diplomatisch.

„Ich weiß nicht, was Sie in Ihrer Jungend so alles gemacht haben, aber bei uns gab es so etwas nicht.“

„Was ist denn …?“, ich konnte meine Frage nicht ganz stellen, da wetterte Herr Gottwald schon weiter:

„Haben Sie das mit der Jungentoilette mitbekommen? Die haben heute wieder das Waschbecken zum Überlaufen gebracht! Hübsch Toilettenpapier im Waschbecken drapieren, Wasserhahn aufdrehen und weglaufen. Sehr witzig! Wenn ich die erwische, die werden sich eine neue Schule suchen dürfen! Und das ist nicht das erste Mal, dass die Plagen so was tun. Das war letzte Woche auch schon.“

So langsam redete er sich in Rage. Ich hatte keine Gelegenheit, ihn in seinem Redefluss zu unterbrechen.

„Aber die letzte Woche war ohnehin etwas ganz Besonderes!“ Bei diesen Worten hob er seinen Zeigefinger an und legte eine kurze Pause ein. Hier hätte ich die Gelegenheit gehabt, etwas zu sagen, aber ich war zu überrascht. Außerdem vermutete ich, dass er seine Ausführungen gleich noch weiter fortführen würde. Was er dann auch tat:

„Die kotzen jetzt auch noch in die Räume! Tür auf, reinkotzen, noch ein wenig verwischen und wieder verschwinden. Und wer darf sich dann darum kümmern, dass der ganze Scheiß wieder weggemacht wird? Früher gab es so etwas nicht!“

„Woher wissen Sie, dass das ein Schüler war?“, fragte ich vorsichtig.

„Wollen Sie damit andeuten, dass mir einer der Lehrer letzte Woche Donnerstag in die Bibliothek gekotzt hat?“ Bei diesen Worten sah mir Herr Gottwald sehr eindringlich in die Augen.

„Nein, natürlich nicht“, entgegnete ich schnell und fühlte mich zunehmend unwohl bei diesem Gespräch. „Im Übrigen bin ich mir sicher, dass die Kollegen andere Wege gefunden hätten, um zu kommunizieren, dass sie die geschlossene

Bibliothek zum Kotzen finden", ergänzte ich scherzhaft und erlaubte mir ein vorsichtiges Lachen. Herr Gottwald schien für diesen Scherz gerade wenig empfänglich zu sein. Er sah mich böse an.

Der Hausmeister hätte im späten Mittelalter mit Sicherheit auch einen guten Inquisitor abgegeben. Er war einer, der sofort jedes Wort auf die Goldwaage legte und daraus die unmöglichsten Schlüsse zog.

Mit einem „Wenn Sie erlauben, mir läuft etwas die Zeit davon" versuchte ich, mich aus der unangenehmen Situation zu befreien, und sah dabei auf meine Armbanduhr.

„Ja, natürlich", antwortete Herr Gottwald langgezogen und neigte seinen Kopf dabei leicht zur Seite.

Während ich meinen Weg fortsetzte und mich somit von ihm entfernte, fühlte ich mich beobachtet.


Vom Schulflur bog ich ab in den Gang, der zum Lehrerzimmer führte. Jetzt war ich außer Sicht von Herrn Gottwald und fühlte mich sofort befreit von seinem Blick. Nach etwa fünf Metern lag auf der rechten Seite dieses Ganges die Tür zum Lehrerzimmer. Der Gang verlief dann nach links weiter zum Büro unseres Rektors Herr Neumann und zum Sekretariat der Schule, in dem sich Frau Gesierich um alles Organisatorische kümmerte.

Geradeaus, direkt neben der Tür vom Lehrerzimmer, war ein weiteres Büro. In diesem Büro saß Manuela Schaub, die vor etwa einem Jahr unsere Konrektorin geworden war. Die Tür zu ihrem Büro stand offen, und ich sah, wie sie entspannt in ihrem Stuhl vor ihrem Schreibtisch saß und telefonierte. Manuela sah mich und hob grüßend die Hand. Ich grüßte zurück.

Sie war nur wenige Jahre älter als ich. Ich mochte sie. Bei ihr merkte man, dass sie ihren Beruf liebte. Sie war für Neues immer zu haben und scheute sich nicht, auch mal unbequeme Wege zu gehen, wenn sie zum Ziel führten. Sie war sehr einfallsreich, was die Unterrichtsgestaltung anging, und war aus diesem Grund bei den Schülern sehr beliebt.

Aber natürlich gab es an dieser Schule auch bei den Lehrern die andere Seite des menschlichen Daseins. Der komplette Gegensatz zu Manuela war Herr Müller. Ich schätzte sein Alter auf etwa 58 Jahre, das war aber aufgrund seiner Körperfülle nur schwer zu sagen. Herr Müller war in allem, was er machte, sehr eingefahren. Alles musste so bleiben, wie es schon immer war. Er war der Meinung, dass sich diese Methoden über all die Jahre bewährt hatten und dass man aus diesem Grund nichts daran ändern durfte.

Er galt als sehr streng und nicht immer ganz fair. Es war schon mehrfach vorgekommen, dass sich Schüler bei mir beschwert hatten, weil sie sich von ihm ungerecht behandelt fühlten.

Ich öffnete die Tür vom Lehrerzimmer und ging zu meinem Platz. Auf dem Tisch lag hier der Stapel mit den Arbeiten, die ich in der fünften Stunde hatte schreiben lassen und die ich heute noch korrigieren musste. Ich steckte die Arbeiten in meine Tasche und machte mich auf den Heimweg.

# DIE TAT

*Lukas:* Donnerstag, eine Woche zuvor

Es war schon erstaunlich, wie langweilig Schule sein konnte. Diese Langeweile stand nahezu jedem Schüler ins Gesicht geschrieben. Besonders in den späteren Stunden fiel es doch sehr schwer, wach zu bleiben. Das Einzige, was bei dem monotonen Gebrabbel von Herrn Müller Abwechslung versprach, das war die Fensterfront zu meiner Linken. Draußen war es warm. Nicht so warm, wie es eigentlich Mitte Juni sein sollte, aber immerhin war es schon deutlich wärmer als in der vergangenen Woche. Es war allerdings auch windig geworden. Die Böen hatten es mir heute bei der Fahrt mit dem Fahrrad zur Schule nicht leicht gemacht.

Ich sah aus dem Fenster. Der Ellenbogen meiner rechten Hand ruhte auf der Tischplatte, mit der rechten Hand stützte ich meinen Kopf.

Die Blätter an den Bäumen zappelten in den Böen. Bei meinem Glück würde der Wind bis zum Schulschluss drehen, sodass ich auch auf dem Heimweg gegen den Wind ankämpfen müsste. Aber zuerst musste ich diese Stunde überstehen. Ich sah auf meine Uhr.

Es gab Stunden, die zogen sich richtig in die Länge, und umso öfter man auf die Uhr sah, umso langsamer schien die Zeit zu vergehen. Zum Glück hatten wir heute nach der fünften Stunde frei. In der sechsten Stunde hätten wir eigentlich Sport gehabt, da unser Sportlehrer Herr Ehlers aber krank war und scheinbar keine Vertretung gefunden werden konnte, hatten wir die sechste Stunde frei bekommen. Da die fünfte Stunde bereits begonnen hatte, war ein Ende in Sicht.

Aber wie sollte ich diese äußerst ermüdende Deutschstunde bei Herrn Müller jemals überstehen?

Wieder sah ich auf die Uhr.

Welchen Sinn machte es, Deutsch in einer Schule in Deutschland zu unterrichten? Wir konnten alle deutsch. Wofür musste man wissen, was ein Genitiv-, Dativ- oder Akkusativobjekt war? Das würde ich nie verstehen. Es gab sogar Menschen, die studierten Deutsch, und das mit Sicherheit nur, um später Schüler damit in der Schule quälen zu dürfen. Was waren das nur für Menschen, was war das nur für eine Welt? Gerade Herr Müller hatte eine besondere Freude dabei, uns mit seinem Fach zu langweilen.

Wieder sah ich auf die Uhr an meinem linken Handgelenk. Es waren gerade mal dreißig Sekunden vergangen, seit ich das letzte Mal auf meine Armbanduhr gesehen hatte. Das konnte doch nicht sein? Die Uhr musste kaputt sein. Konnte eine digitale Uhr mit LCD-Anzeige überhaupt kaputtgehen? Klar, irgendwann war die Batterie leer. Aber kaputt? Die Sekunden sprangen noch um, die Uhr war also nicht kaputt. Aber waren die Sekunden vorhin auch schon so langsam vergangen?

Ich beobachtete die Sekundenanzeige auf meiner Uhr.

26 …

27 ……

28 ………

Das wurde immer langsamer!

„Lukas!"

Ich schreckte hoch. Herr Müller stand an der Tafel und sah mit einem sehr wütenden Gesichtsausdruck in meine Richtung.

„Ich habe nicht das Gefühl, dass du heute sonderlich bei der Sache bist. Ich erwarte von dir, dass du meinem Unterricht etwas mehr Aufmerksamkeit schenkst, Lukas!", warf mir Herr Müller laut und bestimmt entgegen.

„Aber ich habe doch aufgepasst", versuchte ich mich aus meiner misslichen Lage zu befreien. Herr Müller trat einen Schritt in meine Richtung und verschränkte die Arme hinter seinem Rücken. In dieser Haltung kam sein dicker Bauch ganz besonders gut zur Geltung. Schließlich neigte er seinen Kopf leicht zur Seite und sagte: „Dann wirst du mir sicherlich verraten können, was ich gerade gesagt habe, oder?"

Jetzt war ich am Arsch. Schnell sah ich an die Tafel, um Aufschluss über das mögliche Gesagte zu erlangen. Da war alles vollgeschrieben, verstehen tat ich davon auf die Schnelle allerdings nichts. Verzweifelt sah ich zu Patrik, der zu meiner Rechten an meinem Tisch saß. Dieser sah verlegen an die Tafel. Von ihm konnte ich mir also keinen Hinweis erhoffen. Wahrscheinlich war er, wie auch alle anderen in der Klasse, froh, dass es nicht ihn selber getroffen hatte. Ich sah wieder zu Herrn Müller. Ich musste jetzt eine Entscheidung treffen: Entschuldigen oder in die Offensive gehen.

„Ich habe nur ganz kurz auf meine Uhr gesehen." Das war mein verzweifelter Versuch der Offensive.

„So …? Wie spät ist es denn?", fragte mich Herr Müller sehr provokativ.

Wie ich die Selbstsicherheit der Lehrer hasste!

Ich konterte mit einem wenig geschickten: „Was?" Woher sollte ich das denn wissen? Hatte der keine anderen Probleme? Wer merkt sich denn die Uhrzeit, wenn er auf die Uhr sieht? Außerdem hatte ich nur noch auf die Sekunden geachtet.

„Du wirst nachher, wenn es geklingelt hat, sitzen bleiben!", sagte Herr Müller und sah mich mit seinem ständig grimmigen Gesicht an. Die Hoffnung auf einen baldigen Schulschluss brach in mir zusammen. Hoffentlich musste ich nicht nachsitzen. Hätte ich mich bloß für die Entschuldigung entschieden.

Ich tat einen Augenblich so, als hätte Herr Müller meine ganze Aufmerksamkeit. Nach einigen Minuten sah ich mich dann in dem Klassenzimmer um. Wie vermutet kämpften die meisten meiner Klassenkameraden mit dem Schlaf und mit der Schwere ihrer Köpfe.

Ich saß zusammen mit Patrik an einem ziemlich mittig gelegenen Tisch, etwas näher an der Fensterfront. In diesem Moment wünschte ich mir, dass ich einen Platz weiter hinten gehabt hätte. In den hinteren Reihen schien man völlig unbehelligt dösen zu können. Hinter mir und Patrik saßen Tom, Carsten und Michael. So wie die aussahen, hatten die von dem Unterricht noch weniger mitbekommen als ich. Garantiert hatten die aber mitbekommen, dass ich nach dem Unterricht noch bleiben musste.

Der Rest der Stunde verging noch langsamer.

Endlich läutete es aber doch noch, und langsam erwachte die Klasse aus ihrem Halbschlaf. Alle fingen an, ihre Schulsachen zurück in ihre Schultaschen zu räumen.

Mit einem „Die Bücher braucht ihr mir heute nicht zurück auf das Pult legen. Lukas ist heute so freundlich und sammelt die Bücher für euch ein", verabschiedete Herr Müller den Rest der Klasse. Danach wandte sich Herr Müller noch an die letzte Schülerin, die noch nicht hatte flüchten können; abgesehen von ihr waren nur noch ein paar Jungs da. „Saskia, machst du bitte noch die Fenster bei dir auf?"

Herr Müller fing an, seine Tasche zu packen. Patrik verabschiedete sich mit einem leisen „Na, ist doch halb so wild" von mir und verließ zusammen mit meinen anderen Klassenkameraden das Klassenzimmer.

Bücher einsammeln? Das konnte noch nicht die ganze Strafe für meine Unachtsamkeit gewesen sein. Bestimmt würde gleich noch eine sehr ausführliche Belehrung darüber kommen, wie wichtig es doch sei, seinem Unterricht aufmerksam zu folgen. Damit diese Belehrung nicht ausartete, wollte ich die mir aufgetragene Aufgabe schnellstmöglich erledigen.

Nachdem ich meine Sachen in meinen Schulranzen gepackt hatte, sah ich mich in dem Klassenzimmer nach den Büchern um. Im hinteren Teil des Klassenzimmers stand nur noch Tom mit seinen beiden Freunden. Er hatte eines der Bücher in der Hand, die ich einsammeln sollte, und grinste mich an. Was hatte er vor? In der Regel war er immer der Erste, der nach dem Gong durch die Tür ins Freie stürzte.

Nachdem er sich sicher war, dass ich ihn sah, beugte er seinen Kopf vor und spuckte auf den gelben Einband des Buches. Ich war entsetzt! Ich drehte mich zu Herrn Müller um. Dieser hatte sich gerade von uns abgewendet und schüttelte etwas aus einer kleinen Plastikflasche in seine linke Hand. Er hatte das von Tom nicht gesehen. Ich sah wieder zu Tom. Dieser drehte sich nach hinten um und legte das Buch mit der Spucke ganz oben auf das Regal hinter sich. Wieder drehte ich mich zu Herrn Müller um. Dieser führte seine linke Hand zum Mund und schien das gerade aus der Plastikflasche Separierte schlucken zu wollen.

Ich wandte mich wieder Tom und dem Regal zu. Das Buch lag zu weit oben, als dass ich da hätte rankommen können. Tom war locker einen Kopf größer als ich.

Lachend und begleitet von Carsten und Michael verließ Tom das Klassenzimmer. Michael gab der Tür vom Klassenzimmer hinter sich noch einen Stoß, eine Böe durch die geöffneten Fenster verhinderte aber, dass sich die Tür schloss.

Ich sammelte nur die Bücher auf den Tischen ein. Ich hatte die Hoffnung, dass es nicht auffallen würde, wenn ein Buch fehlte.

In der Zwischenzeit durfte ich mir anhören, wie wichtig es doch sei, dem Unterricht aufmerksam zu folgen und seine Aufgaben stets gewissenhaft zu erledigen.

Ich legte die eingesammelten Bücher auf das Lehrerpult.

„Kann ich jetzt gehen?", fragte ich vorsichtig. Herr Müller sah kritisch auf die Bücher. Er schien die Bücher zu zählen.

„Da fehlt ein Buch!" Voller Wut sah mich Herr Müller an. „Das ist genau das, was ich gerade meinte! Du musst deine Aufgaben sorgfältiger erledigen. Sonst wirst du nicht sehr weit kommen im Leben!", wetterte er weiter.

Ich tat so, als würde ich mich in dem Klassenzimmer umsehen.

„Sind Sie sicher, dass eines fehlt?", fragte ich zögernd.

„Natürlich bin ich mir sicher!" Auch er sah sich in dem Raum um. Leider waren die Bücher in ihrer gelben Farbe sehr auffällig, und so dauerte es nicht lange, bis Herr Müller das fehlende Buch entdeckte.

„Da oben auf dem Regal", sagte er triumphierend und zeigte mit seiner rechten Hand auf das Buch mit der Spucke. Ich ging zu dem Regal und Herr Müller setzte seine sehr emotional geführten Belehrungen über Aufmerksamkeit und Sorgfalt fort.

Ich schob einen Stuhl von den Schultischen an das Regal, stieg auf den Stuhl und hob meine Arme, damit ich an das Buch kommen konnte. Ich spürte, wie sich auch mein T-Shirt mit dem Heben meiner Arme anhob und so einen Teil meines Bauches und meines Rückens freilegte, und wie eine Böe durch das offene Fenster an meinem Rücken vorbeizog.

Ich schob das Buch seitlich von dem Regal auf meine Hand. Auf keinen Fall wollte ich das Buch oben auf dem Einband – bei der Spucke – anfassen. Als das Buch auf meiner Hand lag, stieg ich wieder von dem Stuhl und sah zu Herrn Müller.

Herr Müller starrte in meine Richtung. Ich hatte nicht mitbekommen, wann er mit seinen Belehrungen geendet hatte. Ich ging zurück zum Lehrerpult. Herr Müller sagte in dieser Zeit nichts. Er starrte mich einfach nur an.

Um den Anschein zu erwecken, dass ich seinen Worten gefolgt war, meinte ich: „Bitte entschuldigen Sie. Ich werde mir zukünftig mehr Mühe geben.“

Ich legte das Buch mit der Spucke auf dem Lehrerpult neben den anderen Büchern ab. Die Spucke glänzte in der Mittagssonne. Eigentlich ein ganz hübscher Anblick, wenn es nicht so eklig wäre.

Herr Müller hatte die Spucke scheinbar nicht bemerkt. Wahrscheinlich hielt er meinen gesenkten, auf die Spucke fokussierten Blick für Reue. Was für ein Idiot! Er wandte den Blick von mir ab, nahm einen Stapel Bücher in seine Hand und klatschte diesen Stapel auf das Buch mit der Spucke. Was für eine Sauerei! Entsetzt sah ich auf mein T-Shirt, um mich zu vergewissern, dass hier nichts von dem Sekret hingespritzt war. Mein T-Shirt war sauber. Dann sah ich zu Herrn Müller, der starrte mich nur an. Er hatte scheinbar keine Ahnung von dem, was er da gerade getan hatte.

Wenn wir die Bücher beim nächsten Mal im Unterricht benutzen müssten, dann würde ich mir mein Buch aber ganz penibel aussuchen!

„Du wirst mir dabei helfen, die Bücher runter in die Bibliothek zu bringen", ordnete Herr Müller streng an und beendete
damit meine Hoffnung, dass ich mich jetzt auf den Heimweg
machen durfte.

Herr Müller nahm einen Bücherstapel – den Stapel ohne
Spucke – in die eine Hand und seine Tasche in die andere.
Dann sah er mich auffordernd an.

„Na los! Schnapp dir deine Sachen und den andern Bücherstapel! Ich habe nicht den ganzen Tag Zeit."

Ich schulterte meinen Schulranzen, hängte mir meine Sporttasche um und musterte im Anschluss den unteren Teil des Bücherstapels. Es war keine Spucke an den Rändern der unteren
Bücher zu sehen. Zumindest nicht von dieser Seite. Ich schob
den Stapel Bücher an den Rand des Lehrerpultes, stützte die
oberen Bücher mit meinem Kinn ab und fasste mit beiden Händen unter das unterste Buch. Schließlich folgte ich Herrn Müller mit den Büchern vor meiner Brust. Er verschloss noch die
Tür des Klassenzimmers, dann gingen wir zur Bibliothek.

Unser Klassenzimmer lag im ersten Obergeschoss. Die
Räume, in denen das Arbeitsmaterial der Lehrer aufbewahrt
wurde – und dazu gehörte auch die Bibliothek – lagen im Erdgeschoß in der Nähe vom Lehrerzimmer.

Ich habe mich immer gefragt, wieso dieser Raum Bibliothek
genannt wurde. Für mich war eine Bibliothek immer ein Gebäude, in dem man sich Bücher ausleihen konnte. Nach meinem Kenntnisstand wurde dieser Raum aber nie von einem
Schüler betreten, um sich hier ein Buch auszuleihen. Ich rätselte sogar, ob diese Bibliothek mehr Bücher enthielt als die
Bücher, die wir jetzt gerade wieder zurückbrachten. Wenigstens dieses Rätsel sollte in Kürze gelöst werden.

Ich achtete den ganzen Weg darauf, dass die unteren Bücher nicht zu nahe an mich herankamen, während ich die oberen Bücher weiter mit dem Kinn abstützte.

Herr Müller ging zielstrebig zum Materialraum, der rechts neben der Bibliothek lag, drückte die Türklinke herunter und öffnete die Tür.

„Geh da rein!", sagte er leise, aber bestimmt. Ich blieb vor der geöffneten Tür stehen.

„Hä? Müssen die Bücher nicht in die Bibliothek?", fragte ich skeptisch und sah, während ich die Bücher weiter mit dem Kinn balancierte, zu der Tür vom Nebenraum. Über dieser Tür thronte stolz ein Schild mit dem Namen Bibliothek.

„Die kann ich da gleich auch reinbringen", wich Herr Müller aus und ergänzte wenige Sekunden später: „Die Tür muss ich erst aufschließen."

Diese Argumentation widersprach jeder Logik. Wenn die Bücher in die Bibliothek müssen, dann musste er die Tür in jedem Fall aufschließen. Welchen Unterschied machte es also, dies nicht jetzt gleich zu machen? Wieso sollte ich zuerst in den Materialraum gehen? Hinzu kam, dass ich das Rätsel um die Bibliothek lösen wollte.

Ich zögerte weiter und sah stur zur Tür der Bibliothek.

Herr Müller schloss die Tür vom Materialraum wieder, ohne diese abzuschließen, und ging zur Tür mit dem Schild Bibliothek.

Er stellte seinen Bücherstapel und seine Tasche auf dem Fußboden ab, wühlte in seiner rechten Hosentasche nach dem Schlüsselbund, schloss die Tür auf und öffnete diese weit.

Durch einen Wink mit seinem Kopf deutete er mir an, zuerst in den Raum zu gehen.

Die Fenster im hinteren Teil der Bibliothek führten auf den Innenhof der Schule und waren mit Milchglas versehen. Dadurch wirkte das Licht in diesem Raum stets dämmrig. Das verlieh dem Raum eine geheimnisvolle Atmosphäre. Vor dem Fenster, mit gebührendem Abstand zur Fensterfront, stand ein massiver Schreibtisch aus dunklem Eichenholz. Auf dem Schreibtisch ruhte ein hölzerner Karteikasten, dessen Ecken durch jahrelange Benutzung abgerundet waren. An den Wänden links und rechts standen Regale, die mit Büchern gefüllt waren. Da dieser Raum so gut wie nie gelüftet wurde, wirkte es leicht stickig und man roch das Linoleum vom Fußboden.

Ich trat ein paar Schritte in den Raum und drehte mich zu Herrn Müller um. Ich wusste nicht, wo ich die Bücher abstellen sollte, und die Bücher wurden langsam richtig schwer. Er sah sich noch auf dem Flur um und kam schließlich auch in die Bibliothek. Er schloss die Tür, stellte seine Tasche neben der Tür ab und zeigte mit der freigewordenen Hand auf ein Regal hinter mir. Das Licht schaltete er nicht ein. Es blieb dämmerig. Ich drehte mich in die Richtung, in die er gezeigt hatte. In dem Regal standen bereits einige der gelben Bücher.

„Stell die Bücher zurück in das Regal!", forderte mich Herr Müller auf.

Um meine Arme zu entlasten, stellte ich die Bücher zunächst auf dem Fußboden ab. Im Anschluss stellte ich auch meinen Schulranzen und meine Sporttasche ab.

Ich ließ meinen Blick durch die Bibliothek schweifen. Die Regale waren gefüllt mit einer schier unzählbaren Anzahl an Büchern. An der obersten Borte eines jeden Regales wies ein großes Schild auf das Genre der Bücher hin, die in diesem Regal zu finden waren. Auf den Regalborten, unter den jeweiligen Büchern, zeigten weitere Schilder die Namen der Autoren, die diese Werke verfasst hatten. Alle Buchrücken waren im unteren Bereich mit einem weißen Streifen mit einer Registernummer versehen. Mit Ausnahme der Bücher, die wir für den Deutschunterricht verwendet hatten, schien nicht ein weiteres Buch zu fehlen. Ich war mir aber sicher, dass jedes einzelne Buch in der Bibliothek spannender war als die gelb-roten Bücher, mit denen wir im Deutschunterricht gequält wurden.

Ich fing an, die Bücher nacheinander in das Regal einzusortieren. Herr Müller stellte den Stapel, den er getragen hatte, neben den meinen und deutete mir mit einem Winken seiner Hand an, dass ich mich beeilen sollte. Er stellte sich hinter mich und sah mir dabei zu, wie ich die Bücher in das Regal einsortierte. Es fühlte sich komisch an, von ihm beobachtet zu werden.

Bei den beiden unteren Büchern aus meinem Stapel achtete ich darauf, dass ich die Bücher zusammen in das Regal stellte. Nach einer Woche müssten die doch bestimmt gut zusammenkleben.

Ich sah kurz zu Herrn Müller.

Mit einem „Nur zu, du bist noch nicht fertig!" trieb mich dieser zum Weitermachen an. Meine Sorgfalt bei diesen zwei Büchern hatte er scheinbar nicht bemerkt.

Als ich das letzte Buch im Regal verstaut hatte, da stand Herr Müller direkt hinter mir und legte seine rechte Hand auf meine Schulter. Ich hatte nicht bemerkt, dass er dichter an mich herangekommen war. Ich erschrak und zuckte zusammen. Diese körperliche Nähe zu Herrn Müller war mir äußerst unangenehm.

„Das hast du gut gemacht, Lukas", lobte er mich, und es klang tatsächlich aufrichtig. Vielleicht sogar ein bisschen zu aufrichtig. Aus dem Augenwinkel sah ich, wie er übertrieben nickte. Die ganze Szene wirkte komisch auf mich.

„Ich halte große Stücke auf dich, auch wenn ich oft sehr streng mit dir bin. Glaube mir, du bist etwas Besonderes."

Was war das denn? Ich trat einen Schritt nach rechts in den Raum und drehte mich dabei schnell um seine Hand herum, um mich aus seiner Berührung zu winden. Seine Hand löste sich dabei endlich von meiner Schulter. Ich trat einen Schritt zurück und ließ Herrn Müller nicht mehr aus den Augen.

„Du brauchst vor mir keine Angst zu haben", sagte er sanft und trat in einer Schnelligkeit, die ich ihm mit seiner Fülle nicht zugetraut hätte, auf mich zu. Jetzt legte er mir seine beiden Hände auf die Schultern und schloss seine Hände. Dieser Griff war stärker. Es schmerzte an den Schultern. Was hatte er vor?

Der Gong läutete bereits zur sechsten Stunde. Herr Müller achtete nicht darauf.

„Weißt du …, ich bin eigentlich ein ganz netter Kerl", sagte Herr Müller sehr ruhig. „Wir könnten Freunde sein."

Ich sah ihn entsetzt an.

„Jeder kann Freunde gebrauchen. Und ich glaube, ganz so viele Freunde hast du nicht, oder? Patrik hat dich vorhin im Stich gelassen. Er ist nicht dein Freund. Ein richtiger Freund hätte dir in der Situation geholfen. Ich hätte dir geholfen, wenn du mein Freund gewesen wärest. Das Leben kann so viel einfacher sein, wenn man einen seiner Lehrer zum Freund hat, denkst du nicht auch?"

Nach den Worten zog mich Herr Müller an den Schultern zu sich heran und öffnete seine Arme für eine Umarmung. War mir die körperliche Nähe, als er mir seine rechte Hand von hinten auf die Schulter gelegt hatte, schon unangenehm gewesen, so überfiel mich jetzt ein Gefühl des abgrundtiefsten Ekels. Bevor er die Umarmung schließen konnte, versuchte ich mich durch ein schnelles Ducken aus der kommenden Umarmung zu befreien. Er erkannte meine Absicht, senkte ebenfalls seine Arme und stoppte meinen Fluchtversuch. Er umarmte mich und kam mit seinem Mund ganz nahe an mein Ohr.

„Ich mag dich wirklich sehr", raunte er beruhigend in mein Ohr. Jetzt bekam ich Angst. Mein Puls fing an zu rasen. Ich versuchte mich durch schnelle, ruckartige Bewegungen aus der Umarmung zu befreien. Ohne Erfolg. Herr Müller verstärkte seine Umklammerung.

„Das ist ganz normal unter Freunden, wenn man sich umarmt. Da ist überhaupt nichts dabei."

Nachdem er das gesagt hatte, hielt mich sein linker Arm weiter umklammert und seine rechte Hand schob sich hinter meinem Rücken langsam unter mein T-Shirt. In mir stieg blanke Panik auf. Erneut versuchte ich mich über eine schnelle Drehung aus seiner Umarmung zu befreien.

Ich war zu klein für mein Alter. Ich war zu schwach für mein Alter. Ich war noch ein Kind. Ich hatte Herrn Müller körperlich nichts entgegenzusetzen. Seine Umklammerung mit dem linken Arm hielt. Mein Atem ging schneller, die Angst ließ mich erstarren.

Er legte mir seine kalte rechte Hand auf den Rücken und schob diese unter meinem T-Shirt hoch bis zwischen meine Schulterblätter. Ich spürte seine kalte Hand auf der Haut auf meinem Rücken. Herr Müller musste meine Panik und meine Angst gespürt haben.

„Ruhig Lukas, du brauchst keine Angst zu haben. Ich werde dir nicht wehtun. Du bist ein guter Junge", meinte er beruhigend. Dabei klopfte er mir sanft mit seiner kalten rechten Hand auf meinen Rücken, seine Wange schmiegte sich an mein Haar.

Ich schrie!

Scheinbar irritiert von dem Schrei neben seinem Ohr lockerte Herr Müller seine Umarmung etwas. Ich spürte die kurze Schwäche in seiner Umarmung und ließ mich nach unten sacken. Dabei stieß ich mich gleichzeitig mit beiden Armen von Herrn Müller nach unten ab. Er hatte immer noch seine rechte Hand unter meinem T-Shirt. Der Lehrer versteifte seinen rechten Arm, um mich am T-Shirt abfangen zu können, und so schob sich mein T-Shirt, während ich mich nach unten sacken ließ, über meinen Kopf und meine Arme. Dann ließ er mein T-Shirt los, um erneut nach mir greifen zu können.

Durch die plötzliche Freiheit verlor ich das Gleichgewicht und fiel rücklings zu Boden.

Ich konnte den Sturz nicht mit den Armen abfangen, da diese in dem T-Shirt gefangen waren.

Ich schlug zuerst mit dem seitlichen Rücken und dann mit dem Hinterkopf auf dem Boden auf. Mir wurde übel – und dann wurde es dunkel.

# DAS DANACH

*Lukas:* Donnerstag

Mir war kalt.

Ich hatte Kopfschmerzen.

Ich öffnete die Augen und sah in das Halbdunkel der Bibliothek. Alles wirkte leicht verschwommen.

Ich lag auf meiner linken Seite auf dem Fußboden und roch den so typischen Linoleumgeruch der Schulfußböden. Mein Oberkörper war nackt. Ich spürte auch die Kälte des Linoleumfußbodens.

In meinem Kopf pulsierte bei jedem Herzschlag ein dröhnender Schmerz. Mir wurde übel. Langsam hob ich den Kopf, stützte mich dabei mit der rechten Hand ab und drückte meinen Oberkörper hoch.

Dieser Geruch!

Da war noch etwas anderes. Schweiß, es roch nach ekligem Schweiß. Die Übelkeit wurde stärker und in meinem Mund begann sich der Speichel zu sammeln. Ich neigte mich vor und übergab mich.

Wieder die Kopfschmerzen! Bei jedem Herzschlag schwollen sie an, aber die Übelkeit ließ nach. Mit dem Handrücken meiner rechten Hand wischte ich mir den Mund ab.

Ein Hand schlang sich, von rechts hinter mir, seitlich um meinen nackten Brustkorb und zog mich zurück in die liegende Position. Ich war nicht alleine!

„Das ist nicht so schlimm. Ich mache das gleich weg", kam es tröstend und butterweich von Herrn Müller direkt hinter mir. Mein Puls fing an zu rasen. Ich hatte Angst. Seine Hand fuhr hoch zu meinem Kopf und strich mir durch das Haar.

Ich war wie gelähmt. Ich konnte nur noch in kurzen und schnellen Zügen atmen. Was war geschehen? Ich musste bewusstlos gewesen sein!

„Ruhig. Alles ist gut. Du musst dir wegen dem Erbrochenen keine Sorgen machen. Du bist wieder wach, das ist wichtig." Seine Hand bewegte sich von meinem Kopf runter auf meinen seitlichen Bauch. Seine Hand war kalt. Wie durch einen Reflex spannten sich alle meine Bauchmuskeln an. Erneut hob ich meinen Kopf und sah nach hinten.

Direkt hinter mir lag Herr Müller. Sein Hemd war offen und zeigte seinen dicken und behaarten Bauch. Der Gürtel seiner Hose war offen. Mein Hintern schmerzte. Wieso tat mein Hintern weh? Als ich fiel, da war ich zuerst auf meinen Rücken gefallen und nicht auf meinen Hintern, da war ich mir sicher.

Meine Unterhose saß nicht richtig. Sie schien verrutscht zu sein. Sie kniff mir in den Schritt und schien auf meiner linken Seite nicht ganz oben zu sein. Was war in der Zeit, in der ich bewusstlos war, geschehen? Wie war beim Fallen meine Unterhose verrutscht?

Mir wurde erneut übel, allerdings musste ich mich dieses Mal nicht übergeben. Mit einem kräftigen Ruck seines Armes zog mich Herr Müller zu sich heran. Ich spürte seinen warmen Bauch an meinem Rücken.

„Du bist gestürzt und hast dir den Kopf gestoßen. Das kann ja schon mal passieren", flüsterte er nahe an meinem Ohr. Ich spürte mein Herz schlagen.

„Das hier bleibt unser kleines Geheimnis. Das braucht niemand zu wissen. Nur du und ich." Beide Worte, du und ich, betonte er dabei übertrieben stark. Dabei tätschelte er mir mit seiner rechten Hand leicht auf die nackte Brust. An meinem Rücken spürte ich noch die Wärme seines Bauches, die in mir jetzt ein Gefühl des Ekels auslöste. Ich wollte hier weg! Mein Hintern brannte wie Feuer.

„Da stimmst du mir doch sicherlich zu, oder?", setzte er nach. Ich war nicht imstande zu antworten. Mein Puls raste und bei jedem Schlag meines Herzens hämmerte der Schmerz in meinem Kopf. Ich hatte Angst. Ich musste hier raus!

Ich spürte, wie sich Herr Müller hinter mir bewegte. Sein linker Arm ging unter meinem Kopf hindurch, schloss sich um meinen Hals und zog meinen Kopf dichter an seinen heran. Seine rechte Hand lag auf meinem unteren Bauch, knapp über meinem Hosenbund und zog mich stärker zu sich. Im Augenwinkel erkannte ich, dass er seinen Kopf angehoben hatte und dichter an mein Ohr kam.

„Du möchtest doch sicherlich auch nicht, dass alle wissen, was hier passiert ist, oder?", flüsterte er mir ins Ohr.

Nein, das wollte ich nicht. Ich wollte, dass das hier vorbei war! Ich wollte hier weg! Ich konnte immer noch nichts sagen.

„Das wird unser Geheimnis bleiben. Für immer!", ergänzte Herr Müller. Er erhöhte weiter den Druck, den er mit seinem rechten Arm auf meinen unteren Bauch ausübte. Jetzt konnte ich seinen Körper auch an meinem Hintern spüren.

„Oder?" Sein Mund war ganz nahe an meinem Ohr und ich konnte seinen Atem riechen. Der linke Arm von Herr Müller schloss sich weiter um meinen Hals. Ich bekam kaum noch Luft. Mit meinen Händen versuchte ich den Arm von Herrn Müller von meinem Hals wegzudrücken. Ohne jeden Erfolg.

„Nein", röchelte ich kaum hörbar.

„Dann ist ja gut. Ich hätte dir das Leben richtig zur Hölle gemacht, wenn du uneinsichtig gewesen wärst. Schlechte Noten, die Klasse wiederholen … Aber das ist jetzt ja nicht erforderlich." Der Druck an meinem Hals und meinem Bauch ließen nach, er ließ mich aber nicht los. Sein linker Arm lag immer noch um meinen Hals. Nach kurzer Zeit senkte sich seine linke Hand und streichelte meine rechte Schulter.

„Du bist ein guter Junge, Lukas. Ich werde auf dich aufpassen. In der Schule wirst du keine Angst mehr haben müssen. Ich werde dein Freund sein." Während er das sagte, klopfte er sanft mit seiner linken Hand auf die rechte Seite meiner Brust.

Seine rechte Hand wanderte von meinem Bauch zu meinem seitlichen Rücken und streichelte mich dort einen kurzen Augenblick. Mir wurde übel vor Angst.

„Was ist denn auch schon geschehen? Du bist gestürzt und kurz ohnmächtig geworden. Aber ich war ja da, um mich um dich zu kümmern", ergänzte er scheinheilig.

Er streichelte weiter meinen Rücken. Ich war immer noch starr vor Angst. So vergingen einige Minuten.


Das Streicheln der rechten Hand stoppte abrupt und auch die linke Hand gab mich frei.

„Du solltest dich jetzt wieder anziehen. Du kommst sonst noch zu spät nach Hause."

Die neu gewonnene Freiheit nutzend, stützte ich mich mit der rechten Hand ab und hob meinen Oberkörper an. Dabei streifte ich mit der Hand durch das zuvor Erbrochene. Ich achtete nicht weiter darauf und wollte meinen Fuß auf dem Boden absetzen, um aufstehen zu können. Dabei durchfuhr mich ein stechender Schmerz in meinem Hintern. Trotz der Schmerzen schaffte ich es, aufzustehen. Sofort drehte ich mich in die Richtung von Herrn Müller und wich einen Schritt zurück. Mein Fuß stieß scheppernd gegen einen Mülleimer aus Blech hinter mir. Auch Herr Müller war aufgestanden und drehte sich, irritiert von dem Scheppern, zu mir um.

„Pass doch auf, du Idiot!" Er steckte sein Hemd in die Hose und schloss anschließend den Gürtel.

„Du sorgst noch dafür, dass sie uns hier finden!"

Voller Angst starrte ich ihn an. Unsere Blicke kreuzten sich. In seinem Blick lag wieder der altbekannte Hass und die Abscheu. Sein Blick senkte sich und ich wurde mir meiner Blöße bewusst.

Ich hatte Angst. Ich konnte nichts anderes machen, als ihn anzustarren. Ansonsten war ich wie versteinert. Ich spürte jeden Schlag meines Herzens in meinem Kopf.

Nachdem sich Herr Müller angezogen hatte, sah er mich erneut an. Ich hob meine Hände vor meinen nackten Bauch und begann mit der rechten Hand, die Fläche zwischen dem Daumen und dem Zeigefinger der linken Hand zu massieren. Dabei sah ich mich in dem Raum nach meinem T-Shirt um. Herr Müller bemerkte meinen suchenden Blick, drehte sich zur Seite und griff in das Regal neben sich. Hier lag mein T-Shirt. Fein säuberlich zusammengelegt. Dieser Anblick ließ in mir die Frage aufkommen, wie lange ich bewusstlos gewesen war. Was in dieser Zeit geschehen sein musste, das war mir in der Zwischenzeit grob klargeworden. Warum mein T-Shirt zusammengelegt in dem Regal lag, das konnte ich mir aber nicht erklären. Herr Müller warf mir das T-Shirt zu.

„Zieh dich an und mach deine Haare ordentlich!", forderte mich Herr Müller auf. Ich fing das Shirt und hielt es vor meinem Bauch fest.

„Es ist nicht gut, wenn wir gemeinsam rausgehen", meinte der Lehrer dann und sah dabei auf seine Armbanduhr. „Die sechste Stunde geht noch 20 Minuten. Du wartest hier noch fünf Minuten und gehst dann. Und kein Wort zu niemandem!"

Erneut blickte er mich voller Hass an. Ich konnte den Blick nicht ertragen und sah auf den Linoleumfußboden.

„Zieh die Tür gleich zu, wenn du gehst, und mach deine Kotze weg, bevor du gehst!“, befahl Herr Müller, während er zur Tür ging und sich neben der Tür nach seiner Tasche bückte. Im Anschluss wandte er sich der Tür zu. Ich hörte einen Schlüsselbund klappern. Ich sah auf.

Wann hatte er die Tür abgeschlossen? Als wir in die Bibliothek gegangen waren, hatte ich nicht mitbekommen, dass er die Tür hinter uns verschlossen hatte. Hatte er zugesperrt, als ich die Bücher einsortiert habe?

Er zog den Schlüssel aus dem Schloss, öffnete die Tür, sah sich kurz im Flur um und ging hinaus. Die Tür fiel hinter ihm zu.

Ich war alleine.

Langsam löste sich meine Angst. Ich zog mein T-Shirt an und humpelte unter Schmerzen in die hinterste Ecke des Raumes. Zwischen der Wand zum Innenhof und dem Regal war eine etwa einen Meter breite Lücke. Mein Hintern fühlte sich schmutzig an und schmerzte bei jedem Schritt. Ich konnte nur mit kleinen Schritten gehen. In der Ecke angekommen, lehnte ich mich mit dem Rücken an die Wand und ließ mich langsam auf den Boden sacken. Ich war zu klein für mein Alter und ich war zu schwach für mein Alter. Aber ich war alt genug, um zu wissen, was er getan hatte!

Tränen rannen meine Wangen herunter.

Ich wusste nicht, wie lange ich in der Ecke gesessen und geweint hatte. Mir schien die Zeit nicht lang genug sein zu können. Ich hatte Angst vor dem, was kommen würde, sobald ich diesen Raum verlassen würde. Das Einzige, was mir zu dem

Zeitpunkt Schutz vor der Zukunft geboten hatte, das war dieser Raum. Ich hatte das Gefühl, dass die Zukunft nicht anfangen konnte, solange ich diesen Raum nicht verlassen würde. So lange, wie ich diesen Raum nicht verlassen würde, so lange würde das Geschehene nicht real sein.

Konnte es nach diesem Vorfall überhaupt ein Morgen geben? Wie sollte es jetzt weitergehen? Was hatte ich falsch gemacht? Wieso war mir das passiert? Ich fand keine Antworten auf diese Fragen.

Was würde geschehen, wenn jemand aus meiner Klasse erfuhr, was mir hier passiert war? Auf diese Frage hatte ich eine ungefähre Antwort.

Wie schnell sich Informationen über einzelne Schüler auf dem Schulhof verbreiteten, hatte ich nämlich schon mitbekommen.


Am Anfang des Schuljahres sollte ein Schüler ‚Ingo‘ absichtlich eine Scheibe in einer Tür auf dem Schulflur zerschlagen haben. Sein Klassenkamerad ‚Mario‘ war daraufhin zu einem der Lehrer gegangen und hatte Ingo verpetzt. Ingo hatte dann richtig Ärger in der Schule bekommen und geschworen, Mario nach Schulschluss zu verprügeln.

Nach der fünften Stunde wussten alle in der Schule, dass Mario nach Schulschluss verprügelt werden würde. Jeder redete hinter vorgehaltener Hand über ihn und zeigte in seine Richtung. Mario war wieder zu den Lehrern gegangen und hatte erneut gepetzt. Er wurde dann an dem Tag nicht verprügelt. Ingo schwor aber, dass er ihn irgendwann erwischen würde.

Von diesem Moment an galt Mario als Petze und niemand wollte etwas mit ihm zu tun haben. Wenige Monate später wechselte Mario dann die Schule. Ich habe nie wieder etwas von ihm gehört.

Wenn ein Schüler erfahren würde, was Herr Müller mit mir gemacht hat, dann würden alle anderen das innerhalb kürzester Zeit erfahren. Niemand durfte erfahren, was hier geschehen war. Niemand durfte auch nur erahnen können, dass irgendetwas anders war als vorher. Ich durfte nicht auffallen!

Wenn es zur Folge hatte, dass ein Schüler die Schule verlassen musste, weil er einen anderen Schüler verpetzt hat, welche Folgen konnte es dann haben, wenn man einen Lehrer verpetzte? Ich wollte die Schule nicht wechseln. Die nächste Schule, auf die ich gehen konnte, war weit entfernt. Ich müsste jeden Tag mehrere Stunden mit dem Bus fahren. Und ich wollte nicht, dass man hinter vorgehaltener Hand über mich sprach. Ich wollte, dass alles so blieb, wie es vorher war!

Was würden meine Eltern von mir denken, wenn ich ihnen erzählen würde, was mir geschehen war? Würden sie von mir enttäuscht sein, weil ich nicht stark genug war, um mich zu wehren?

Würde mir überhaupt jemand glauben? Ich wusste ja nicht mal selber, was genau geschehen war. Ich war bewusstlos gewesen. Ich würde nicht beschreiben können, was genau passiert war. Ich hatte keine Beweise und ich könnte keine Fragen beantworten.

Herr Müller würde sicherlich behaupten, dass ich ein Lügner sei. Und dass ich mich nur dafür rächen wollte, dass ich ihm die Bücher hatte runtertragen müssen. Er hätte lediglich auf mich aufgepasst, nachdem ich unglücklich gestürzt war.

Ich hatte keine Beweise und ich hatte keine Zeugen. Ich fühlte mich schmutzig und ich fühlte mich benutzt. Mir tat der

Hintern weh, ich hatte unendliche Kopfschmerzen und ich wollte nach Hause. Ich wollte einfach nur, dass das vorbei war!

Was hier passiert war, das durfte niemand erfahren. Wenn ich niemandem sagte, was hier geschehen war, dann würde das Leben ganz normal weitergehen. Dann würde es auch ein Morgen geben, sagte ich mir.

Mit meiner rechten Hand hinderte ich eine weitere Träne daran, meine Wange herunterzulaufen. Der Geruch nach Erbrochenem stieg mir erneut in die Nase. Ich wischte das Erbrochene an meiner Hand grob an der Innenseite meiner Hose ab und stand auf. Jede Bewegung wurde hierbei von Schmerzen begleitet. Mein Hintern brannte und auch die Kopfschmerzen waren unverändert stark. An meinem Hinterkopf, leicht links, konnte ich eine dicke Beule erfühlen.

Ich fühlte mich schmutzig. Unendlich schmutzig. Und mir war kalt. Mit dem T-Shirt-Ärmel wischte ich mir die verbliebenen Tränen aus dem Gesicht. Langsam ging ich zu meinem Schulranzen und der Sporttasche, hob diese auf und ging weiter zur Tür. Das Erbrochene wischte ich nicht auf.

Ich stand an der Tür in der Bibliothek und lauschte. Es war nichts zu hören. Vorsichtig öffnete ich die Tür und sah auf den Flur. Der wirkte wie ausgestorben. Es war niemand zu sehen. Ich trat hinaus und schloss die Tür hinter mir. Ich hatte jedes Zeitgefühl verloren, vermutete aber, dass die sechste Stunde noch in vollem Gange war. Auf dem Flur würde somit wenig los sein. Alle, die nach der fünften Stunde frei hatten, waren längst zu Hause, und die anderen noch im Unterricht. Ich sah auf meine Armbanduhr. 12:39 Uhr. Ich konnte mich nicht erinnern, wann die sechste Stunde enden würde. Ich ging vorsichtig über den Flur und sah mich mehrmals in alle Richtungen um. In kleinen Schritten ging ich zum Ausgang und zu meinem Fahrrad.

Mit dem Fahrrad nach Hause fahren konnte ich allerdings nicht. Ich war nicht mal ansatzweise in der Lage, das Bein hoch genug zu heben, um auf das Rad aufsteigen zu können. Was passiert wäre, wenn ich mich auf den Sattel gesetzt hätte, das wollte ich mir erst gar nicht vorstellen. Somit blieb mir nichts anderes übrig, als die gesamte Strecke zu gehen. Aber was sagte ich meinen Eltern? Wie könnte ich meine Verspätung entschuldigen? Dass die sechste Stunde ausfiel, das hatte ich auch erst heute Morgen über das Schwarze Brett erfahren. Davon wussten meine Eltern also noch nichts. Diese Stunde würde ich nicht erklären müssen. Wir wohnten etwa zwei Kilometer von der Schule entfernt. Es würde also eine Weile dauern, bis ich zu Hause ankommen würde.


Normalerweise fuhr ich mit dem Fahrrad immer auf dem Fahrradweg neben der Straße nach Hause, da es auf Rädern der schnellere Weg war. Wenn ich diesen Weg gehen würde, dann würden aber diverse Autos an mir vorbeifahren. Gut möglich, dass mich einer der Fahrer erkannte, anhielt und fragte, ob alles in Ordnung sei. Das würden dann wohl auch meine Eltern irgendwann mitbekommen.

Der kürzere Weg nach Hause hingegen führte über Feldwege. Hier fuhr niemals jemand lang, außer hin und wieder mal ein Traktor. Der Fahrer würde mich aber bestimmt nicht erkennen. Ich entschied mich somit für den kürzeren Feldweg. Ich schnallte meinen Schulranzen auf den Gepäckträger, schulterte meine Sporttasche und schob mein Fahrrad nach Hause.

Zwischenzeitlich versuchte ich mal, mein Rad als Roller zu verwenden. Hierfür stellte ich mich auf einer Seite des Rades auf das Pedal und stieß mich dann mit dem anderen Fuß vom Boden ab. Das war zwar deutlich schneller, die Schmerzen beim Abstoßen waren aber auch erheblich stärker. Somit ging ich den Großteil der Strecke doch lieber mit kleinen Schritten.

Ich hatte viel Zeit zum Nachdenken.

Wieso hatte er mich in die Bibliothek geführt? Ich hatte ihm nichts getan. Wieso hatte er mir so wehgetan? Hatte er von Anfang an vor, mir wehzutun? Antworten auf diese Fragen konnte ich nicht finden.

Bei jedem Schritt schmerzte mein Hintern. Wurde die Sonne nicht durch eine der wenigen Wolken verhüllt, so war sie heute gefühlt besonders hell. Schräg rechts vor mir sah ich beim Gehen meinen Schatten. Obwohl ich die Sonne im Rücken hatte, schien sie mich zu blenden. Meine Kopfschmerzen waren ebenfalls stärker geworden.

Herr Müller hatte gesagt, dass er mein Freund sein würde. Ich empfand für ihn keine Freundschaft. Freundschaft war etwas anderes. Ich empfand Hass für Herrn Müller. Gestern noch fand ich ihn einfach nur merkwürdig und ekelig. Jetzt war da Hass, aber auch Angst.


Konnte ich mich irgendwie an Herrn Müller rächen?

Ich könnte mein Taschenmesser mit zur Schule bringen und Herrn Müller die Autoreifen zerstechen. Darüber würde sich der dicke Müller mit Sicherheit ärgern. Er würde sich denken können, dass sich jemand damit an ihm rächen wollte. Direkte Rückschlüsse auf mich sollte er daraus allerdings nicht ziehen können. Es gab einige Schüler, die Herrn Müller hassten. Er war schließlich Lehrer. Das lief sicherlich unter Berufsrisiko.

Das mit den zerstochenen Reifen würde er aber nach wenigen Tagen wieder vergessen haben. Nach einigen Tagen könnte ich diese Rache auch noch mal wiederholen. Zudem könnte ich ihm mit dem Messer einen dicken Kratzer in den Lack ziehen.

Ich stellte mir vor, wie Herr Müller reagieren würde, wenn er feststellte, dass seine Reifen auf der Fahrerseite platt waren. Dann ginge er um das Auto herum und sähe auch die beiden platten Reifen auf der Beifahrerseite und den dicken Kratzer in seiner Beifahrertür.

Noch besser als ein Kratzer in der Tür wäre der Text ‚Kinderficker‘. Diese Idee löste in mir große Begeisterung aus. Alle würden das lesen und sofort wissen, was er für ein Mensch war.

Aber würde er dann nicht sofort darauf kommen, dass ich ihm die Reifen zerstochen und das Auto zerkratzt hatte? Wenn nur die Reifen platt wären, dann hätte das jeder gewesen sein können. Aber der Text in der Tür wäre ein zu direkter Hinweis. In keinem Fall wollte ich, dass er Rückschlüsse daraus ziehen konnte, wer das gemacht haben könnte.

Sollte mich aber jemand bei dem Auto sehen, so hätte ich ein großes Problem. Das konnte ich nicht riskieren. Außerdem war das zu wenig! Er hatte mir wehgetan! Er sollte auch leiden!

Ich könnte ihm mit dem Messer einfach seinen dicken Bauch aufschlitzen. Das hätte aber mit Sicherheit Konsequenzen für mich, und das wollte ich auch wieder nicht. In dem Fall würde ich erzählen müssen, was er mir angetan hatte, und das würden dann alle erfahren.

Alle anderen würden sagen: ‚Das hätte mir nicht passieren können. Ich hätte den aber so was von fertiggemacht. Ich wäre lieber gestorben, als dass ich zugelassen hätte, dass der Müller das mit mir macht.‘ Ich konnte schon hören, wie die anderen

Schüler mich bei jeder Gelegenheit mit ‚Hey, kleine Schwuchtel!‘ ansprechen würden. Alle würden denken, dass ich eine Schwuchtel bin, weil ich mich nicht gewehrt habe. Dass ich vorher gestürzt und dadurch bewusstlos war, das würden die wenigsten erfahren. Solche Details verbreiteten sich nicht über die Gerüchteküche.

‚Hast du schon gehört? Lukas hat sich vom fetten Müller ficken lassen‘, würden sie sagen.

Mit mir würde nie wieder jemand etwas zu tun haben wollen.

Es musste einen anderen Weg geben, um mich zu rächen. Niemand durfte erfahren, was geschehen war.

Die Idee mit dem ‚Bauch aufschlitzen‘ hatte einen weiteren Haken. Herr Müller war größer und stärker als ich. Er würde das Messer sehen und sich wehren. Zudem glaubte ich nicht, dass ich bei allem Hass, den ich auf ihn hatte, den Mut aufbringen würde, ihn angreifen zu können. Und wenn es nur ein Tritt zwischen die Beine gewesen wäre, ich glaubte, dass ich auch hierzu den Mut nicht aufbringen konnte.

Vielleicht konnte ich aber einfach jemanden beauftragen, Herrn Müller zu überfallen, um ihm bei diesem Überfall seine Eier zu zertreten. Das war ein Gedanke, der mir sehr gefiel. Ich würde es so einrichten, dass ich bei dem Überfall zusehen konnte.

Aber bestimmt würde derjenige – wenn ich überhaupt jemanden für den Auftrag finden würde – eine ganze Stange Geld haben wollen. Geld hatte ich genug auf meinem Sparbuch, das war nicht das Problem. Aber war es möglich, dass ich einen größeren Betrag von meinem Sparbuch ohne Einwilligung und Beisein meiner Eltern abhob? Und selbst wenn ich das Geld abheben konnte, würden meine Eltern es nicht trotzdem irgendwann rauskriegen und mich fragen, wieso ich so viel Geld abgehoben hatte?

‚Was hast du denn mit dem ganzen Geld gemacht?‘, würde meine Mutter mit Blick auf mein Sparbuch fragen.

‚Aaach! Nichts Besonderes. Ich musste nur einen Schlägertrupp bezahlen.‘

Die erste Rückfrage meiner Mutter wäre ein eher harmloses und verwirrtes ‚Äh … was?‘

Ich war mir sicher, dass meine Antwort weitere Nachfragen von meinen Eltern zur Folge gehabt hätte. So schätzte ich meine Eltern zumindest ein.

Wenn ich aber einfach nur mein Taschengeld sparte, dann würde es Ewigkeiten dauern, bis ich eine verlockende Summe für die Berufsschläger zusammengespart hätte. So lange wollte ich mit meiner Rache nicht warten. Bis dahin wäre Herr Müller in Rente.

Ich vermutete, dass die Polizei nicht sonderlich begeistert sein würde, wenn ein Rentner auf offener Straße überfallen und mit etwa zwanzig Tritten zwischen die Beine versehen wurde. Würde das hingegen einem Lehrer passieren, so war ich mir dagegen nicht so sicher. Hier konnte ich mir vorstellen, bei den Polizeibeamten durchaus auf Verständnis zu stoßen.

Mir musste noch etwas anderes einfallen.


Bis jetzt war das Zerstechen der Autoreifen meine beste Idee. Damit ich keine mögliche Gelegenheit verpasste, nahm ich mir vor, mein Taschenmesser vor dem nächsten Schultag mit in den Schulranzen zu stecken. Außerdem konnte ich mich damit gegen Herrn Müller verteidigen, sollte er mir noch einmal wehtun wollen.

Kurz vor unserer Hofeinfahrt öffnete ich das Ventil an meinem Vorderreifen, löste die Luftpumpe von meinem Fahrrad und warf sie in den Graben neben dem Weg.

Ich stellte das Fahrrad im Schuppen ab und ging langsam zur Haustür. Ich hatte den Schlüssel noch nicht in das Türschloss stecken können, da öffnete sich die Tür und meine Mutter trat heraus.

„Da bist du ja endlich. Was war los? Wieso bist du so spät?"

„Ich hatte einen Platten." Dabei sah ich betroffen auf den Boden. „Jemand hat das Ventil aufgedreht. Ich musste schieben."

„Wieder aufpumpen ging nicht?", fragte meine Mutter verwirrt.

„Die Luftpumpe ist auch weg", entgegnete ich, ohne zu lügen. Schließlich war diese jetzt weg.

„Ach … du Ärmster." Betroffen legte sie mir sanft die Hand auf die Schulter. „In der Küche steht noch das Essen auf dem Herd, das müsste auch noch warm sein." Ihre Hand löste sich wieder von meiner Schulter.

„Ich muss noch für morgen einkaufen gehen. Du kommst alleine zurecht, oder?"

„Ja", antworte ich pflichtbewusst.

„Sehr schön. Dann bis nachher." Sie umarmte mich kurz und ging weiter in Richtung Garage. Kaum war meine Mutter in der Garage verschwunden, sah ich mich in alle Richtungen um. Weder im Flur noch außerhalb des Hauses konnte ich jemanden entdecken. Ich ging in das Haus und schloss die Tür.

Ich konnte jetzt nichts essen. Ohne die Schnürsenkel zu öffnen, zog ich mir die Schuhe aus und ging auf direktem Weg in das Badezimmer. In unserem Haus lagen alle bewohnten

Zimmer im Erdgeschoß. Ich musste somit keine Treppen steigen, um in das Badezimmer oder mein Zimmer zu gelangen.

Im Badezimmer angekommen verschloss ich die Tür hinter mir und zog mir vorsichtig meine Hose und meine Unterhose bis zu den Knien herunter. In meiner Unterhose sah ich einen länglichen und schmalen Fleck. Ich konnte nicht erkennen, ob das Blut war. So wie mir der Hintern brannte, konnte ich mir aber nicht vorstellen, dass das etwas anderes hätte sein können.

„Scheiße, nein!", jammerte ich. Ich sah zwischen meine Beine, konnte hier aber keine weiteren Flecken entdecken. Auch an den Innenseiten meiner Oberschenkel konnte ich kein Blut erkennen. Vorsichtig zog ich Hose und Unterhose aus. Achtlos ließ ich sie auf dem Fliesenboden liegen.

Mit einigen Blättern Toilettenpapier wischte ich mir vorsichtig meinen Hintern ab. Trotz aller Vorsicht brannte das wie Feuer.

Ich konnte nicht identifizieren, ob sich auf dem Toilettenpapier auch Blut befand. Ich ekelte mich vor dem, was ich sah. Ich fühlte mich schmutzig.

Ich sehnte mich nach einer Dusche, befürchtete aber, dass das Wasser an meinem Hintern schmerzen würde. Außerdem befürchtete ich, dass Blut an meinen Beinen herunterlaufen könnte und sich der Boden der Duschkabine rot färben würde. Erneut sah ich auf die Innenseiten meiner Oberschenkel. Da war kein Blut.

Ich zog mein T-Shirt und die Socken aus und öffnete die Tür der Duschkabine. Eine kurze Zeit rang ich mit mir. Wie sollte ich mich abtrocknen, wenn ich doch am Hintern blutete? Wir hatten fast nur weiße Handtücher! Ein blutverschmiertes weißes Handtuch konnte ich nicht in die Wäsche geben. Ich sah zu dem Regal mit den Handtüchern. Neben diversen weißen und wenigen beigen Handtüchern war hier auch ein dunkelrotes Handtuch. Perfekt! Kurzerhand zog ich das dunkelrote Handtuch aus dem Stapel, warf es vor die Dusche auf den Boden und stieg in die Dusche.

Es dauerte nicht lange und das warme Wasser lief an mir herunter. Es schmerzte nicht und ich fühlte mich schon nach kurzer Zeit wesentlich besser. Anfänglich wusch ich mich nur mit Wasser. Ich genoss das warme Wasser. Nach einigen Minuten öffnete ich die Tür der Duschkabine etwas, damit kühlere Luft aus dem Badezimmer in die Duschkabine kommen konnte, stellte das Wasser auf heiß und genoss das Wechselspiel aus heißem Wasser und kühler Luft auf meiner Haut. Für einen kurzen Augenblick verlor ich alle Gedanken und das Gefühl für die Zeit.

Die weiterhin präsenten Kopfschmerzen erinnerten mich schließlich an das Geschehene. Ich fühlte mich immer noch schmutzig. Ich stellte das Wasser wieder etwas kühler und schloss die Kabinentür.

Bisher hatte ich beim Duschen oder Baden nur selten Seife benutzt. Heute würde ich Seife brauchen, um den Schmutz abzubekommen. Ich nahm mir die Seife, die immer in einer Seifenschale in der Duschkabine lag, und fing an, mich damit zu waschen. Als die Seife an meinen Hintern kam, war der stechende Schmerz sofort wieder da. Schnell wusch ich die Seife wieder ab, stieg aus der Dusche und trocknete mich ab. Das Handtuch ließ ich im Anschluss auf den Boden fallen.

Erneut beugte ich mich vor und sah auf die Innenseiten meiner Oberschenkel. Ich konnte kein Blut erkennen. Wenn es aber doch noch bluten sollte, wie konnte ich verhindern, dass ich eine neue Unterhose einsauen würde? Ein Pflaster konnte man hier schließlich nicht aufkleben. Meine Gedanken rasten.

Ich sah mich in dem Badezimmer um. Mein Blick fiel auf die Rolle mit dem Toilettenpapier. Das könnte klappen! Ich zog drei Blätter von der Rolle, faltete diese mehrfach und klemmte sie zwischen meinen Pobacken ein.

Die Unterhose, die schmutzig auf dem Fliesenboden lag, konnte und wollte ich nicht wieder anziehen. Wenn das in der Unterhose Blutflecken waren, dann konnte ich die auch nicht in die Wäsche geben. Wenn meine Eltern das beim Befüllen der Waschmaschine zufällig merkten, wie hätte ich dann die Flecken erklären können?

Ich hob die Unterhose auf und versuchte sie im Waschbecken mit der Fingerbürste zu waschen. Der Fleck ließ sich nicht auswaschen. Auch mit Seife ging der Fleck nicht ganz raus. Was sollte ich jetzt machen? Ich konnte die Unterhose nass und verschmiert nicht in die Wäsche geben. Das würde sofort auffallen.

Meine Hose war dunkelblau. Sollte hier Blut rangekommen sein, so würde das nur von innen sein und bei der Farbe nicht besonders auffallen. Das wäre somit kein Problem, aber die Unterhose musste weg!

Ich zog meine Hose und mein T-Shirt vorsichtig wieder an. Meine Eltern waren nicht zu Hause, aber ich konnte mir nicht sicher sein, dass mir nicht mein Bruder Nils über den Weg laufen würde. Ich musste mir die alten Sachen somit wieder anziehen. Die Unterhose wrang ich, so gut es ging, aus und steckte mir diese in die Hosentasche. Wie sonst hätte ich diese zum Mülleimer bringen können? Wenn ich die nasse Unterhose vor mir hertragen würde und mein Buder hätte das gesehen, das hätte einige komische Fragen von ihm zur Folge gehabt. Darauf hatte ich so gar keine Lust. Wenn er wittern würde, dass mit mir etwas nicht stimmte, dann würden meine Eltern das garantiert erfahren.


Die kalte Nässe der Unterhose drang durch die Innenseite meiner Hosentasche. Ich horchte an der Badezimmertür, schloss die Tür auf und ging vorsichtig zum Mülleimer in der Küche. Ich steckte die Unterhose in den bereits halb vollen Mülleimer und drückte sie mit einem Löffel, der benutzt auf der Spüle lag, tiefer hinunter, bis sie nicht mehr zu sehen war.

Dann hatte ich nur noch ein Ziel. Ich wollte in mein Zimmer. Ich wollte in mein Bett. In meinem Zimmer angekommen entledigte ich mich meiner alten Kleidung, zog mir eine frische Unterhose an und legte mich ins Bett.

Langsam kam ich zur Ruhe. Die Kopfschmerzen waren unverändert stark. Oder waren sie sogar stärker geworden? Ich spürte das Toilettenpapier an meinem Hintern und meine Gedanken fingen wieder an zu rasen. Ich rollte mich, auf meiner rechten Seite liegend, zusammen und zog die Bettdecke weit über meinen Kopf.

Eine Träne tropfte auf mein Kissen.


„Hey, Lukas. Was ist los mit dir? Du hast ja gar nichts gegessen. Geht es dir nicht gut?"

Meine Mutter! Wie konnte sie so schnell wieder zu Hause sein? Hatte sie vorhin doch etwas mitbekommen? Schlagartig war sie wieder da, meine Angst. Nein, ich musste eingeschlafen sein. Wie lange ich geschlafen hatte, das wusste ich nicht.

Ich spürte, wie sich meine Mutter auf die Kante meiner Matratze setzte und vorsichtig die Bettdecke von meinem Kopf zog. Ich hoffte, dass die Tränen nicht mehr zu sehen waren.

„Du siehst ja gar nicht gut aus. Bist du krank? Du bist ganz schön rot im Gesicht. Hast du Fieber?" Mit der Hand fühlte sie an meiner Stirn die Temperatur.

„Fieber scheinst du nicht zu haben. Hast du Kopfschmerzen?"

„Ja", entgegnete ich schwach und wahrheitsgemäß.

„Na, hoffentlich hast du dir da nichts eingefangen. Möchtest du eine Tablette gegen die Kopfschmerzen haben?", fragte meine Mutter besorgt. Ich witterte die Möglichkeit, etwas Zeit zu gewinnen, um meine Gedanken sortieren zu können.

„Ja."

„Na, dann werde ich dir mal ein Glas Wasser und eine Kopfschmerztablette holen. Ich bin gleich wieder da."

Ich beobachtete, wie meine Mutter mein Zimmer verließ und die Tür hinter sich schloss. Mein Wecker zeigte 17:20 Uhr. Ich musste etwas mehr als drei Stunden geschlafen haben. Mein Kopf schmerzte, und auch die Schmerzen an meinem Hintern waren unverändert stark. Ich spürte das Toilettenpapier.

Mit einem schnellen Blick zur Tür kontrollierte ich, ob diese immer noch geschlossen war. Dann hob ich die Bettdecke und sah mich nach Blutflecken auf dem Bettlaken um. Da war nichts. Vorsichtig zog ich meine Unterhose etwas herunter und kontrollierte, ob in der Unterhose Blut zu sehen war. Auch hier konnte ich nichts entdecken. Sollte ich doch noch geblutet haben, so hatte das Toilettenpapier seinen Zweck erfüllt. Langsam zog ich die Unterhose wieder hoch und deckte mich zu.

Ich sah mich in meinem Zimmer nach Dingen um, die mich verraten konnten. Hose und T-Shirt lagen achtlos auf dem Boden. Das war aber nichts Besonderes. Das könnte eventuell etwas Gemecker von meiner Mutter geben. Von wegen

‚Ordnung halten‘ und ‚gestern erst gebügelt.‘ und so. Das war mir jetzt aber egal.

Wie ging es jetzt weiter? In diesem Zustand konnte ich nicht durch das Haus gehen. Meine Eltern würden merken, dass ich nicht richtig gehen konnte. Ich überlegte, welchen Wochentag wir gerade hatten und ob ich morgen zur Schule müsste. Ich konnte mich nicht daran erinnern, was wir für einen Tag hatten!

Die Tür öffnete sich wieder und meine Mutter kam herein. Sie setzte sich wieder auf die Bettkante, gab mir das Glas mit Wasser und eine Kopfschmerztablette. Ich richtete meinen Oberkörper auf und nahm gehorsam die Tablette ein.

„Dir scheint es ja doch ganz schön schlecht zu gehen. Du hast dir ja nicht mal das Schlafzeug anziehen können, so nötig wolltest du ins Bett. Dann kann ich ja gar nicht mit dir schimpfen“, meinte sie sehr mitleidig. ‚Wieso wollte sie mit mir schimpfen?‘, schoss es mir durch den Kopf. Hatte sie etwas bemerkt?

Ihre linke Hand strich seitlich durch mein Haar und verweilte an meinem Hinterkopf, knapp neben der Beule.

„Du hast im Badezimmer eine ganz schöne Sauerei hinterlassen.“

Schlagartig war ich wieder hellwach und mein Puls fing an zu rasen.

„Ich finde es nicht gut, wenn ihr nach dem Duschen das Fenster nicht öffnet. Das ganze Badezimmer war eine Dunstwolke. Das Handtuch und die Socken hast du einfach auf den Boden geworfen und auch die Kabinentür stand offen.“ Sie blickte mir in die Augen und zog dann ihre Hand wieder zurück.

„Ganz so krank kannst du da ja noch nicht gewesen sein, wenn du das Badezimmer noch in ein Feuchtbiotop verwandeln hast können“, fuhr sie anklagend fort.

„Mir war kalt“, erwiderte ich leise. „Ich wollte mich in der Dusche aufwärmen und dann nur noch ins Bett.“ Kaum hatte ich das gesagt, fiel mir auf, dass das eine ganz schwache Ausrede war. Wir hatten Sommer! Klar, das waren gerade nicht die wärmsten Tage, aber frieren war eigentlich nicht möglich.

Wieder hielt meine Mutter ihre Hand gegen meine Stirn. „Temperatur scheinst du nicht zu haben. Das sollten wir nachher aber noch mal kontrollieren. Ich vermute aber, dass das mit dir und der Schule morgen nichts wird. Da wirst du krank zu Hause bleiben müssen, und dann ist ja auch schon Wochenende. Am Samstag hast du in dieser Woche ja zum Glück keine Schule.“

Ich fühlte Erleichterung.

Ich hatte wenigstens drei Tage Zeit gewonnen, für die ich eine Entschuldigung für alles hatte. Ich war krank und musste im Bett liegen bleiben. Um meine Erleichterung zu verbergen, drehte ich mich seitlich von meiner Mutter weg und drückte meinen Kopf in das Kissen. Um meine gespielte Enttäuschung noch zu unterstützen, stöhnte ich ein langgezogenes „Oooh neiiiin!“ in mein Kissen. Und wieder bereute ich das sofort. Hoffentlich hatte ich nicht zu dick aufgetragen. Ich konnte mich nicht erinnern, dass ich jemals zuvor enttäuscht gewesen war, wenn ich nicht zur Schule gehen konnte. Meiner Mutter war das aber scheinbar nicht aufgefallen. Sie zog die Decke hoch und deckte mich zu.

„Versuch, etwas zu schlafen! Ich werde dir nachher etwas zu Essen bringen, und dann messen wir auch, ob du Fieber hast“, sagte sie mit ruhiger Stimme.

Ich spürte, wie sie von meiner Bettkannte aufstand. Ich hielt meinen Kopf immer noch in das Kissen gedrückt. Aber ich konnte nicht hören, wie die Tür geöffnet wurde. Sie war noch in meinem Zimmer. Was machte sie? Wieso ging sie nicht raus? Vorsichtig löste ich meinen Kopf aus dem Kissen, drehte meinen Kopf auf die Seite und sah in den Raum.

Meine Mutter hatte mein T-Shirt in der Hand, welches ich beim Ausziehen auf links gezogen hatte, und wendete dieses gerade wieder, sodass das Äußere wieder außen war. Dann hob sie auch meine Hose auf und sah in meine Richtung. Voller Angst achtete ich auf ihre Reaktion. Hatte ich an der Hose etwas übersehen? War ihr etwas aufgefallen?

„Ich werde das mal in die Wäsche geben. Das wirst du morgen ja wahrscheinlich nicht mehr brauchen. Und jetzt versuch zu schlafen!"

Ich war erleichtert. Sie hatte nichts gemerkt und es gab auch kein Gemecker wegen der achtlos auf den Boden geworfenen Kleidung.


Wie konnte ich sicherstellen, dass ich morgen wirklich nicht zur Schule musste?

Meine Mutter sagte, dass sie nachher bei mir Fieber messen würde. Hierbei zu manipulieren, war nahezu ausgeschlossen. Das hatte ich vor zweieinhalb Jahren schon einmal versucht.


Als mich meine Mutter damals morgens weckte, hatte ich gesagt, dass es mir nicht gut ginge und dass ich glaubte, dass ich Fieber hätte. Sofort hatte sie das Fieberthermometer geholt und mir in den Mund gesteckt. Als sie wieder aus meinem Zimmer gegangen war, hatte ich schnell die Lampe auf meinem Nachttisch eingeschaltet, das Thermometer an die Glühlampe gehalten und beobachtet, wie der Balken im Fieberthermometer langsam stieg.

Bevor meine Mutter erneut in mein Zimmer gekommen war, hatte ich die Lampe wieder ausgeschaltet und das Thermometer in meinen Mund gesteckt. Dann tat ich so, als ob ich fürchterlich leiden würde. Sie nahm indessen das Thermometer und sah drauf. Ein Blick von ihr und ich wusste, dass ich keinen schönen Tag vor mir hatte.

41,2°C war damals scheinbar wenig glaubwürdig gewesen. Sofort hatte sie ihre Hand auf meine Stirn gelegt und erneut „gemessen". Ich wurde unverzüglich für gesund erklärt und musste zur Schule gehen.

Wieso gab es überhaupt technische Hilfsmittel wie Fieberthermometer, wenn die Eltern dann dem Temperaturempfinden der eigenen Hand mehr Vertrauen schenkten? Ich fand die Temperatur damals richtig klasse. Das hätte doch eigentlich reichen sollen, um krank zu sein. Stattdessen gab es richtig Ärger. Ganz doof gelaufen!

Ich würde darauf vertrauen müssen, dass Kopfschmerzen und mein heutiges Verhalten meinen Eltern ausreichen sollte, um morgen nicht zur Schule gehen zu müssen. Im äußersten Notfall könnte ich auch noch Schwindel vortäuschen. Das würde aber die Wahrscheinlichkeit in die Höhe treiben, dass meine Mutter mit mir zum Arzt fahren würde. Das wäre dann das Ende meines Geheimnisses.

Wenn man mir das Essen brachte, dann sollte ich Appetitlosigkeit vortäuschen. Das würde mein Krankheitsbild noch untermauern. Genaugenommen musste ich das nicht einmal vortäuschen. Mir war überhaupt nicht nach Essen zumute. Ich durfte also nichts essen. Ansonsten mussten die

Kopfschmerzen ausreichen. Von meinen Schmerzen geplagt, schlief ich wenig später wieder ein.

Unbestimmte Zeit später weckte mich mein Vater vorsichtig. Er hatte mir einen Teller Suppe und einige Stücke Baguette mit dick Kräuterbutter darauf auf meinen Nachttisch gestellt.

„Versuch, etwas zu essen! Das wird dir gut tun", sagte er, dann verließ er mein Zimmer wieder. Kurz war ich auch geneigt, meinen Plan, nichts zu essen, zu streichen. Die Suppe roch gut. Mein Vater musste die letzten Stunden in der Küche zugebracht haben, um mir diese Suppe zu kochen. Er konnte richtig gut kochen, und er wusste, dass ich diese Suppe sehr mochte. Allein der Gedanke an Essen ließ aber wieder eine gewisse Übelkeit in mir aufsteigen. Somit schlief ich wieder ein, ohne den Teller angerührt zu haben. Es kam auch niemand mehr zum Fiebermessen.

# DER FREITAG

*Lukas:* Freitag


Meine Eltern mussten entschieden haben, dass es besser wäre, wenn ich am Freitag nicht zur Schule ging. Ich wachte auf, als es draußen schon wieder hell war. Ich hatte immer noch Kopfschmerzen. Der Teller mit der Suppe stand nicht mehr auf meinem Nachttisch.

Es klopfte an der Tür. Mein Vater dürfte bei der Arbeit sein, mein Bruder in der Schule.

„Mama?" Die Tür öffnete sich und meine Mutter kam in mein Zimmer.

„Hallo, mein Kleiner. Wie geht es dir?", fragte sie. Ich antwortete nicht.

„Du hast gestern gar nicht gut ausgesehen. Was ist in der Schule passiert? Hast du dich da übergeben?", fragte sie.

Wieder rasten die Gedanken in meinem Kopf. Wie konnte sie darauf kommen? Was wusste sie? Wieder antwortete ich nicht, sondern drehte mich stattdessen auf den Bauch und versenkte meinen Kopf verlegen in mein Kissen.

„Ich habe deine Hose gestern noch in die Wäsche gesteckt, und die hat nach Erbrochenem gerochen", erklärte sie, setzte sich auf die Kante meines Bettes und streichelte mir mit der Hand durch die Haare. Ich drehte mich wieder auf die Seite und meinen Kopf so, dass sie mit ihrer Hand nicht an die Beule an meinem Hinterkopf kommen konnte, und war erleichtert. Sie wusste nichts.

„Wenn es dir so schlecht geht, dass du dich übergeben musst, dann musst du doch nicht mit dem Fahrrad nach Hause kommen. Vor allem dann nicht, wenn dir jemand die Luft aus dem Reifen gelassen hat. Die vom Sekretariat hätten anrufen können, und dann hätte ich dich abgeholt." Während sie das sagte, führte sie ihre Hand an die linke Seite meines Kopfes, knapp unterhalb der Beule, und drückte mit der Hand so gegen meinen Kopf, dass ich den Kopf etwas weiter zu ihr drehen musste. Sie neigte sich mir entgegen und drückte mir zärtlich einen Kuss auf die Schläfe.

Dieser Kuss fühlte sich gut an. Darin lag Geborgenheit und Liebe. Ich spürte das Verlangen, meine Mutter zu umarmen, aber hätte ich mich damit verraten? Außerdem befürchtete ich, dass ich losheulen würde, sobald ich sie umarmen würde. Ich unterdrückte das Verlangen und versenkte meinen Kopf erneut in meinem Kissen.

„Versuch, noch etwas zu schlafen!", redete sie mir zu und stand langsam von der Bettkante auf. „Wenn du etwas brauchst oder es dir nicht gut geht, dann kannst du ruhig nach mir rufen. Ich werde jetzt mal das Mittagessen kochen." Sie ging zur Tür. Den Türgriff in der Hand, drehte sie sich noch einmal zu mir und sagte: „Nils kommt auch schon bald von der Schule zurück. Ich habe ihn gebeten, dass er dir die Hausaufgaben mitbringt. Ich hoffe, dass du das über das Wochenende erledigen kannst." Mit diesen Worten verließ sie mein Zimmer.

Ich schlief wieder ein.

Durch ein Rumpeln an meiner Tür wachte ich erneut auf. Meine Zimmertür öffnete sich und Nils kam in mein Zimmer. Ohne ein Wort des Grußes fing er an zu reden. Er gab mir keine Gelegenheit, erst einmal vollends aufzuwachen.

„Mama sagte heute Morgen, dass ich mich bei deinen Klassenkameraden erkundigen sollte, was die gemacht haben und welche Hausaufgaben ihr aufbekommen habt."

Dabei stellte er seinen Ranzen auf dem Fußboden ab und fing an, in diesem herumzukramen.

„Ich bin nach der vierten Stunde rübergegangen und habe Patrik gefragt. Der hat mir gesagt, was ihr gemacht und aufbekommen habt. Der fette Müller war auch noch im Klassenzimmer. Er hat mich gefragt, wieso du heute nicht zur Schule gekommen bist. Ich habe gesagt, dass du krank bist. Aber so, wie der mich angesehen hat, glaubt er nicht daran, dass du krank bist.“

Nils zog einen leicht zerknitterten Zettel aus seinem Schulranzen und legte ihn auf meinen Schreibtisch.

„Auf dem Zettel steht alles“, erklärte er und sah mich an.

„Patrik meinte, dass du gestern nach der fünften Stunde noch nicht krank warst.“ Er trat einen Schritt näher an mein Bett heran und sah mich jetzt voller Verachtung von oben herab an. Ich erwiderte nichts. Auf was wollte er hinaus? Wieso gab er mir nicht einfach den Zettel und verschwand wieder?

„Er sagte auch, dass ihr gestern nach der fünften Stunde frei hattet. Du bist aber erst nach mir zu Hause angekommen, und ich hatte bis zur sechsten Stunde.“

Ich wurde nervös. Ich konnte die fehlende Stunde nicht erklären. Ab jetzt war ich wieder hellwach. Wieder antwortete ich nicht.

„Mama hat gestern erzählt, dass du einen Platten hattest und dein Rad schieben musstest. Wieso habe ich dich dann mit meinem Rad nach der sechsten Stunde nicht überholt?“, setzte er sein Verhör fort.

Er beugte sich leicht vor und drohte: „An dieser Geschichte ist was faul, und das werde ich Mama sagen.“

Ich geriet in Panik. Ich musste unbedingt verhindern, dass er seinen Verdacht meinen Eltern gegenüber erwähnte. Mir fiel aber nichts ein, wie ich ihn hätte davon abhalten können.

„Ich habe keine Ahnung, wie du das mit der Kotze an der Hose gemacht hast, aber du bist nicht krank. Du simulierst!“, klagte er mich an. „Ihr habt heute in der zweiten Stunde Englisch geschrieben, und du wolltest einfach nur schwänzen!“

War das seine Vermutung? Dachte er, dass ich krank spielte, um der Englischarbeit zu entgehen? In dem Fall sollte ihn die fehlende Stunde am Donnerstag nicht interessieren! Wenn ich seinen Verdacht bestätigen würde, dann würde er vielleicht nicht weiter auf die fehlende Stunde am Donnerstag eingehen. In mir flammte Hoffnung auf. Ich hatte einen Ausweg gefunden.

„Halt die Fresse du Arsch! Wehe du sagst etwas!“, erwiderte ich energisch, aber dennoch so, dass man es auf dem Flur nicht hätte hören können. Dabei richtete ich mich in meinem Bett auf und sah Nils böse an. Während ich das sagte, hämmerten in meinem Kopf die Kopfschmerzen und mein Hintern brannte. Nils fühlte sich in seiner Vermutung bestätigt und fing an zu grinsen.

„Wenn ich das nicht verraten soll, dann übernimmst du bis zum Ende des Jahres das Rasenmähen, und eine spontane Genesung, pünktlich zum Wochenende, kannst du vergessen. Du bleibst krank bis Sonntag und am Montag gehst du wieder zur Schule. Hältst du dich nicht an die Abmachung, dann sage ich Mama, dass du nur die Englischarbeit schwänzen wolltest“, diktierte mir Nils seine Bedingungen für sein Schweigen.

Ich war erleichtert und willigte ein.

Der restliche Freitag verlief ohne weitere Vorkommnisse. Ich habe viel geschlafen, und zu den Mahlzeiten brachte man mir das Essen ans Bett. Auch wenn sich meine Mutter bei der Auswahl und der Zubereitung des Mittagessens sehr viel Mühe gab, konnte ich am Freitagmittag nichts essen.

Am Abend gab es für mich dann Milchsuppe mit Zwieback. Das haben wir damals immer bekommen, wenn eine Grippe überstanden war und unsere Eltern die Hoffnung hatten, dass unser Magen-Darm-Trakt wieder feste Nahrung verarbeiten konnte. Wobei man bei ‚in warmer Milch eingeweichtem Zwieback‘ wohl kaum von fester Nahrung sprechen konnte.

Dieses Essen war für den Magen allerdings sehr leicht zu verarbeiten, was die Wahrscheinlichkeit, dass man erbrechen musste, noch mal senkte. Und wenn man sich in der Nacht doch noch mal übergeben musste, dann waren da keine festen Stücke dabei, was das Erbrechen etwas erträglicher machte.

Ich aß die Milchsuppe mit dem Zwieback und schlief danach gleich wieder ein.

# DER SAMSTAG

*Lukas:* Samstag


Krank zu sein, hatte in meiner Familie auch etwas Gutes. Man wurde von vorne bis hinten umsorgt. Insbesondere die Zeit nach einer überstandenen Magen-Darm-Erkrankung hatte ihren Reiz. Neben der Tatsache, dass ich nicht zur Schule musste, gab es auch noch den Vorteil, dass es zu den Mahlzeiten nur Sachen gab, die ich mochte. Wahrscheinlich hatten meine Eltern Angst, dass ich noch dünner werden würde.

Nils war immer dicker und stärker gewesen als ich. Wenn er seine Muskulatur, gleichgültig wo, anspannte, dann konnte man erkennen, dass er kräftig war. Die Muskelstränge selber konnte man aber nicht sehen. Wenn ich meine Bauchmuskeln anspannte, so konnte man die Kontur der Muskeln unter der Haut deutlich erkennen.


Ich hatte mich in der Nacht nicht übergeben müssen, und das war für meine Eltern scheinbar das Startsignal, ‚den Jungen‘, also mich, wieder aufzupäppeln.

Mein Vater kam am Samstagmorgen, mein Wecker zeigte 10:05 Uhr, in mein Zimmer und hockte sich auf seinen Knien vor mein Bett.

„Guten Morgen, Lukas. Geht es dir wieder besser?“

„Ich habe immer noch Kopfschmerzen“, erwiderte ich wahrheitsgemäß.

„Ich habe Brötchen geholt. Magst du mit uns zusammen in der Küche frühstücken, oder geht das noch nicht?“

„Nein, lieber nicht", antwortete ich, ohne groß nachzudenken. Die Schmerzen an meinem Hintern waren, auch wenn sie schon weniger geworden waren, immer noch spürbar.

Mein Vater strich mir kurz mit seiner linken Hand durch mein Haar und sagte: „Na gut. Aber du musst etwas essen, du fällst uns sonst noch völlig vom Fleisch. Wir werden dir etwas fertig machen und ans Bett bringen. Ist das in Ordnung?"

„Ja", antwortete ich kurz.

Mein Vater verließ mein Zimmer wieder und kam etwa fünf Minuten später mit einem schwer beladenen Tablett zurück. Darauf befanden sich vier Brötchenhälften, beschmiert mit Butter und Marmelade, ein kleiner Teller mit Rührei, ein Glas Orangensaft, eine Tasse warmer Kakao und ein Erdbeerjoghurt. Er stellte das Tablett auf der Matratze meines Bettes ab.

Ich war überrascht, wie schnell er das fertig gemacht hatte. Noch während mein Vater mich gefragt hatte, ob ich etwas essen wollte, musste meine Mutter in der Küche bereits alles vorbereitet haben.

„Versuch bitte, etwas zu essen! Wenn du das nicht alles schaffst, dann ist das nicht schlimm, aber du solltest etwas essen."

Mein Vater stand wieder auf und verließ mein Zimmer. Ich richtete mich in meinem Bett auf und sah mir das Tablett genauer an. Unter dem Rand des Tellers hatten meine Eltern zusätzlich noch ein Nappo[1] als Nachtisch versteckt.

Ich war mir sicher, dass jedes Kind dachte, den besten Vater und die beste Mutter auf der ganzen Welt zu haben. In diesem Augenblick aber war ich davon überzeugt, dass nur ich dieses Privileg für mich beanspruchen konnte. Ich liebte meinen Vater und ich liebte meine Mutter.

---

[1] Rautenförmiger Kaubonbon mit Schokoladenüberzug

Bis auf den Joghurt habe ich alles gegessen. Auch den Nappo. Der war das Beste an dem Frühstück.

Eigentlich habe ich den ganzen restlichen Tag geschlafen. Lediglich am Abend war ich für wenige Stunden zum Fernsehgucken und für eine weitere warme Mahlzeit (Wiener Kaiserschmarrn mit Vanillesauce) in das Wohnzimmer gegangen. Meine Mutter brachte mir hierfür meine Bettdecke und mein Kopfkissen in das Wohnzimmer. Mit ganz vorsichtigen Schritten und immer einer Hand an einer Wand oder einem Möbelstück, ging ich in das Wohnzimmer. Nachdem ich so lange gelegen hatte, musste mein Kreislauf erstmal wieder in Gang kommen. Außerdem taten mein Kopf und mein Hintern noch weh, wenn ich mich zu schnell bewegte.

Nils muss mich für einen richtig guten Schauspieler gehalten haben.

# DER SONNTAG



Am Sonntag wurde ich von meiner Mutter geweckt.

„Guten Morgen, Lukas. Das Frühstück ist fertig. Nachdem das gestern Abend so gut geklappt hat, haben wir uns gedacht, dass wir heute alle zusammen im Wohnzimmer frühstücken wollen."

Noch im Halbschlaf wälzte ich mich von der einen Seite auf die andere und fing dann an, mich im Bett zu recken und zu strecken. Danach sah ich meine Mutter, immer noch halb schlafend, an.

„Na komm! Setz dich erst einmal auf die Kante des Bettes und dann stehst du langsam auf. Wenn dir dabei schlecht wird, dann kannst du dich ja wieder hinlegen."

Ich machte mir weniger Gedanken darüber, ob mir schlecht werden würde, sondern mich hielt die Angst vor Schmerzen an meinem Hintern zurück. Aber ich musste aufstehen. Ich musste auf die Toilette. Ich musste pinkeln. Vorsichtig setzte ich mich erst auf die Kante meines Bettes und stand dann langsam, gestützt von meiner Mutter, auf.

„Das lief doch gut", lobte mich meine Mutter. „Wir haben uns Sorgen um dich gemacht." Dann öffnete sie ihre Arme und umarmte mich sanft. Und ich umarmte sie zurück.

Diese Umarmung fühlte sich aber komisch an. Es war eine Umarmung, so wie wir uns in der Vergangenheit eigentlich schon tausende Male umarmt hatten. Genau wie ich auch Papa schon tausende Male umarmt hatte, aber dieses Mal fühlte sich die Umarmung meiner Mutter trotzdem anders an. Ich fühlte mich beengt. Ich fühlte mich gefangen. Ich konnte nicht weg. In mir baute sich ein wenig Panik auf.

Mit einem „Ich muss auf die Toilette“ löste ich mich aus der Umarmung und ging vorsichtig zur Toilette.

„Brauchst du Hilfe?“, fragte meine Mutter. Ich überlegte kurz, wie diese Hilfe aussehen könnte, und lehnte dankend ab.

Auch wenn meine Eltern von uns erwarteten, dass wir uns auch zum Pinkeln hinsetzten, heute würde ich diese Forderung ignorieren. Ich hatte zu viel Angst, dass mir beim Sitzen auf der harten Klobrille der Hintern wehtun würde. Ich würde heute im Stehen pinkeln. Folglich brauchte ich auch keine Hilfe beim Hinsetzen und Wiederaufstehen. Und für das Halten und Zielen brauchte ich keine Unterstützung. Das sagte ich meiner Mutter aber nicht.

Obwohl das Wetter immer besser wurde, verbrachte ich den ganzen Sonntag zu Hause im Schlafanzug. Der Wind der vergangenen Tage hatte nachgelassen und es wurde wieder wärmer. Nach draußen gehen war aber keine Option. Den Großteil des Nachmittags verbrachte ich vor dem Fernseher. Bei allem anderen, was ich anfing, schweiften meine Gedanken immer wieder ab und ich musste an den kommenden Montag denken.

Wir hatten montags keinen Unterricht bei Herrn Müller. Vor dem Unterricht musste ich mich somit nicht fürchten. Aber was war, wenn mir Herr Müller auf dem Flur begegnete? Was würde er mit mir machen? Würde er mich in einen leeren Raum zerren und mich fragen, ob ich etwas verraten hatte? Würde er mir wieder drohen? Würde er mir wieder wehtun?

Wie ich den Dienstag überstehen sollte, das war mir allerdings ein Rätsel. Am Dienstag hatten wir die zweite und dritte Stunde Deutsch. Und auch die sechste Stunde wurde von Herrn Müller unterrichtet! Am Dienstag konnte ich ihm nicht aus dem Weg gehen. Ich hatte Angst vor Herrn Müller.

Ich bekam Bauchschmerzen.

Am Montag müsste ich zur Schule gehen. Wenn ich sagen würde, dass es mir noch nicht besser ginge, dann würde Nils sein Versprechen in die Tat umsetzen und behaupten, dass ich am Freitag lediglich die Englischarbeit geschwänzt hatte. Diese Behauptung selber machte mir keine Angst. Meine Eltern hätten sich nicht so um mich gekümmert, wenn sie nicht absolut davon überzeugt gewesen wären, dass es mir wirklich schlechtging. Aber was war, wenn Nils die fehlende Stunde erwähnte? Wie sollte ich mich da rausreden, ohne dass ich meine Eltern anlügen musste? Irgendwie bekamen die immer mit, wenn ich mich nicht vollständig an die Wahrheit hielt oder wenn ich nervös war.

Das wäre alles nicht passiert, wenn Patrik mir letzten Donnerstag geholfen hätte! Selbst Herr Müller hatte gesagt, dass sich ein Freund so nicht verhielt. Ein Freund hätte versucht zu helfen. War Patrik wirklich noch mein Freund?

# DER STREIT

*Lukas:* Montag

Gemäß der Vereinbarung mit Nils musste ich heute wieder zur Schule. Die Schmerzen an meinem Hintern hatten deutlich nachgelassen, machten sich aber umso mehr bemerkbar, wenn ich mich bücken musste oder wenn ich mich hinsetzte.

Mein Vater hatte am Sonntag noch mein Fahrrad wieder aufgepumpt. Normalerweise fuhren Nils und ich morgens immer gemeinsam mit dem Fahrrad zur Schule. Ich wusste aber nicht, wie gut das Fahrradfahren bei mir klappen würde. Konnte ich die Knie überhaupt so hoch heben, dass ich mit dem Fahrrad fahren könnte? Das wollte ich nicht in Gegenwart von Nils ausprobieren.

Leider war auch kein Regen in Sicht. Bei Regen hätte es gut sein können, dass uns unsere Mutter mit dem Auto zur Schule gebracht hätte. Das konnte ich für heute ausschließen. Die einzige Möglichkeit, nicht zusammen mit Nils fahren zu müssen, war, dass ich vor ihm losfuhr. Ich wusste, dass Nils kein Interesse daran hatte, länger als nötig in der Schule zu sein. Und dazu zählte natürlich auch der Zeitraum vor der ersten Stunde.

„Ich muss heute zehn Minuten früher losfahren. Ich habe gestern bei den Matheaufgaben etwas nicht verstanden, und Patrik hat angeboten, dass er mit das heute vor der Schule erklärt", flunkerte ich am Frühstückstisch meine Mutter an.

„Na, dann musst du dich jetzt aber beeilen. Warum hast du gestern denn nichts gesagt? Ich hätte dir doch auch helfen können. Na ja, dafür ist es jetzt zu spät. Ich mache dir das Pausenbrot fertig und du putzt dir bitte noch die Zähne", wies mich meine Mutter an.

Nachdem ich im Bad fertig war, ging ich in mein Zimmer, öffnete die Schublade meines Schreibtisches und nahm mein Taschenmesser heraus. Neben einer langen Klinge zum Schnitzen verfügte das Taschenmesser über einen Dosenöffner, einen breiten Schraubendreher, eine Säge, einen Öffner für Kronkorken, einen Korkenzieher und eine Art Dorn direkt daneben. Den wirklichen Verwendungszweck des Dornes habe ich nie herausfinden können. Ich vermutete aber, dass es sich hierbei um eine Art Schlagstachel, ähnlich einem Schlagring, handelte. Wenn man den Stachel ausklappte und dann das Taschenmesser in die Faust nahm, guckte der Stachel zwischen Mittel- und Ringfinger etwa einen Zentimeter heraus.

Um diesen Stachel ausklappen zu können, brauchte man allerdings lange Fingernägel, oder man klappte zuerst den Korkenzieher (den ich nie gebraucht habe) aus. War der Korkenzieher ausgeklappt, so konnte man auch ohne lange Fingernägel an den Dorn herankommen. War der Dorn dann ausgeklappt, so konnte man den Korkenzieher einfach wieder zurückklappen.

Für den Fall, dass mir Herr Müller zu nahe kommen würde, so wäre der Dorn eine gute Alternative zur Klinge. Ich hatte die Hoffnung, dass alleine der Blick auf den Dorn in meiner geschlossenen Faust bei Herrn Müller Eindruck machen würde. Ein Schlag damit würde ihn mit Sicherheit nicht töten. Ich rechnete aber damit, dass das sehr wehtun würde, sodass Herr Müller automatisch Abstand halten würde.

Ich sah das Taschenmesser kurz an und steckte es ganz nach unten, in die vordere Tasche meines Schulranzens.

Meine Mutter wartete bereits im Flur auf mich und übergab mir meine, in Butterbrotpapier eingepackte, Pausenbrote. Ich bekam noch einen Kuss auf die Stirn und wurde mit einem „Viel Spaß in der Schule" verabschiedet.

Ich rechnete nicht damit, dass meine Mutter mich auf dem ersten Teil des Weges, von unserer Hofauffahrt bis zur Straße, beobachten würde, ich wollte aber auch kein Risiko eingehen. Somit stieg ich, nachdem ich mein Fahrrad aus dem Schuppen geholt hatte, auf das Rad und fuhr los. Ich ließ mir den Schmerz nicht anmerken und versuchte, nahezu normal mit dem Fahrrad zu fahren.

Kaum war ich außer Sichtweite, änderte ich meinen Fahrstil erheblich. Ich saß nicht mehr auf dem Sattel und versuchte, so lange wie möglich zu rollen.

Damit mich Nils nicht überholen konnte, nahm ich den gleichen Feldweg, den ich am vergangenen Donnerstag auf dem Heimweg genommen hatte. Nils würde mit Sicherheit den etwas längeren, aber deutlich schnelleren Weg an der Straße entlang wählen.

Wenige Minuten vor der ersten Stunde erreichte ich die Schule und stellte mein Fahrrad im Fahrradunterstand ab.

In den ersten beiden Stunden hatten wir Werken. Die Klassenzimmer für den Werkunterricht waren glücklicherweise im Erdgeschoss. Ich musste somit vorerst keine Treppen nach oben steigen. Pünktlich mit dem Gong erreichte ich, dicht gefolgt von Herrn Wiese, unserem Lehrer für Werken, den Werkraum.

Im Unterricht für Werken mussten wir uns nicht hinsetzen. Meistens standen wir an den Werkbänken und arbeiteten, jeder für sich, an unseren Projekten.

Heute sollten wir jedoch mit einem neuen Projekt starten. Wir sollten aus einem Draht ein Insekt formen.

Hierfür hatte Herr Wiese jedem von uns eine Rolle Draht gegeben. Für die Realisierung dieser Aufgabe bekamen wir drei Wochen, also insgesamt sechs Schulstunden, Zeit. Ganz gleich, was wir nach diesen Stunden fertiggebracht hatten, würde am Ende bewertet werden.

Zuerst hatte ich keine Idee, wie ich aus einem dünnen Draht ein Insekt formen sollte. Nach wenigen Minuten fing ich dann aber einfach an, die Außenform einer Biene zu wickeln. Von hinten nach vorne. Am Anfang war die Form sehr labil. Nachdem ich den Körper mit Querstreben, ebenfalls aus Draht, verstärkt hatte, wurde das richtig gut.

Patrik stand an der Werkbank neben mir und arbeitete an einer Ameise. Er hatte mich am Anfang der Stunde begrüßt, von ihm kam aber kein Wort des Bedauerns, kein Wort der Entschuldigung. Scheinbar war er sich keiner Schuld bewusst. Immer wenn Patrik etwas sagte oder fragte, hielt ich meine Antwort so kurz wie möglich.

Ich achtete darauf, dass ich mich nicht zu viel bewegte. Ich stand an meiner Werkbank und konzentrierte mich auf meine Biene. Irgendwann sagte Patrik dann gar nichts mehr.

Immer wenn ich zu Patrik am Nachbartisch sah, ging mir durch den Kopf, dass er mir nicht geholfen hatte. Hätte er mir geholfen, dann wäre das alles nicht passiert. Dann hätte ich Herrn Müller nicht beim Heruntertragen der Bücher helfen müssen, dann wäre ich nicht mit dem Lehrer in die Bibliothek gegangen.

Selbst Herr Müller hatte gesagt, dass sich ein Freund nicht so verhielt, wie er es getan hatte. Ein Freund hätte geholfen. Für Patrik schien jedoch alles in Ordnung zu sein.

In mir baute sich immer mehr ein Hass gegen Patrik auf. Er hätte alles verhindern können. Er hatte Schuld daran, dass ich mit Herrn Müller in die Bibliothek gehen musste. Er war schuld!

Kurz vor dem Ende der zweiten Stunde gab uns Herr Wiese die Anweisung, unsere Plätze aufzuräumen. Die bisher entstandenen Werke sollten wir in die Schränke im Werkraum stellen. Ich ließ mir Zeit. Ich wollte als Letzter durch die Tür auf den Flur gehen, damit keinem auffallen würde, dass ich ganz langsam und vorsichtig ging.

Nachdem ich meine Biene als Letzter in den Schrank gestellt hatte, ging ich langsam durch die Tür auf den Flur. Neben der Tür wartete Patrik auf mich.

„Was ist los mit dir? Geht es dir noch nicht wieder besser? Du bis heute seltsam", fragte Patrik, als ich durch die Tür trat.

Ich war entsetzt! Ich ging erst langsam an ihm vorbei, wandte mich ihm dann zu und fuhr ihn an: „Da fragst du noch?"

Patrik sah mich fragend an, hob seine Schultern leicht hoch und ließ sie langsam wieder sinken.

„Du hast mich am Donnerstag sitzenlassen!", klagte ich Patrik an.

„Ich habe was?", fragte Patrik ungläubig.

„Ich habe bei Herrn Müller für wenige Sekunden nicht aufgepasst und nicht mitbekommen, was der gesagt hat. Er hat mich dabei erwischt und wollte wissen, was er gerade gesagt hat. Ich wusste es nicht und wurde bestraft. Du hast nicht mal versucht, mir zu helfen!"

„Was musstest du denn zur Strafe machen, dass du dich jetzt so aufregst? Du musstest die Bücher einsammeln. Das kann ja wohl kaum so schlimm gewesen sein. Seit wann bist du so empfindlich?"

Inzwischen hatten wir die Aufmerksamkeit einer kleinen Gruppe unserer Klassenkameraden auf uns gelenkt, die vor mir durch die Tür auf den Flur getreten waren. Sie blieben stehen und drehten sich zu uns um.

„Und ich musste die Bücher mit ihm zusammen zur Bibliothek tragen!", ergänzte ich aufbrausend.

„Ist das dein Ernst? Das ist alles? Und deshalb sprichst du nicht mehr mit mir?"

Ich verspürte ein kurzes Verlangen, Patrik zu sagen, was danach in der Bibliothek geschehen war. Er sollte wissen, was er zu verantworten hatte. Er sollte wissen, was Herr Müller mir angetan hatte. Ich spürte den Blick der anderen Klassenkameraden in meinem Genick und unterdrückte den Impuls, Patrik das von Herrn Müller zu erzählen. Die Flure waren sehr hellhörig. Wenn meine Klassenkameraden mitbekommen hätten, was ich Patrik erzählte, so würde das im Nu die ganze Schule wissen. Außerdem, wer sagte denn, dass nicht auch Patrik alles weitersagen würde? Konnte ich ihm noch vertrauen, nachdem er mich am Donnerstag so hatte sitzen lassen?

„Das ändert nichts daran, dass du mir nicht geholfen hast!"

„Was hätte ich denn machen sollen? Glaubst du vielleicht, dass der Müller nichts gemerkt hätte, wenn ich dir was ins Ohr geflüstert hätte? Der hatte dich voll im Visier. Wenn ich dir was gesagt hätte, dann wären wir beide dran gewesen! Huuu!" Dabei schüttelte er seine Hände, als wenn daran etwas

Klebriges hängen würde. „Dann hätten wir beide die Bücher zur Bibliothek bringen müssen."

Sein Sarkasmus entging mir nicht, doch wenn Patrik in der Bibliothek mit dabei gewesen wäre, dann wäre das mit Herrn Müller mit Sicherheit nicht passiert. Herr Müller gegen uns zwei, das hätte er sich nicht getraut. Der Gedanke war mir bisher noch nicht gekommen.

Auch wenn sich Patrik am Donnerstag nicht getraut hatte, mir etwas vorzusagen, so hätte er wenigstens auf mich warten können oder mich bis zur Tür der Bibliothek begleiten können. Auch das hatte er nicht gemacht.

Für mich war damit die Schuldfrage geklärt. Patrik hätte mir helfen können, er hätte das mit Herrn Müller verhindern können.

Wäre Patrik noch geblieben, so hätte Tom sich wahrscheinlich nicht einmal getraut, auf das Buch zu spucken und dieses oben auf das Regal zu legen. Hätte Patrik nur irgendetwas anders gemacht, so wäre alles ganz anders gelaufen. Alles wäre genauso geblieben, wie es war.

„Ein wirklicher Freund hätte mir geholfen!", klagte ich Patrik an.

„Was? Lukas, was ist los mit dir? Denk doch mal nach! Das macht doch überhaupt keinen Sinn, was du da sagst. Sei doch kein Idiot! Du bist doch sonst nicht so begriffsstutzig!"

Der Hass in mir Patrik gegenüber stieg mit diesen Worten weiter. Ich, ein Idiot? Ich sollte begriffsstutzig sein? Er war es, der nicht verstehen wollte, um was es hier ging! Freunde halfen einander!

Ich platzte vor Wut.

„Wir sind keine Freunde mehr! Ich will nicht mehr neben dir sitzen! Ich werde mir einen anderen Platz im

Klassenzimmer suchen. Ich will nichts mehr mit dir zu tun haben!", platzte ich kurzerhand heraus.

„Das ist jetzt nicht dein Ernst!"

„Verschwinde!", brüllte ich Patrik an.

Patrik sah mich kurz verständnislos an, schulterte seinen Schulranzen und ging schnellen Schrittes an mir vorbei. Kaum war Patrik an der kleinen Gruppe mit unseren Klassenkameraden vorbeigegangen, da machten sich auch diese auf den Weg und gingen in Richtung Klassenzimmer. Auch ich machte mich langsam auf den Weg.

Unser Klassenzimmer lag im ersten Obergeschoss, und in der dritten Stunde würde Frau Gerlach hier Mathe unterrichten. Ich musste somit über die lange Treppe vor unserem Klassenzimmer hoch in das erste Stockwerk. Vor dieser Treppe fürchtete ich mich. Ich wusste nicht, ob ich ohne zu große Schmerzen hochkommen würde.

Als ich vor der Treppe stand, war von meinen Klassenkameradinnen und von Patrik nichts mehr zu sehen. Ich vermutete, dass sie bereits oben vor dem Klassenzimmer auf den Gong und damit auf Frau Gerlach warteten.

Die ersten Stufen ging ich ganz vorsichtig hoch. Die Schmerzen waren aber zum Glück bei weitem nicht so stark, wie ich befürchtet hatte. Ich durfte die Bewegungen nur nicht so schnell machen.

Aber was sollte ich sagen, wenn sich jemand darüber wunderte, wieso ich die Treppe so langsam nach oben ging?

Ich erinnerte mich an einen Muskelkater, den ich in den letzten Herbstferien ertragen hatte müssen. Der Muskelkater war so stark gewesen, dass ich damals Probleme hatte, die Kellertreppe zu Hause runter- und wieder raufzukommen.

In den letzten Herbstferien war damals das Wetter zum Ende der Ferien richtig schlecht. Nachdem alle Spiele, die man im Haus spielen konnte, bereits mehrfach gespielt waren und wir auch nicht mit dem Fahrrad zu unseren Freunden fahren konnten, kam bei Nils und mir richtig Langeweile auf. Ich hockte auf meinem Bett, die Gardine vor meinem Fenster war zur Seite geschoben, und sah dem Regen dabei zu, wie er herunterfiel. Nils kam, scheinbar ebenso gelangweilt wie ich, in mein Zimmer und schlug vor, dass wir einen kleinen Wettkampf durchführen könnten. Bei diesem Wettkampf sollte geklärt werden, wer von uns beiden der Stärkere war. Jeder sollte sich zwei Übungen ausdenken, und in den Übungen traten wir dann zeitgleich gegeneinander an.

Es war von vorneherein klar, dass er der Stärkere von uns beiden war, folglich war ich zuerst wenig angetan von der Idee und sah weiter den Regentropfen beim Herunterfallen zu. Auch Nils stellte sich, ohne mir die Sicht zu verdecken, vor das Fenster und sah ebenfalls hinaus. Scheinbar teilte er für einen kurzen Augenblick mein aktuelles Interesse an herunterfallenden Wassertropfen. Ich dachte über seinen Vorschlag nach. Dabei gingen mir Übungen durch den Kopf, bei denen ich, aufgrund meines geringen Gewichts, eindeutig besser sein sollte als Nils, auch wenn ich in Wirklichkeit nicht stärker war als er. Eine dieser Übungen war der Unterarmstütz.

Bei dieser Übung musste man seinen Körper so lange wie möglich in der Horizontalen halten. Hierbei durften nur die Zehen und die Ellenbogen den Boden berühren. Der Oberkörper und die Beine mussten stets eine Linie bilden und durften zu keinem Zeitpunkt den Boden berühren.

Ich hatte Bauchmuskeln und kein Fett. Nils hingegen hatte Fett und keine Bauchmuskeln. Zumindest konnte man die durch die Fettschicht nicht sehen. Beim Unterarmstütz rechnete ich mit einem klaren Sieg für mich. Ich habe nie verstehen können, wieso es bei dieser Übung bei einigen Menschen ein Zeitlimit gab. Ich hätte die Position über Stunden halten können.

Eine weitere Übung, bei der ich mir Chancen ausrechnete, waren Kniebeugen. Da ich deutlich weniger wog als Nils, musste ich bei jeder Beuge auch nicht so viel Gewicht heben wie Nils.

Ich willigte in den Wettkampf ein.

Nils schien von Beginn an sehr siegessicher zu sein.

Die erste Übung wurde von Nils vorgegeben – Liegestütze. Es zählten nur die Liegestütze, bei denen die Nase den Boden berührte und die Arme im Anschluss ganz durchgestreckt wurden. Wir fingen gleichzeitig damit an, Liegestütze zu machen. Ich habe neun geschafft, bevor meine Armmuskeln versagten. Nils hat dann noch weitere gemacht und hat insgesamt sechzehn Liegestütze geschafft. Dieser Punkt ging an Nils. 0 : 1.

Dann kam meine erste Übung dran – Unterarmstütz.

Nach etwa 2 Minuten im Unterarmstütz fing Nils an, mit der Hüfte rauf- und wieder runterzugehen. Das war aber alles noch innerhalb des Erlaubten. Wenig später fing er an, zu schnauben und zu stöhnen, und brach zusammen. Ein klarer Sieg für mich. Nils behauptete auch gleich, dass seine Bauchmuskeln durch die vielen Liegestütze ja noch total erschöpft waren und dass er deshalb verloren habe. Einen Kommentar hierauf verkniff ich mir. Es stand 1 : 1.

Die nächste Übung von Nils – Klimmzüge.

Hierfür öffnete Nils die Luke zu unserem Dachboden und zog die Leiter zum Dachboden herunter. Nils und ich sahen von unten durch die geöffnete Luke. Der Dachboden übte auf uns schon immer eine besondere Faszination aus. Wir unterbrachen unseren kleinen Wettkampf und stiegen die Leiter hoch.

Der Dachboden wurde nur als zusätzliche Lagerfläche für ausgediente Möbel, alte Spielzeuge, alte Kleidung und alte Schulsachen verwendet. Auf dem vollgestellten Dachboden rumzustöbern, das war damals für uns immer ein kleines Abenteuer. Durch die alten Schul- und Spielsachen und die alten Kleidungsstücke war das wie eine Reise in vergangene Zeiten. Die Sachen, die da oben lagen, kamen aber auch aus einer Zeit, in der es Nils und mich noch nicht gegeben haben konnte. Je weiter man auf dem Dachboden nach hinten ging, umso älter wurden die Gegenstände und Kleidungsstücke, die hier rumlagen und rumhingen. Hier gab es bunte Hosen mit einem so großen Schlag, dass dieser den ganzen Fuß hätte verdecken können. Daneben hingen Röcke, die nur geringfügig breiter waren als mein Gürtel. ‚Wer zieht so was an?‘, fragten wir uns leicht angeekelt, mit Blick auf die bunte Hose und den viel zu kurzen Rock. Bevor wir mit unserem Wettkampf weitermachten, nutzten wir die Gelegenheit und machten einen kleinen Ausflug in die Vergangenheit.

Danach starteten wir den dritten Teil unseres Wettkampfes. Wir sollten uns hinter die Leiter stellen, eine der oberen Sprossen greifen und uns hochziehen. Eine Wiederholung zählte nur, wenn man sich aus den gestreckten Armen heraus mit der Nase über die Stufe ziehen konnte, die man mit den Händen gegriffen hatte. Die Beine durften zu keinem Zeitpunkt den Boden oder die Leiter berühren.

Nils hatte sich bei der Auswahl der Übungen scheinbar nicht so viele Gedanken gemacht wie ich. Aufgrund des Gewichtsunterschiedes rechtete ich damit, dass die Entscheidung bei dieser Übung recht knapp ausfallen könnte.

Da wir uns nicht gleichzeitig an die Leiter hängen konnten, fing Nils an. Er schaffte elf Klimmzüge. Einen weiteren hatte er noch versucht, aber nicht mehr geschafft. Ich war beeindruckt, und Nils wirkte siegessicher. Dann war ich dran. Die ersten sieben gingen leicht. Das war fast wie beim Klettern in den Bäumen, die um unser Haus herum standen und auf die ich sehr häufig geklettert war. Auch der achte und der neunte Klimmzug gingen noch ganz gut. Bei dem zehnten brauchte ich schon mehr Zeit, um meine Nase über die Sprosse der Leiter zu bekommen. Bevor ich mit dem elften Klimmzug begann, machte ich, an der Sprosse hängend, für wenige Sekunden eine kleine Pause. Das war alles noch regelkonform. Nils schien in dem Augenblick schon sehr siegessicher zu sein. Getrieben von seiner Freude, über seinen Sieg, zog ich mich ein elftes Mal mit der Nase über die Sprosse. Gleichstand! Jetzt war ich es, der sich freute, und zog mich, erneut nach einer kurzen Pause, beflügelt von diesem Erfolg, ein zwölftes Mal aus der Streckung heraus mit der Nase über die Sprosse! Ich hatte gewonnen. Ich hatte Nils in seiner Kategorie geschlagen! 2 : 1.

Jetzt galt es nur noch, meine zweite Kategorie zu gewinnen – Kniebeugen.

Bei den Kniebeugen mussten wir so weit runtergehen, dass die Oberschenkel für eine kurze Zeit parallel zum Boden waren, und dann wieder aufstehen.

Wir führten die Kniebeugen zeitgleich durch. Am Anfang ging das auch ganz leicht. Ich rechnete eigentlich damit, dass Nils aufgrund seines höheren Gewichts bereits nach 30

Kniebeugen nicht mehr konnte und aufgeben würde. Dem war aber nicht so. Nils wollte nicht verlieren. Für ihn war eigentlich bereits ein Unentschieden eine Demütigung, und ich wollte jetzt gewinnen. Ich wollte meine Kategorie, bei der ich mir sehr große Chancen zuschrieb, gewinnen und aus dem Gesamtwettkampf mit 3 : 1 Punkten als Sieger hervorgehen. Und so kam es, dass keiner von uns bei der Kategorie Kniebeugen aufgeben wollte und wir immer weiterkämpften.

Wir zählten die Kniebeugen irgendwann nicht mehr mit, wir machten einfach nur immer wieder eine weitere. Wir sahen auch nicht auf die Uhr – es mussten aber einige Minuten gewesen sein, die wir uns gegenseitig gequält haben. Eigentlich war das eine klare Pattsituation. Es ging einzig darum, wer zuerst aufgeben würde oder wer zuerst die Lust an dem Wettkampf verlor. Ich war mir sicher, dass wir das noch stundenlang hätten weitertreiben können. Nils, weil er die Kraft dazu hatte, er aber immer sein leichtes Übergewicht mit hochstemmen musste, und ich, weil ich so leicht war und kaum Beinmuskulatur brauchte, um mich hochzustemmen.

Nach etlichen weiteren Kniebeugen brannten mir die Muskeln an den Oberschenkeln und an meinem Hintern. Ich ging aber davon aus, dass auch Nils derart leiden würde. Nils und ich quälten uns Mal um Mal wieder hoch.

Nach weiteren unzähligen Kniebeugen fingen meine Muskeln in den Oberschenkeln an zu zittern und ein Krampf schoss in meinen rechten Oberschenkel. Ich sackte zusammen. Diese Runde hatte ich verloren. 2 : 2.

Den ganzen Tag lang und auch den Folgetag brannten uns die Beine. Am übernächsten Tag machte sich der Muskelkater dann erst so richtig bemerkbar. Nils und ich konnten tagelang kaum noch laufen. Ein solcher Wettkampf wurde von Nils nie wieder vorgeschlagen.

Muskelkater! Das sollte auch jetzt als Begründung herhalten. Langsam stieg ich die Treppe zum ersten Obergeschoss weiter hoch. Niemand fragte nach dem Grund für meinen langsamen und vorsichtigen Gang auf der Treppe.

Kurze Zeit, nachdem ich bei unserem Klassenzimmer angekommen war, hörten wir auch schon den Gong zur dritten Stunde. Frau Gerlach ließ nicht lange auf sich warten und schloss das Klassenzimmer auf. Patrik war mit der Erste, der in das Klassenzimmer ging. Ich ließ mir Zeit und ging als Letzter durch die Tür. Patrik saß bereits auf seinem alten Platz. Mein alter Platz würde jetzt leer bleiben.

Es gab nur wenig freie Plätze in unserem Klassenzimmer. Der Tisch, der direkt vor dem Lehrertisch stand, war seit jeher freigeblieben. Wer wollte auch schon direkt vor dem Lehrer sitzen? Der Gedanke daran, dass ich mich auf diesen Platz setzen musste und somit dichter an Herrn Müller rücken würde, ließ Angst in mir aufsteigen. An diesen Tisch konnte ich mich nicht setzen.

Dann war da noch der Tisch in unmittelbarer Nähe zur Tür von unserem Klassenzimmer. Auch diese beiden Plätze waren bislang frei. Wenn die Tür in der Pause zum Lüften offen stand, dann zog es hier. Allerdings erkannte ich auch sofort die Vorzüge dieser Plätze. Die Ausgangstür, und damit der Fluchtweg, lagen direkt hinter mir.

Ich setzte mich auf meinen neuen Platz.

Ich fühlte mich beobachtet.

# DIE BEGEGNUNG

*Lukas:* Montag


Nach der fünften Stunde, zu Beginn der Zehnminutenpause, fragte mich Stephan, ob ich mitkommen wollte. Er und ein paar andere Klassenkameraden wollten sich ‚etwas die Beine vertreten'. Drunter verstand Stephan einen langsamen Spaziergang auf dem Schulflur, rund um den Innenhof herum. Dabei unterhielt man sich über alle möglichen Dinge. Ich lehnte dankend ab. Ich war schon mehrfach mitgegangen, aber heute wollte ich mich so wenig wie möglich bewegen, und vor allem wollte ich keine Gesellschaft und keine Fragen.

Patrik blieb an seinem Platz sitzen. Ich wollte die Pause über alleine sein und hatte auch kein Verlangen danach, Patrik zu sehen. Ich stand auf und ging durch die Tür auf den Flur. Dabei spürte ich den Windzug, der sich durch die geöffneten Fenster in der Tür sammelte.

Ich passierte die geöffnete Tür und bog nach rechts ab. Bei jedem Schritt achtete ich darauf, dass die Schritte nicht zu hektisch und die Schrittweite nicht zu groß war. Ich hatte inzwischen herausgefunden, wie ich gehen musste, damit der stechende Schmerz in meinem Hintern nicht erneut aufkam.

Ich wollte an der Treppe zum Erdgeschoss vorbeigehen und mich etwas abseits des Klassenzimmers an die Wand im Flur lehnen.


Kaum dass ich die Tür passiert hatte und rechts abgebogen war, sah ich Tom und seine zwei Freunde zwischen dem Treppengeländer und der Wand von unserem Klassenzimmer stehen. An dieser Stelle war der Gang nur etwa zwei Meter breit, es hatte aber den Anschein, als ob Tom, Carsten und Michael die ganze Breite ausfüllten. Sie schienen sich angeregt zu unterhalten.

Mir gingen die Bilder vom vergangenen Donnerstag durch den Kopf. Ich erinnerte mich daran, wie Tom genüsslich auf das Buch gespuckt hatte. Wieder ekelte es mich. An den dreien wollte ich nicht vorbei gehen. Ich drehte mich um und ging in die andere Richtung des Flures. In dieser Richtung standen auf dem Flur, hinter der Treppe, einige Bänke. In der Regel waren diese Bänke in den Pausen immer belegt. Das war besonders in der langen Pause der Fall, wenn alle Schüler ihre Klassenzimmer verlassen mussten. Drei Mädchen aus meiner Klasse hatten sich hier bereits auf die Bänke gesetzt und unterhielten sich. Ich wollte mich nicht setzen. Ich wollte irgendwo, abseits großer Schüleransammlungen, meine Ruhe haben.

Rechts neben den Bänken führte ein weiterer recht schmaler Flur zu einem weiteren Trakt mit Klassenzimmern. Da dieser Trakt über ein eigenes Treppenhaus verfügte, der in der Nähe des Lehrerzimmers nach unten führte, wurde dieser schmale Verbindungsflur nur selten von Schülern und Lehrern benutzt. Hier würde ich für eine Weile meine Ruhe haben.

Ich hatte mich gerade umgedreht und war zwei Schritte in diese Richtung gegangen, da sah ich, wie Herr Müller durch den Verbindungsflur kam. Ich erstarrte vor Angst. Dem wollte ich heute erst recht nicht begegnen.

An der Tür von unserem Klassenzimmer war ich, nachdem ich wegen Tom die Richtung gewechselt hatte, noch nicht wieder vorbeigegangen. Um wieder in mein Klassenzimmer fliehen zu können, musste ich somit zuerst in die Richtung von Herrn Müller gehen, der wiederum mit strammem Schritt vom Verbindungsflur auf mein Klassenzimmer zuging. Ihm wollte ich um jeden Preis aus dem Weg gehen. Ich drehte mich also wieder um und ging, so schnell ich konnte, auf Tom und seine Freunde zu.

Tom hatte sich an das Treppengeländer gelehnt, Carsten und Michael standen eher in der Gangmitte, rechts und links neben Tom. Ich wollte rechts an der Gruppe vorbeigehen.

Tom stupste Michael, der mit dem Rücken zu mir im Gang stand, mit der rechten Hand an der Schulter an und wandte dabei seinen Blick in meine Richtung. Michael drehte sich in meine Richtung, um zu sehen, auf was Tom ihn hatte aufmerksam machen wollen. Tom stellte sich mir in den Weg.

„Wieso gehst du so komisch? Hast du einen Stock im Arsch?", fragte Tom sehr provokativ. Ich hatte kein Interesse an einem Gespräch mit Tom. Ich wollte einfach nur vorbei, um mich vor Herrn Müller zu verstecken.

„Das geht dich nichts an. Lass mich durch!", antwortete ich kurz.

„Nicht so schnell, Kleiner! Du wirst doch wohl nicht frech werden wollen?", entgegnete Tom scharf und schubste mich mit der rechten Hand leicht nach hinten. Carsten stellte sich hinter mich und versperrte mir einen möglichen Fluchtweg.

Ich sah über meine Schulter nach hinten und erkannte, dass Herr Müller immer noch auf uns zukam. Scheinbar hatte er mich aber noch nicht gesehen.

„Lass mich durch, du Arsch!"

„Du wagst es …?!" Bei diesen Worten griff Tom mit seiner linken Hand nach meinem T-Shirt an meiner Brust und kam mit seinem Gesicht ganz dicht an meines heran.

„Tom! Wenn du jemanden quälen musst, dann such dir gefälligst jemanden aus, der sich in deiner Gewichtsklasse befindet! Du wirst Lukas sofort in Ruhe lassen!", fuhr Herr Müller Tom sehr energisch, über den halben Flur hinweg, an.

Tom war von dem bestimmten Auftreten Herrn Müllers sichtlich irritiert, ließ mich aber kurz darauf los.

Auch ich hätte nicht erwartet, dass ein Lehrer derart stark Position für mich ergriff. Schon gar nicht Herr Müller. Ich wand meinen Blick von Tom ab und sah – genau wie auch Tom, Carsten und Michael – zu Herrn Müller.

Herr Müller sah mir direkt in die Augen und lächelte dabei. Mit schnellem Schritt kam Herr Müller weiter auf uns zu. Ich war nicht in der Lage, mich zu bewegen. Ich war starr vor Angst. Auch Tom bewegte sich nicht. Er hatte mich losgelassen, mehr aber auch nicht. Den Weg zur Treppe hielten er und Carsten immer noch versperrt. Alle sahen wir, wie Herr Müller auf uns zukam. Bei uns angekommen schob Herr Müller Tom und seine Freunde vorsichtig, aber bestimmt, von mir weg, legte mir die rechte Hand auf den Rücken und beugte sich mit dem Gesicht leicht zu mir runter.

Die Nähe zu Herrn Müller und die Berührung seiner Hand waren äußerst unangenehm für mich. Ich fühlte jeden einzelnen Schlag meines Herzens. An meinem Rücken und auf meinen Schultern spannte sich jeder Muskel an. Ich war nicht mehr in der Lage, mich zu bewegen.

„Ich freue mich, dass es dir wieder besser geht. Ich hatte mir am Freitag Sorgen um dich gemacht", sagte Herr Müller zuckersüß und sah mir dabei ins Gesicht.

Ich konnte seinen widerlichen Atem riechen, seine rechte Hand lag auf meiner Schulter. Er zog mich dichter zu sich heran. Zwischen seiner Hand und meiner Schulter war nur mein T-Shirt. Ich spürte die Kälte und den Druck, die von seiner Hand ausgingen. Für mich fühlte sich diese Kälte an wie Feuer.

„Wir sehen uns dann ja morgen wieder, da haben wir ja eine Doppelstunde Deutsch. Ich freue mich auf diese Stunden. Wenn du nicht da bist, dann fehlt der Klasse etwas." Während er das äußerte, klopfte er mir mit der rechten Hand sanft auf die Schulter und lächelte mich an.

„Ich habe noch etwas mit Tom zu besprechen", fuhr Herr Müller fort und legte mir dabei seine linke Hand auf die rechte Seite meines Bauches. Reflexartig spannten sich auch alle meine Muskeln an meinem Bauch an. Seine Finger gruben sich in meine Taille. Dann hob er seine rechte Hand von meiner Schulter und drückte mich über seine linken Hand langsam nach hinten.

„Du darfst jetzt gehen", sagte Herr Müller gnädig. Mit einer zusätzlichen Aufwärtsbewegung mit seinem Kopf deutete mir Herr Müller zusätzlich an, dass es jetzt Zeit wäre zu gehen. Tom gab den Weg zur Treppe frei und ich setzte meine Flucht vor Herrn Müller fort. Ich achtete nicht darauf, wie ich währenddessen ging. Ich sorgte mich nicht darum, vorsichtig zu gehen. Ich wollte einfach nur so schnell wie möglich weg von Herrn Müller und weg von Tom.

Für eine schnelle Flucht schied der Weg über die Treppe, runter in das Erdgeschoss, aus. Jeder Schritt hätte einen stechenden Schmerz in meinem Hintern verursacht. Ich ging den Schulflur entlang und bog wenig später in einen Seitengang ab. Hier konnte mich Herr Müller nicht mehr sehen. Ich stellte mich mit dem Rücken an die Wand des Flures. Die Anspannung und die Angst ließen nach.

Ich fühlte mich wieder schmutzig. Dieses Mal aber nicht an meinem Hintern, sondern auf meiner Schulter und auf der rechten Seite meines Bauches.

Nach der sechsten Stunde ging ich langsam die Treppe runter. Ich musste feststellen, dass es für mich weniger schmerzhaft war, eine Treppe raufzugehen, als sie nachher wieder runterzugehen. Ich musste bei jedem Schritt aufpassen, dass ich mich nicht zu schnell bewegte. Scheinbar belustigt darüber, wie ich mich die Treppe runterquälte, überholte mich Tom mit seinen Freunden.

„Platz da, du Arsch!", rief er von hinten kommend und gab mir einen Stoß. Ich klammerte mich an das Treppengeländer, musste aber dennoch einen schnellen Schritt nach vorne auf die nächsttiefere Stufe machen. Wieder durchzog mich ein stechender Schmerz in meinem Hintern. Lachend liefen Tom, Carsten und Michael die Treppe weiter runter. Nachdem der Schmerz nachgelassen hatte, sieg ich die Treppe weiter hinab.

„Hallo, Lukas. Das sieht heute aber gar nicht rund aus, wie du hier die Treppe runtergehst. Was ist passiert?"

Aus dem Nichts heraus stand plötzlich Herr Kretschmann neben mir. Abgelenkt von Tom hatte ich nicht bemerkt, dass er hinter mir die Treppe heruntergekommen war. Mit der linken Hand klammerte ich mich an dem Treppengeländer fest.

„Ich habe Muskelkater in den Beinen."

„Oh, vom Sport? Was machst du? Spielst du Fußball?", fragte Herr Kretschmann neugierig.

„Ich hatte eine Wette mit meinem Bruder … Wer die meisten Kniebeugen schafft", log ich, ohne Herrn Kretschmann dabei anzusehen. Für einen kurzen Augenblick hatte ich das

Gefühl, dass mir Herr Kretschmann meine kleine Lüge nicht glaubte.

„Ist mit dir und Tom alles in Ordnung?“

„Ja“, erwiderte ich kurz und war froh, dass er mir meine vorherige Lüge abgenommen hatte.

„Na dann … Da hilft nur in Bewegung bleiben, auch wenn es schmerzt. Ich wünsche dir noch einen schönen Tag.“

Ich zwang mich zu einem Lächeln, und Herr Kretschmann setzte seinen Weg, die Treppe hinunter, weiter fort.

# DIE STIFTEMAPPE

*Lukas:* Dienstag

‚Wenn du nicht da bist, dann fehlt der Klasse etwas‘, hatte Herr Müller gesagt. Was meinte der damit? Ich habe den ganzen restlichen Tag über die Begegnung mit Herrn Müller nachdenken müssen. Am Montag auf dem Flur hatte ich Angst vor ihm, aber als er das geäußert hat, da war die Angst für einen kurzen Augenblick nicht mehr da, oder aber ich habe nicht mehr darauf geachtet. Herr Müller war mit Abstand der gemeinste Lehrer an der Schule. Wir hatten immer den Eindruck, dass er alle Schüler hasste. Mit solchen Worten hätte ich bei ihm niemals gerechnet.

‚Ich werde auf dich aufpassen‘, hat er am Donnerstag gesagt. Als Tom mich gestern geschubst und bedroht hat, da hat Herr Müller ihn dazu aufgefordert, mich in Ruhe zu lassen. Es war nicht Patrik, der mir zur Seite stand, es war Herr Müller.

‚Ich werde dein Freund sein.‘ Auch das hat Herr Müller am Donnerstag gesagt. Wusste Herr Müller überhaupt, was Freundschaft bedeutet? Mir wurde schlecht bei dem Gedanken, dass Herr Müller mein Freund sein könnte, aber am Montag hat er mir geholfen. Er hat dafür gesorgt, dass Tom mich in Ruhe gelassen hat.

Heute würden wir in der zweiten und dritten Stunde wieder Deutsch haben, und auch die sechste Stunde hätten wir bei Herrn Müller. Obwohl mir Herr Müller am Montag geholfen hat, hatte ich Angst vor der erneuten Begegnung.

Die letzte Nacht habe ich nicht gut schlafen können. Ständig kam die Angst vor Herrn Müller wieder in mir auf.

Bei dem gemeinsamen Frühstück mit Nils und meiner Mutter – mein Vater war schon zur Arbeit gefahren – habe ich sehr wenig gesagt und noch weniger gegessen. Ich hatte Bauchschmerzen.

„Was ist los mit dir?", fragte meine Mutter. „Du isst so wenig. Geht es dir nicht gut?"

Kaum dass meine Mutter diese Worte gesagt hatte, sah mich Nils auffordernd an. Fast so, als wollte er sagen ‚Los, sag schon, dass du noch krank bist! Ich weiß genau, dass du nicht krank bist. Ich weiß genau, dass du nur schwänzen willst. Ich kenne die ganze Wahrheit und werde Mama alles sagen, wenn du heute schwänzt.'

„Es geht schon", entgegnete ich und zwang mich, in mein Brot mit Marmelade zu beißen.

Nils und ich fuhren gemeinsam zur Schule. Ich achtete allerdings darauf, dass Nils immer vor mir fuhr. Als Nils fragte, wieso ich heute so langsam war, nannte ich wieder Muskelkater als Erklärung. Nils sah mich kurz über die rechte Schulter fragend an, damit war das Thema aber auch beendet.

Wie auch am Montag ging ich die Treppe zu unserem Klassenzimmer ganz langsam hoch. Kaum dass ich unser Klassenzimmer erreicht hatte, ertönte auch schon der Gong zur ersten Stunde. Physik bei Frau Behrens. Früher hatte ich mich immer auf den Physikunterricht gefreut. Heute spürte ich keine Freude. Ich dachte ständig an die beiden Deutschstunden, die im Anschluss an die Physikstunden kommen sollten.

Umso näher das Ende der ersten Stunde kam, desto mehr Bauchschmerzen bekam ich. Ich hatte Angst vor Herrn Müller. Als der Gong die erste Pause einläutete und Frau Behrens ihre

Sachen in ihre Tasche steckte, da war meine Angst vor Herrn Müller und den kommenden zwei Stunden so groß, dass ich Frau Behrens um Hilfe bitten wollte. Aber ich wusste nicht, was ich ihr sagen sollte. Ich brauchte einfach nur Hilfe. Ich wollte nicht alleine sein. Wenn ich ihr sagen würde, dass ich Angst vor Herrn Müller hatte, dann würde sie wissen wollen, wieso ich Angst vor ihm hatte. Vor diesem Schritt und dem, was danach kommen würde, hatte ich ebenso viel Angst wie vor Herrn Müller.

Frau Behrens stand auf, ging an mir vorbei und verließ das Klassenzimmer, ohne dass ich mich dazu überwinden konnte, sie um Hilfe zu bitten. Ich konnte auch nicht hinter ihr herlaufen. Dafür waren die Schmerzen an meinem Hintern noch zu stark. Ich blieb an meinem Platz sitzen.

Die kurze Pause sollte, gemäß Stundenplan, nur fünf Minuten dauern. Ich hatte aber das Gefühl, dass diese Pause deutlich länger war. Ich sah dabei zu, wie die Sekunden auf meiner Digitaluhr umsprangen. Mit jeder Sekunde, die verging, bekam ich mehr Angst. Die Bauchschmerzen waren wieder da.

Es läutete zur zweiten Stunde.

Wenig später öffnete sich die Tür hinter mir, und ich wusste, dass Herr Müller hinter mir stand. Ich wurde mir eines weiteren Nachteils dieses Platzes bewusst. Herr Müller würde bei jedem Betreten und bei jedem Verlassen des Klassenzimmers an meinem Platz vorbeigehen. Ich erstarrte vor Angst und hörte, wie er die Tür hinter sich schloss. Er ging an mir vorbei, in Richtung Lehrertisch, und sichtete kurz die anwesenden Schüler. Unsere Blicke trafen sich. Mein Bauch schien sich vollständig verkrampft zu haben.

Während Herr Müller seinen Gang zum Lehrerpult fortsetzte, begrüßte er die Klasse mit seinem brummigen „Guten Morgen".

„Guten Morgen", kam ein sehr schwaches Echo aus der Klasse zurück.

Herr Müller stellte seine Tasche auf dem Lehrerpult ab und fing mit dem Unterricht an, als wenn nichts gewesen wäre.

Er sprach mich in der Stunde nicht ein Mal an. Wenn er mich etwas gefragt hätte, ich hätte nicht antworten können. Allerdings fixierte er mich mehrfach mit seinen Blicken.

Nach der zweiten Stunde läutete es zur Zehnminutenpause. Herr Müller stand schwerfällig von seinem Stuhl auf und nahm seine Tasche vom Lehrerpult.

„Wir sehen uns gleich zur dritten Stunde wieder. Stephan, du machst bitte die Tafel sauber. Saskia, du öffnest bitte das Fenster", verkündete Herr Müller und verließ das Klassenzimmer durch die Tür hinter mir.

Die Anspannung in mir ließ nach.

Ich beugte mich vorsichtig zu meinem Schulranzen herunter und nahm mir mein Pausenbrot heraus. Ich hatte keinen Hunger. Die meisten meiner Klassenkameraden holten in dieser Zehnminutenpause gewohnheitsmäßig ihr Brot heraus und aßen. Ich wollte nicht auffallen.

Ich hatte mein Brot gerade ausgepackt, da setzte sich Tom neben mich.

„Was war denn das gerade?", fragte Tom und stützte seinen Oberkörper dabei mit seinen Ellenbogen auf den Knien ab. Michael und Carsten nahmen hinter mir Aufstellung.

„Was meinst du?", fragte ich.

„Was war das gestern auf dem Flur mit Herrn Müller, und was war das gerade eben? Du scheinst jetzt ja sein bester Freund zu sein“, erklärte Tom seine Frage.

Wie kam er darauf, dass Herrn Müller und ich Freunde sein sollten? Ich sagte nichts.

„Da scheint sich ja jemand ganz schön bei Herrn Müller eingeschleimt zu haben.“

„Gar nichts habe ich!“, erwiderte ich energisch.

„Du kannst mir nichts vormachen“, entgegnete Tom, löste die Ellenbogen von seinen Knien, nahm meine Stiftemappe in die Hand und schlug mir diese gegen den Kopf.

„Lass das!“, rief ich und versuchte, ihm mein Mäppchen wieder aus der Hand zu nehmen. Tom zog seine Hand zurück, und ich griff ins Leere. Tom und seine Freunde lachten.

„Na, sag schon! Wie hast du dich bei Herrn Müller eingeschleimt?“, fragte Tom erneut und schlug mir in schneller Folge mit meiner Stiftemappe zweimal gegen den Kopf.

„Gar nichts habe ich, und jetzt lass mich in Ruhe!“

Erneut versuchte ich, Tom meine Stiftemappe wegzunehmen. Tom zog seine Hand weg und ich griff abermals ins Leere. Ich beugte mich weiter vor und griff erneut nach der Mappe. Tom drehte seinen Arm weiter von mir weg und stand von dem Stuhl auf. Dann trat er zwei Meter zurück und hielt mir meine Stiftemappe entgegen.

„Hol sie dir doch, du Schleimer!“, provozierte mich Tom. Ich legte mein Brot auf dem Tisch ab, stand auf und ging vorsichtig auf Tom zu. Kaum hatte ich einen Meter überwunden, da warf Tom meine Stiftemappe zu Michael. Tom und seine Freunde freuten sich. Von dem Rest der Klasse hörte man nichts.

Ich drehte mich um und ging auf Michael zu, um ihm meine Stiftemappe wegzunehmen. Während ich auf ihn zuging, bauten Tom und seine Freuden immer mehr Abstand zwischen sich auf. Auch Michael hielt mir das Etui entgegen, kaum dass ich bei ihm war, zog er sie weg und warf sie zu Carsten. Dieser hatte die Mappe jedoch nicht fangen können und sie fiel zu Boden. Ich witterte meine Chance und wollte mich auf die Mappe stürzen. Die schnelle Bewegung hin zu meiner Stiftemappe wurde jedoch durch einen stechenden Schmerz in meinem Hintern unterbrochen. Ich stoppte mitten in der Bewegung, verkrampfte mich und fasste an meinen Po. Michael und Carsten lachten. Tom lachte nicht. Er betrachtete mich skeptisch.

Nachdem der Schmerz nachgelassen hatte, bewegte ich mich nicht mehr. Ich stand einfach nur zwischen den dreien und versuchte, meine Stiftemappe zu fangen.

„Was ist los, Lukas? Keine Lust mehr, oder kneift der Stock in deinem Arsch, Lukarsch?", fragte Tom provokativ und hielt mir wieder meine Stiftemappe entgegen. „Oh ja! Lukarsch! Wir nennen dich jetzt nur noch Lukarsch", rief mir Tom, freudig erregt über seinen spontanen Geistesblitz, entgegen. Carsten und Michael griffen den Geistesblitz auf und stimmten mit ein. Ich bewegte mich nicht. Ich hatte Angst, dass mein Hintern erneut so schmerzen würde.

„Wollen wir doch mal sehen, ob du vielleicht etwas motivierter wirst, wenn ich deine Mappe aus dem Fenster werfe." Tom holte aus und warf meine Stiftemappe in Richtung des geöffneten Fensters. Ich sprang und versuchte, die Mappe zu fangen. Erneut durchzog mich ein stechender Schmerz. Die Stiftemappe verfehlte das offene Fenster und fiel daneben auf den Fußboden.

Langsam und begleitet vom Lachen ging ich zu meiner Stiftemappe und hob diese auf. Tom und seine Freunde hatten scheinbar genug Spaß gehabt und gingen in Richtung Klassenzimmertür.

Ich setzte mich wieder auf meinen Platz und bewegte mich so wenig wie möglich.


Auch in der dritten Stunde setzte Herr Müller den Unterricht fort, als wäre nichts gewesen.

Ich beteiligte mich nicht an den beiden Unterrichtsstunden. Weder an der ersten noch an der zweiten Deutschstunde. Ich ließ Herrn Müller aber nicht eine Sekunde aus den Augen. Ich wollte sicher sein, dass er nicht plötzlich hinter mir stand und mir seine kalte Hand auf die Schulter legte. Ich wollte sicher sein, dass zwischen ihm und mir immer ein großer Abstand war. Was ich hingegen machen würde, wenn Herr Müller dennoch in meine Richtung kommen würde, das wusste ich nicht.

Am Ende der zweiten Deutschstunde lobte mich Herr Müller vor der gesamten Klasse dafür, dass ich dem Unterricht heute so aufmerksam gefolgt war. Von dem Unterricht hatte ich nichts mitbekommen! Wie konnte er mein Verhalten nur so fehlinterpretieren? Während er das Lob aussprach, spürte ich die Blicke von Tom.

In der langen Pause, zwischen der dritten und vierten Stunde mussten wir unser Klassenzimmer immer verlassen. Diese Pause nutzte ich und ging langsam zum Schwarzen Brett im Flur nahe des Schulkiosks. Auf diesem Schwarzen Brett wurden immer die Vertretungspläne bekannt gegeben. Besonders beliebt war das Schwarze Brett bei den Schülern, da hier auch die Freistunden standen, wenn also Stunden mal nicht vertreten werden konnten.

Auf dem Vertretungsplan suchte ich nach der Stelle, wo eine eventuelle Vertretung für meine Klasse bekannt gegeben wurde. Ich musste nicht lange suchen – sie war leer. Scheinbar gab es aktuell sehr wenige krankheitsbedingte Ausfälle bei den Lehrern. In dieser Woche würden wir keine Freistunden haben.

# DIE ENGLISCHARBEIT

*Lukas:* Dienstag

„Lukas. Das ist ja schön, dass es dir wieder besser geht. Dann kannst du heute ja die Englischarbeit nachschreiben", sagte Frau Weber voller Begeisterung, nachdem sie für den Englischunterricht in der vierten Stunde durch die Tür vom Klassenzimmer getreten war.

Schlagartig fühlte sich mein Kopf blutleer an und in mir stieg Panik auf. Die Englischarbeit hatte ich völlig vergessen. Da wir am Freitag in Englisch auch keine Hausaufgaben aufbekommen hatten, hatte ich über das Wochenende nicht eine Minute mit Englisch verbracht. Ich war am Arsch!

„Wenn ich Herrn Janssen vorhin richtig verstanden habe, dann lässt er jetzt in der 7b eine Mathearbeit schreiben. Wir werden mal versuchen, ob du dich dazusetzen kannst, um deine Englischarbeit nachzuschreiben. Da hättest du dann auch deine Ruhe und würdest nicht ständig durch den Unterricht abgelenkt werden. Du brauchst lediglich ein Blatt Papier und einen Stift. Den Rest kannst du hierlassen", ergänzte Frau Weber, während sie ihre Tasche auf dem Lehrerpult abstellte.

„Komm bitte gleich mit. Wir werden mal bei Herrn Janssen nachfragen, ob du bei ihm nachschreiben kannst", sagte Frau Weber, kann wieder in meine Richtung und stellte sich neben meinen Tisch.

Ich riss mir ein Blatt Papier aus meinem Block, nahm mir meine Stiftemappe und stand auf.

„Deine Stiftemappe brauchst du nicht. Nimm bitte nur deinen Füller und ein Blatt Papier mit." Von diesem Augenblick an kam zu der bereits anstehenden Panik in mir auch noch ein weiteres Gefühl hinzu. Ich fühlte mich durch das ewige Misstrauen der Lehrer genervt.

Ich hatte die Englischarbeit vergessen. Ich hatte nicht gelernt und natürlich hatte ich dann auch keinen Spickzettel vorbereitet. Wieso also wollte Frau Weber, dass ich mein Federmäppchen hierließ? Da war kein Spickzettel drin! Und wenn, dann hätte ich den bestimmt nicht dort versteckt! Dafür eigneten sich Ärmel und Hosentaschen viel besser! Und meine Hose und mein T-Shirt würde ich ja wohl kaum im Klassenzimmer lassen!

Ich hatte keine Möglichkeit mehr, mir Optionen zum Schummeln zu generieren. Ich konnte mein Englischbuch nicht mehr auf dem Flur oder der Toilette verstecken, um in einer kurzen ‚Pinkelpause' die offenen Fragen nachzuschlagen.

Ich war am Arsch!

Vielleicht konnte ich einem der Schüler der 7b ja anbieten, dass ich seine Mathearbeit schreiben würde, wenn er dafür meine Englischarbeit übernahm. Mathe konnte ich. Dafür hatte ich eigentlich auch nie üben müssen. Aber wer in der Klasse 7b konnte kein Mathe, beherrschte die englische Sprache und hatte eine ähnliche Schrift wie ich? Das waren zu viele Fragen, um sie innerhalb weniger Sekunden, noch dazu in Gegenwart der Lehrer, klären zu können.

Ich war am Arsch!

Ich folgte Frau Weber, die bereits durch die Tür von unserem Klassenzimmer gegangen war und hier auf mich wartete.

Wieso hatte ich bloß die Arbeit vergessen? Nils hatte mich ja sogar mit dem Wissen um diese Arbeit erpresst. Wegen dieser Englischarbeit durfte ich für den Rest des Jahres bei uns den Rasen mähen!

Gemeinsam mit Frau Weber ging ich zum Klassenraum der 7b.

Sollte ich Frau Weber fragen, ob ich die Arbeit in der nächsten Stunde nachschreiben dürfte? Sie würde dann fragen, wieso ich die Arbeit nicht jetzt schreiben könnte. Wenn ich ihr sagen würde, dass ich das Wochenende über krank war, das würde als Begründung für einen späteren Nachschreibetermin kaum ausreichen. Oder sollte ich ihr erzählen, was Herr Müller am Donnerstag gemacht hatte? Ich war mir sicher, dass das, was Herr Müller mit mir gemacht hatte, als Begründung für einen späteren Nachschreibetermin ausreichen würde. Wenn sie mir denn glaubte.

Ich ging weiter hinter ihr her zum Klassenraum der 7b.

Würde sie vielleicht sogar denken, dass ich mir das nur ausgedacht hätte, um der Arbeit zu entgehen?

„Wenn es geklingelt hat, dann gibst du die Arbeit einfach Herrn Janssen", meinte Frau Weber neben mir, als wir bei der Tür zum Klassenzimmer der 7b angekommen waren. Sie klopfte an die Tür und öffnete diese wenige Sekunden später.

„Du wartest bitte noch hier. Ich kläre das kurz mit Herrn Janssen", meinte sie und ging in das Klassenzimmer. Die Tür ließ sie offen stehen, so dass ich sehen konnte, was in dem Klassenzimmer geschah. Herr Janssen hatte bereits angefangen, die Mathearbeit auszuteilen. In diesem Augenblick schienen sich alle Schüler mehr für Frau Weber und für mich zu interessieren als für ihre Arbeit. Ich hatte das Gefühl, dass es alle auf mich abgesehen hatten.

Während sich Frau Weber und Herr Janssen unterhielten, ging in der Klasse 7b das Getuschel los.

Wieso tuschelten die? Redeten die über mich?

Herr Janssen wandte sich von Frau Weber ab und beendete das Getuschel mit einem einfachen und sehr lautem „Hey!". Danach herrschte in der Klasse wieder Ruhe. Nach einem weiteren kurzen Wortwechsel zwischen Frau Weber und Herrn Janssen zeigte er auf einen Tisch mit einem freien Stuhl und verteilte weiter seine Mathearbeit.

Mit dieser Geste zerplatzte auch meine Hoffnung, dass eventuell kein Platz gefunden werden könnte, an dem ich hätte nachschreiben können.

Frau Weber gab mir ein Zeichen, dass ich reinkommen sollte. Ich ging in das Klassenzimmer und schloss die Tür hinter mir. Wieder fühlte ich mich beobachtet. Frau Weber und ich gingen zu dem mir zugewiesenen Platz. Währenddessen sah ich zu den benachbarten Tischen. Ich wollte wissen, ob ich diejenigen, die da saßen, kannte, und wusste, ob sie schlecht in Mathe und gut in Englisch waren. Die Schrift war mir im Augenblick nicht mehr so wichtig. Ich hätte es sogar akzeptiert, wenn der andere Schüler an Stelle von I-Pünktchen Herzchen oder Blümchen auf die Striche vom ‚I' gesetzt hätte. Ich kannte jedoch keinen der Schüler.

Ich war am Arsch!

Frau Weber legte mir die Arbeit auf den Tisch und ich setzte mich auf den Stuhl dahinter. Dann wünschte mir Frau Weber viel Erfolg und verließ das Klassenzimmer der 7b.


Die Sprachen gehörten nicht zu meinen Stärken. Damit ich in diesen Fächern eine einigermaßen gute Note bekommen konnte, musste ich für eine Arbeit sehr viel lernen. Die Fächer, in denen ich gut war, das waren Fächer wie Mathe, Physik, Chemie, Biologie und auch Erdkunde. Das waren alles Fächer, da schien mir immer alles logisch zu sein. Sprachen hatten nichts Logisches. Das war alles willkürlich und durcheinander. Und gerade bei der Schreibweise der Wörter in der englischen Sprache waren der Willkür keine Grenzen mehr gesetzt. Nichts wurde so geschrieben, wie es klang.

Bei dieser Arbeit hatte ich keine Chance. Hätte mir Frau Weber geglaubt, wenn ich ihr erzählt hätte, wieso ich am Freitag nicht in der Schule war, um die Arbeit zu schreiben? Hätte sie mir geglaubt, wenn ich ihr gesagt hätte, was Herr Müller am Donnerstag getan hat? Das waren die Fragen, die mir in dieser Stunde durch den Kopf gingen. Auf die Arbeit konnte ich mich nicht konzentrieren.

# DIE NACHT

*Lukas:* Von Dienstag auf Mittwoch


Es war wie ein Peitschenhieb. Oder vielmehr … als wäre ich die Peitsche selber. So fühlte es sich zumindest an.

Ich hatte geschlafen und schreckte plötzlich in voller Panik auf. Ich war binnen Bruchteilen einer Sekunde, durch ein Zucken meines ganzen Körpers, hellwach und hatte Angst!

Ich wusste nicht, wo ich war. Alles war dunkel und mir war kalt. Ich richtete mich auf und stützte mich dabei mit meinen Armen nach hinten ab. Ich hatte Angst, wusste aber nicht wieso.

Unter mir spürte ich etwas Weiches. Auf meinen Unterschenkeln und meinen Knien lag etwas Wärmendes.

Wo war ich? Ich spürte immer noch die Panik in mir.

Von links hörte ich ein monotones Ticken im Sekundentakt. Mein Wecker! Ich war in meinem Bett. Vorsichtig tastete ich nach dem Schalter meiner Nachttischlampe und schaltete das Licht ein. Ich sah die vertraute Umgebung. Die vertraute Unordnung in meinem Zimmer. Alles war wie immer. Allmählich verschwand die Panik in mir. Meine Bettdecke lag zur Hälfte neben meinem Bett, der verbliebene Rest der Decke lag noch über meinen Unterschenkeln und meinen Knien.

Mein Wecker zeigte 3:34 Uhr.

Wieso war ich aufgewacht? Wieso hatte ich Angst? Erneut sah ich mich in meinem Zimmer um. Ich konnte nicht erkennen, was diese Reaktion hätte erklären können. Hatte ich einen Albtraum? Ich konnte mich an keinen Traum erinnern.

Es war auch nichts Ungewöhnliches zu hören.

Vor einigen Jahren gab es im Spätherbst einen schweren Sturm, bei dem der Wind in Böen gegen die Scheiben meines Fensters gedrückt hatte. Durch dieses Geräusch war ich damals aufgewacht. Aber heute war alles ruhig.

Ich konnte keine Erklärung für mein plötzliches Hochschrecken finden. Ich zog die Bettdecke zurück in mein Bett und legte mich langsam wieder hin. Erneut sah ich mich unsicher in meinem Zimmer um.

Da war nichts.

Wenige Minuten lauschte ich noch dem Ticken meines Weckers, dann schlief ich wieder ein. Das Licht meiner Nachttischlampe brannte noch.

# DAS KARTENSPIEL

*Lukas:* Mittwoch

Am Mittwoch hatten wir die dritte und vierte Stunde bei Herrn Müller. Es gab eigentlich nur zwei Tage, an denen wir keinen Unterricht bei ihm hatten, und das waren der Montag und alle zwei Wochen der Samstag.

In den ersten beiden Stunden habe ich mich erneut kaum am Unterricht beteiligen können. Die Angst vor den kommenden Stunden lähmte mich. Selbst in der Mathestunde bei Frau Gerlach konnte ich an nichts anderes denken als an die dritte und vierte Stunde bei Herrn Müller.

Die beiden Stunden bei ihm verliefen dann genauso wie die Stunden am Dienstag. Er stellte seine Tasche auf dem Lehrerpult ab und fing mit dem Unterricht an.

Wenn er der Klasse eine Frage gestellt hatte, dann stand er meistens neben dem Lehrerpult, hatte die Arme hinter dem Rücken verschränkt und suchte sich einen Schüler aus, der seine Frage beantworten musste. Sein dicker Bauch kam in dieser Haltung besonders zur Geltung, was mir das Bild seines nackten und behaarten Bauches, als er in der Bibliothek hinter mir lag, in Erinnerung rief. Ich konnte einige Zeit nur noch an die Geschehnisse in der Bibliothek denken. Ich ekelte mich vor seinem Bauch, ich ekelte mich vor seinen Haaren und ich bekam Angst.

Als er etwas an die Tafel schrieb, fiel mir auf, dass er sogar Haare an seinem Nacken hatte. Diese Haare schienen am Kragen seines Pullovers rauszuquellen.

Immer wenn er mich mit seinen Blicken fixierte, stieg mein Puls und ich erstarrte vor Angst. Ich musste aber keine seiner Fragen beantworten.

Am Ende der vierten Stunde stand Herr Müller hinter dem Lehrerpult, hatte den Griff seiner Tasche bereits in der Hand und sah sich in der Klasse um.

„Ich möchte euch ein Lob aussprechen. Ihr habt heute gut mitgemacht. Ganz besonders möchte ich aber Lukas hervorheben." Dabei sah er mir in die Augen. Ich war immer noch starr vor Angst. „Du warst wieder mal stets aufmerksam und bist mir gefolgt. Das war in der Vergangenheit auch schon anders. Sehr gut, Lukas! Weiter so!"

Alle sahen mich an. Sein Lob löste Übelkeit in mir aus.

Nach der vierten Stunde hatten wir keinen Unterricht mehr bei Herrn Müller. Jetzt würden nur noch Erdkunde bei Frau Heide und Geschichte bei Herrn Schote kommen. Die Anspannung und der Ekel in mir legten sich langsam.

Man konnte eigentlich nicht sagen, dass Frau Heide streng war. Zumindest nicht so wie Herr Schote. Aber wenn sie uns eine Aufgabe gab, dann erwartete sie, dass die Aufgabe ohne Murren und Meckern erledigt wurde. Wer ihren Unterricht störte oder dem Unterricht nicht folgte, der durfte für den Rest der Stunde mit ihrer besonderen Aufmerksamkeit rechnen.

Frau Heide würde ihn dann dazu zwingen, dem Unterricht zu folgen. Wer nicht aufpasste, wurde bei nahezu jeder Frage, die Frau Heide der Klasse stellte, drangenommen. Ob er sich gemeldet hatte oder nicht. Man musste dann also die ganze Zeit aufpassen, konnte sich nicht eine Sekunde der Unachtsamkeit erlauben. Auch wurde man, wann immer die Aufgabe es ermöglichte, an die Tafel gebeten. In Mathe und Physik war es durchaus üblich, an die Tafel zu gehen und dort vor der ganzen Klasse Aufgaben zu lösen. In Erdkunde aber gab es keine Aufgaben zu lösen. In Erdkunde fühlte es sich mehr als komisch an, wenn man hier an die Tafel musste, um für die Lehrerin einen diktierten Text an die Tafel zu schreiben. Und wenn man im sprachlichen Bereich – und damit auch in der Rechtschreibung – eher weniger bewandert war, wie es bei mir der Fall war, dann war die Vorstellung, an die Tafel zu müssen, sehr unangenehm und beängstigend.

Um genau dieser Gefahr zu entgehen, passte ich bei Frau Heide auf. Auf keinen Fall wollte ich an die Tafel zitiert werden und vor allen meinen Klassenkameraden irgendwelche diktierten Texte an die Tafel schreiben. Ich war mir zwar sicher, dass die meisten meiner Klassenkameraden es nicht mitbekommen hätten, wenn ich in dem diktierten Text einen Rechtschreibfehler gemacht hätte, aber das Risiko, dass das doch jemand merkte und dies durch einen Lacher oder einen blöden Kommentar verriet, war mir viel zu groß.

Das Schlimmste war aber, dass die Stimmung von Frau Heide sehr schlecht wurde, wenn sie diese Art Maßnahmen umsetzen musste. Und das bekamen wir dann alle zu spüren.


Etwas über die Hälfte der Stunde hatten wir bereits gut überstanden, und es hatte den Anschein, dass sich das in der verbleibenden Zeit nicht zum Schlechteren wenden würde.

Frau Heide stand gerade mit dem Rücken zu uns an der Tafel und schrieb etwas auf, da hörte ich von Carsten ein leises Fluchen. Ich drehte mich und sah Tom und seine Freunde an. Diese hatten vor Tom, der zwischen Carsten und Michael saß, eine Art Sichtbarriere aus Stiftemappen aufgebaut. Die Hände hielten sie hinter ihren Tischen versteckt. Tom hob seine rechte

Hand und eine Spielkarte kam zum Vorschein. Diese legte er vor sich, aber noch verdeckt von der Sichtbarriere aus Stiftemappen, auf den Tisch.

Wenn Frau Heide das mitbekäme, dann wäre die Stunde für uns alle gelaufen. In dem Fall würden wir in den verbleibenden 15 Minuten richtig Ärger bekommen. Ich war entsetzt. Ich deutete Tom an, dass er sofort mit dem Kartenspielen aufhören sollte. Er sah mich seelenruhig an. Ich war mir sicher, dass er verstanden hatte, was ich ihm andeuten wollte. Er schien jedoch gar nicht daran zu denken, mit dieser Nebentätigkeit aufzuhören. Er hob seine rechte Hand wieder über den Tisch und zeigte mir seinen ausgestreckten Mittelfinger.

Ein Schüler, der mit auf meiner Seite des Klassenraumes saß, hatte Toms ausgestreckten Mittelfinger in meine Richtung gesehen und fand das scheinbar sehr lustig. Es war nur ein kurzes Lachen, aber gelacht hatte er. Toms Blick löste sich von mir und wandte sich Frau Heide zu. Auch seinen Mittelfinger klappte er erstaunlich schnell wieder ein. Meine Blickrichtung war immer noch nach hinten gerichtet.

„Lukas, möchtest du vielleicht für mich weiterschreiben?", fragte Frau Heide.

Langsam wandte ich meinen Blick wieder in Richtung der Tafel, wohl wissend, was jetzt kommen würde, und fing an zu flehen.

„Bitte nicht!"

„Na komm … so schlimm wird es wohl nicht werden", sagte sie und hielt mir die Kreide entgegen.

Es wurde so schlimm. Bei jedem Wort, welches mir Frau Heide diktierte, befürchtete ich, mich zu verschreiben.

Ein ums andere Mal verriet mir das Gelächter einiger Mädchen, dass ich wieder einen Rechtschreibfehler gemacht hatte.

Ich war einer der besten Schüler dieser Klasse, aber in der Rechtschreibung war ich wirklich schlecht. Es gab nichts, was mir peinlicher war als das.

# UNTER HOCHDRUCK

*Lukas:* Donnerstag

In der fünften Stunde würden wir wieder Deutsch bei Herrn Müller haben.

Die Stunde verlief so weit ohne Zwischenfälle. Allerdings bemerkte ich bereits 15 Minuten nach Unterrichtsbeginn, dass ich in der kurzen Pause zwischen der vierten und fünften Stunde besser hätte auf die Toilette gehen sollen. Meine Blase meldete sich bei mir. Ich hoffte, dass ich die verbleibenden 30 Minuten noch durchhalten konnte.

Die Minuten vergingen quälend langsam. Der Druck in meiner Blase stieg ohne Unterlass. Ich traute mich nicht zu fragen, ob ich auf die Toilette gehen durfte. Ich ertrug den Gedanken nicht, dass Herr Müller wissen würde, dass ich mit heruntergelassener Hose in der Toilette stehen würde. Was würde dieses Wissen mit ihm machen? Würde er mir folgen wollen? Würde er mich nicht während der Stunde gehen lassen, damit er mit mir zusammen runtergehen konnte? Genau vor einer Woche hatte er mir in der Bibliothek wehgetan.

Um 11:47 Uhr, acht Minuten vor der Pause, habe ich es dann nicht mehr ausgehalten.

Ich meldete mich. Herr Müller freute sich sichtlich über meine Meldung, wirkte aber etwas irritiert. Er hatte der Klasse zuvor keine Frage gestellt.

„Ja, Lukas. Was möchtest du?", fragte er zuckersüß.

„Darf ich bitte auf die Toilette?"

Herr Müller sah auf seine Armbanduhr und entgegnete leicht enttäuscht „Das sind jetzt noch acht Minuten, das wirst du ja wohl noch schaffen."

„Bitte! Ich muss ganz nötig!“, flehte ich.

„Warte bitte, bis die Stunde vorbei ist!“

Der Schmerz steigerte sich stetig. Ich versuchte, auf meinem Stuhl eine Position zu finden, in der die Blase nicht so sehr drückte. Ohne Erfolg. Wenn ich mich bewegte, dann schien der Schmerz nachzulassen, sobald ich aber etwas länger in einer Position verharrte, spürte ich auch wieder den Druck der Blase. Ich überlegte, ob es nicht möglich war, unauffällig in die Flasche zu pullern. Ich verwarf den Gedanken ganz schnell wieder, schließlich saß ich an einem Tisch, der für fast alle in der Klasse einsehbar war. In der hinteren Reihe, außen an den Wänden, wäre das vielleicht möglich gewesen. Aber auch hier hätte man die volle Aufmerksamkeit der gesamten Klasse gehabt, wenn das jemand mitbekommen hätte. Was Herr Müller machen würde, wenn er mich dabei erwischen würde, das wollte ich mir gar nicht erst vorstellen.

Ich überschlug meine Beine und drückte mir meine linke Hand in den Schritt. Der Schmerz verblasste nur einen kurzen Augenblick.

Aus der Reihe hinter mir hörte ich inzwischen Tom und seine Freunde tuscheln. Ich drehte mich kurz zu ihnen um, doch kaum dass ich in ihre Richtung sah, hörte das Tuscheln auf. Sie hatten mich nur angesehen und dumm gegrinst. Was hatten die vor?

Auch die folgenden Minuten vergingen in einem elendig langsamen Tempo. In der Hoffnung, eine Position auf dem Stuhl zu finden, in der die Blase nicht so sehr drückte, wand ich mich auf meinem Stuhl immer wieder hin und her. Das fiel auch Herrn Müller auf.

„Lukas, du machst mich wahnsinnig! Stell dich nicht so an und sitz ruhig! Die letzten zwei Minuten hältst du auch noch aus."

Dann läutete es zur Pause. In Windeseile packte ich meine Sachen und eilte mit Schulranzen und Sporttasche durch die Tür hinter mir. In der sechsten Stunden hatten wir Sport in der Turnhalle. Nach dem Sportunterricht würden wir nicht mehr in unser Klassenzimmer kommen und mussten somit alles mit zur Sporthalle nehmen.

Über den Flur im ersten Stock ging es die Treppe hinunter und dann auf dem langen Flur in Richtung Toilette. Den Schulranzen hatte ich mir, um Zeit zu sparen, nicht über die Schulter geschnallt. Ich hatte ihn in meiner rechten Hand, die Sporttasche in der linken. Ich bog in den kleinen Gang ein, der zu den Toiletten führte, und ließ beides bei den Waschbecken einfach nur fallen.

Dann stellte ich mich vor eines der Pinkelbecken, öffnete meine Hose und versuchte zu pinkeln.

Es kam nichts. Über eine Ewigkeit kniff man zu, und dann, wenn man pinkeln durfte, hatte sich der Körper so an das Zukneifen gewöhnt, dass man nicht pinkeln konnte. Der Druck war unerträglich.

Ich stand vor dem Pinkelbecken und nichts geschah.

Vor etwa drei Jahren waren meine Eltern, Nils und ich mit dem Auto in den Urlaub gefahren. Bei dieser Fahrt haben wir immer wieder kleine Pausen eingelegt, damit wir etwas essen oder auf die Toilette gehen konnten. Nach einem längeren Fahrabschnitt kamen wir dann in einen Stau und konnten nur noch in Schrittgeschwindigkeit fahren. Das war der Moment, in dem sich meine Blase bei mir gemeldet hatte.

Mit einem ‚Ich muss mal!‘ hatte ich den Bedarf nach einer erneuten Pause unverzüglich (!) angekündigt. Von meinen Eltern vernahm ich einen synchron ausgeführten Seufzer.

Ich habe nie verstanden, wie meine Eltern es immer wieder schafften, ohne vorherige Abstimmung das Gleiche zu machen oder aber auch zu sagen.

Mein Vater klappte auf dem Beifahrersitz den Atlas auf seinem Schoß auf, suchte die Stelle, an der wir uns aktuell befanden, und folgte mit seinem Finger der Autobahn auf der Straßenkarte weiter bis zu der Stelle, an der wieder eine Abfahrt sein würde. Es hatte etwas gedauert, bis sein Finger diese Stelle erreicht hatte. In der Zwischenzeit war meine Mutter auf der Autobahn gerade mal zehn Meter weitergefahren. Wir waren also nur sehr langsam vorwärtsgekommen.

„Ich fürchte, das wird noch etwas dauern, bis die nächste Abfahrt kommt“, bestätigte mein Vater meine Befürchtung.

Zuerst ging es nur sehr langsam weiter. Nach zehn Minuten im Stau waren wir dann nur noch im Stop and Go weitergekommen. Der Verkehrsfunk im Radio gab nun auch schon den Stau auf dieser Autobahn durch. Demnach sollte es noch etwas dauern, bis wir wieder aus dem Stau herauskommen würden. Auch die Ausweichstrecken, so gab es der Verkehrsfunk bekannt, waren überlastet. Mein Vater sah erneut auf die Straßenkarte und schätzte die Strecke und die Zeit bis zur Ausfahrt ab.

„Hältst du es noch etwas aus?“, fragte er über seine rechte Schulter – ich saß im Auto immer auf der rechten Seite – zu mir gewandt. „Ich schätze, dass dauert noch zwanzig Minuten, bis wir bei der Abfahrt sind, und dann müssen wir ja auch noch eine Seitenstraße, einen Waldweg oder so etwas suchen. Hältst du das noch aus?"

„Nein", antwortete ich kurz. Meine Eltern schienen einen Augenblick über Alternativen nachzudenken, wovon es aber verständlicherweise nicht sehr viele gab.

„Bis wir mit dem Auto von der Autobahn runterkommen, das wird noch dauern. Das können wir nicht ändern. Was hältst du davon, wenn du gleich, wenn wir länger stehen, aussteigst, über den Standstreifen gehst und dann neben der Autobahn pinkelst? Wir bleiben hier so lange stehen, bis du fertig bist. Ich achte darauf, dass auf dem Standstreifen kein Auto kommt, und sage dir Bescheid, wenn du aussteigen kannst", schlug mein Vater vor.

Das klang nach einem kleinen Abenteuer. Auf einer Autobahn hatte ich noch nie gepinkelt.

„Ja", stimmte ich zu.

Mein Vater beobachtete kurz den Stau und die Autos vor uns, sah dann hinter uns auf den Standstreifen, öffnete seine Tür und stieg aus. Dann öffnete er meine Tür und sagte: „Na dann, auf geht's!" Ich stieg aus und rannte an den Rand des Standstreifens. Die Tür ließ mein Vater offen stehen, damit ich im Bedarfsfall schnell wieder einsteigen konnte. Ich stellte mich kurz vor die Leitplanke, senkte meinen Blick und ließ meine Hose herunter.

Auf der Bahn, auf der wir waren, da stand der Verkehr. Auf der Gegenspur aber lief der Verkehr. Ich hörte, wie die Autos und die LKWs hinter mir auf der anderen Fahrbahn an uns vorbeifuhren. Außerdem hatte ich das Gefühl, dass mich alle, die mit uns in diesem Stau standen, voller Dankbarkeit für die Abwechslung, beobachteten. So konnte ich nicht pinkeln! Das hatte ich bei meiner Überlegung, dass das ja ein interessantes Abenteuer sein könnte, nicht bedacht. Ich war total verkrampft und konnte nicht pinkeln.

„Was ist los?", fragte mein Vater vom Auto zu mir herüber.

„Ich kann nicht, wenn alle gucken!", antwortete ich anklagend.

„Sollen wir dir ein Lied singen?", fragte mein Vater. Ich zweifelte kurz am Geisteszustand meines Vaters.

„Was soll das denn helfen?", fragte ich.

„Das lenkt ab. Dadurch kannst du dich entspannen und konzentrierst dich nicht mehr die ganze Zeit auf deine Blase. Das wirkt wie das Geräusch von plätscherndem Wasser im Hintergrund."

Ich stellte mir vor, was das wohl für ein Bild für die anderen im Stau abgegeben hätte: Ein Junge steht bei 30° Celsius mit heruntergelassener Hose und gesenktem Blick auf dem Standstreifen der Autobahn vor der Leitplanke. Neben ihm, auf der rechten Spur im Stau, stand ein Auto, bei dem die rechten Türen geöffnet waren. Alle Insassen dieses Autos blickten zu dem Jungen auf dem Standstreifen und sangen lauthals die erste Strophe von ‚Alle meine Entchen' bis hin zu ‚Schwänzchen in die Höh'. Das hatte schon etwas von Comedy!

„Wehe!", rief ich meinem Vater zurück. Ich hörte, wie meine Mutter und mein Vater vor Freude lachten. Sie hatten meine Gedanken scheinbar erraten. Da löste sich die Verkrampfung und ich begann die Pflanzen, die hinter der Leitplanke standen, zu bewässern.


Ich musste mich ablenken! Ich achtete auf das flackernde Licht im Hintergrund der Toilette. Langsam löste sich die Verspannung und ich konnte pinkeln. Ich beobachtete, wie der

Strahl das Wasser im Pinkelbecken aufwirbelte. Der Druck und die Schmerzen ließen langsam nach.

„Na, wen haben wir denn da?", kam es von meiner rechten Seite. Ich sah erschrocken nach rechts. Da stand Tom neben mir. In der Hand hatte er eine offene Wasserflasche, die nur noch zu einem Viertel gefüllt war. Neben ihm seine beiden Freunde. Schlagartig war die Angst wieder da. Was wollten die gerade jetzt hier?

Ich kniff wieder zu und stoppte damit das Pinkeln. Ohne weitere Zeit für das Abschütteln zu verschwenden, zog ich meine Unterhose hoch und schloss Reißverschluss und Knopf an meiner Hose. Die Blase drückte noch, in Gegenwart von Tom und seinen Freunden konnte ich aber nicht weitermachen. Ich wollte nur noch hier weg.

In der Zwischenzeit hatten sich Michael und Carsten so aufgestellt, dass ich zwischen ihnen stand. Ich drehte mich um und wollte gehen. Da wurde ich von Michael und Carsten an beiden Seiten an den Armen gepackt.

„Na Lukarsch, du bist doch wohl noch nicht fertig, oder?", fragte Tom.

„Lasst mich los!", rief ich und versuchte, mich loszureißen. Ohne Erfolg. Michael und Carsten schien mein Befreiungsversuch eher zu erheitern.

Dann griff Tom mir mit seiner Hand in meinen Hosenbund und zog diesen vor, so dass eine Lücke zischen meinem Hosenbund und meinem Bauch entstand.

Ich bekam Panik! Was hatte er vor?

Ich fing an zu kreischen und versuchte erneut, mich von Michael und Carsten zu befreien. Wieder ohne Erfolg!

Dieses Mal lachten Toms Freunde nicht. Sie starrten auf Toms Hand an meiner Hose. Dann hob Tom die Wasserflasche und führte diese ganz genüsslich zu meinem Hosenbund. Ich kreischte und wand mich erneut.

Mit einem Grinsen im Gesicht steckte Tom die offene Wasserflasche zwischen meinen Hosenbund und meinen Bauch und kippte den Inhalt seiner Wasserflasche ganz langsam in meine Hose. Dabei sah er mir ins Gesicht. Ich trat nach Tom, was ihn aber nicht zu interessieren schien.

Nachdem die Flasche leer war, zog Tom die Flasche wieder aus meiner Hose, beugte sich vor, ganz dicht an mein Ohr, die Hand noch immer fest an meinem Hosenbund.

„Wenn du das jemandem verrätst, dann kannst du echt was erleben. Wir machen dich richtig fertig!" Toms Hand löste sich von meinem Hosenbund.

„Du konntest es einfach nicht mehr aushalten und hast dich eingepisst!", ergänzte Tom belustigt.

Auf ein Zeichen von Tom ließen mich Michael und Carsten los. Ich fiel auf den kalten Fliesenboden. Tom und seine Freunde wandten sich von mir ab und verließen die Toilette.

Ich spürte, wie das kalte Wasser weiter an meinen Beinen herunterlief. Wieso konnten die mich nicht einfach in Ruhe lassen? Ich war verzweifelt.

Langsam stand ich auf und sah runter auf meine Hose. Das rechte Hosenbein war nass bis zum Knie, die linke Seite hatte nicht so viel Wasser abbekommen, aber vorne war die Hose patschnass. An meiner Wange lief eine Träne herunter. Was hatte ich denen denn getan?

Mit der nassen Hose konnte ich unmöglich zum Sportunterricht gehen. Wahrscheinlich war aber genau das das Ziel von Tom. Ich vermutete, dass Tom mich vor allen Klassenkameraden mit der nassen Hose bloßstellen wollte. Er würde dann auf mich zeigen und rufen: „Guckt mal, Lukarsch hat sich bepisst!"

Alle würden sich dann zu mir umdrehen und anfangen zu lachen.

Ab dem Zeitpunkt würde dann niemand mehr etwas mit mir zu tun haben wollen. Auch Stephan und Uwe würden ganz sicher Abstand halten.

Zwischen der 5. und 6. Stunde gab es nur eine zehnminütige Pause. In der verbleibenden Zeit konnte ich die Hose unmöglich trocken bekommen, und eine neue Hose konnte ich bis dahin auch nicht organisieren.

Mir fielen meine Sportsachen ein. In der Sporttasche hatte ich eine Turnhose, und es war gar nicht so ungewöhnlich, wenn man zum Sportunterricht schon in Turnhose kam. Ich stand auf, ging zu den Waschbecken und öffnete meine Sporttasche. Ich nahm die Turnhose heraus und ging damit in die hinterste Toilettenkabine. Hier zog ich mir die nasse Hose aus. Was sollte ich mit der Unterhose machen? Die war auch nass. Aber ohne Unterhose, nur mit einer Turnhose – ohne Innenhose – bekleidet, Sport zu machen, das könnte noch unangenehmer werden als das, was Tom für mich vorgesehen hatte.

Die nasse Unterhose konnte ich aber auch nicht anbehalten, denn dann wäre dadurch auch die Turnhose im Schritt nass geworden und Tom hätte doch noch sein Ziel erreicht. Zu einem Lehrer zu gehen und zu petzen, das war auch keine Option. Wie das enden würde, das hatte ja die Geschichte mit Mario damals gezeigt. Somit entschloss ich mich, den Sportunterricht zu schwänzen. Das war die erste Unterrichtsstunde in meinem Leben, die ich schwänzen wollte, und das war ausgerechnet Sport!

Ich zog nun auch die Unterhose aus und die Turnhose an. Damit ja nichts unten aus der kurzen Turnhose herausgucken konnte, zog ich die Turnhose tiefer, als ich sie normalerweise tragen würde. Das würde für den Heimweg reichen.

Ich verließ die Toilettenkabine wieder und steckte die nassen Sachen in die Sporttasche.

Danach stellte ich mich erneut an das Pinkelbecken, sah noch einmal über meine Schultern, um mich zu vergewissern, dass ich wirklich alleine war, und fing wieder an zu pinkeln. Ich ließ mir richtig Zeit. Ich war mir sicher, dass Tom nicht noch mal in die Toilette kommen würde. Der würde sich jetzt sicherlich für seinen finalen Streich in Position bringen. Andere Schüler mieden die Schultoilette in der Regel. Wenn man unbedingt musste, dann ging man zu Beginn einer Pause auf die Toilette. Zum Ende einer Pause ging niemand auf die Toilette.

Zudem konnte ich die Toilette nicht in der Pause verlassen. Die Gefahr, meinem Sportlehrer Herrn Ehlers zu begegnen, war viel zu groß. Ich musste die Zeit bis zum Beginn der Stunde irgendwie überbrücken, und ich fand, pinkeln war hier eine wirklich sinnvolle Tätigkeit.

Es läutete. Die Pause war vorbei. Ich wartete noch einige Minuten und ging dann direkt zu meinem Fahrrad und fuhr nach Hause.

# DIE EXPLOSION

*Lukas:* Donnerstag


Ich kam zu früh zu Hause an. Meine Mutter wusste, dass wir in der sechsten Stunde Sport hatten. Da ich die Turnhose anhatte, konnte ich ihr auch nicht erzählen, dass die sechste Stunde ausgefallen war. Ich schob mein Fahrrad leise in den Schuppen und schloss die Schuppentür von innen. Dann setzte ich mich hinten im Schuppen, bei der Werkbank meines Vaters, auf den Betonfußboden und stützte meinen Rücken an dem Regal ab.

Was hatte ich Tom getan, dass er mich ständig quälen wollte? Ich fand keine Antwort auf diese Frage. Was konnte ich machen, damit er damit aufhörte? Was konnte ich machen, um mich an Herrn Müller zu rächen oder um ihn auf Distanz halten zu können. Ich sah mich im Schuppen um, in der Hoffnung, irgendeine Idee zu bekommen.


Auf der Werkbank meines Vaters sah ich sein Nagelschussgerät. Ich hatte mal gesehen, wie er mit diesem Gerät einen dicken Nagel von fünfzehn Zentimetern Länge durch zwei Holzbalken geschossen hatte. Dafür musste er nur mehrere Nägel, die an einem Kunststoffstreifen aufgereiht hingen, und einen separaten Streifen mit mehreren Patronen in das Gerät einlegen und abdrücken. Ein Knall, und ein Nagel war komplett im Holz verschwunden.

Das Nagelschussgerät konnte ich jedoch unmöglich mit zur Schule nehmen. Das war viel zu groß und zu schwer. Aber wo waren die Patronen? Damit konnte man doch bestimmt etwas anfangen.

Ich stand auf und ging zu dem abschließbaren Werkzeugschrank meines Vaters. Im Schloss steckte der Schlüssel. Ich drehte den Schlüssel um und öffnete die Tür des Schrankes. Werkzeuge aller Art, fein säuberlich aufgehängt an der Rückwand und an den Seitenwänden des Schrankes, füllten mein Blickfeld. Damit man erkennen konnte, welches Werkzeug wo hingehörte, waren die Konturen der Werkzeuge mit Bleistift auf die jeweilige Wand gezeichnet worden. Ich bewunderte meinen Vater für diesen Ordnungssinn.

Nur wenige Werkzeuge fehlten. Ich hatte mir vor wenigen Wochen die Säge bei ihm ausgeliehen. Ich sah die Kontur der Säge auf der Rückwand des Schrankes, bekam kurz ein schlechtes Gewissen und biss mir leicht auf die Unterlippe. Wo hatte ich die Säge gelassen? Ich schob den Gedanken wieder beiseite. Deshalb hatte ich den Schrank nicht geöffnet.

Ich sah auf den Boden des Schrankes. Auch dort lagen Werkzeuge. Interessanter waren aber die beiden Schubläden, die sich im unteren Bereich verbargen. Ich hockte mich auf die Knie und zog die obere heraus. Dort herrschte schon deutlich weniger Ordnung als in dem oberen Teil des Schrankes. Ich entdeckte gewisse Parallelen zu meinem Kleiderschrank.

Wenn ich das nächste Mal mein Zimmer aufräumen musste und mein Vater danach meinen Schrank kontrollieren sollte, so würde ich wissen, worauf ich zu verweisen hatte, um ihn dazu bewegen zu können, sich mit dem Chaos in meinen Schrankschubläden zufriedenzugeben. Alleine für diese Erkenntnis hatte es sich gelohnt, den Schrank zu öffnen.

Ich nahm einige größere Gegenstände, deren Funktion ich nicht kannte, aus der Schublade und schob den restlichen Inhalt vorsichtig und nacheinander von einer Seite auf die andere. An der Rückwand der Schublade, auf der rechten Seite, entdeckte ich dann eine kleine, graue Pappschachtel mit blauer Aufschrift und mit einem kleinen, roten Stempel darauf.

Diese Schachtel hatte ich schon mal gesehen. Ich nahm sie aus der Schublade und schüttelte sie vorsichtig. Aus dem Inneren vernahm ich ein dumpfes Rascheln. Ich öffnete die Pappschachtel und sah hinein. Da waren sie, die gesuchten Patronen.

Ich nahm eine aus der Schachtel und sah mir diese genauer an. Die Patrone war etwa fünfzehn Millimeter lang und neun Millimeter dick. Auf der Unterseite entdeckte ich im Zentrum einen roten Punkt. Das musste der Zünder der Patrone sein. Ich drehte die Patrone um und sah mir die andere Seite an. An der Stelle, bei der eine richtige Patrone ihre Kugel hatte, sah es bei dieser Patrone so aus, als ob die Hülse einfach nur rundum zusammengequetscht und so verschlossen worden war.

Ich stand wieder auf und legte die Schachtel mit den übrigen Patronen auf die Werkbank. Ich wollte wissen, was in der Patrone war. Ich sah mich im Werkzeugschrank meines Vaters nach einer Zange um. Dank der Ordnung im oberen Teil des Schrankes dauerte es nicht lange, bis ich die Wasserpumpenzange meines Vaters gefunden hatte.

Ich nahm die Unterseite der Patrone in die linke Hand und setzte die Zange an dem oberen Teil der Patrone an, dort wo die Hülse rundherum zusammengequetscht worden war. Ich hatte die Hoffnung, dass die Spitze aufbrechen und ich den Inhalt herausschütten können würde. Ich drückte zu. Die Patrone verformte sich an der Spitze, aber sie brach nicht auf.

Ich drehte die Patrone etwas und wiederholte den Vorgang. Dieses Mal gab die Spitze nach. Es entstand ein kleines Loch in der Spitze der Patrone. Wo sollte ich den Inhalt hinkippen, damit ich diesen begutachten konnte? Wieder sah ich mich an der Werkbank um. Mein Blick fiel auf den Schraubstock meines Vaters, der an der linken Seite der Werkbank befestigt war. Auf diesem Schraubstock war auf dem hinteren Teil eine polierte Stahlplatte. Perfekt für meine Untersuchungen.

Vorsichtig kippte ich die Patrone über dieser Stahlplatte aus. Es entstand ein kleiner Haufen. Wieder nahm ich die Wasserpumpenzange und quetschte die Patrone erneut einige Male. Ich wollte, dass alles aus der Patrone auf diese Stahlplatte kam. Ich kippte die Patrone erneut über dem Haufen aus, und der Rest rieselte darauf.

Ich könnte versuchen, den Haufen anzuzünden, überlegte ich. Ich wusste aber, dass es in dem Schuppen weder Streichhölzer noch Feuerzeug gab. Hierfür hätte ich ins Wohnzimmer gehen müssen. Dafür war es noch zu früh. Meine Mutter würde mitbekommen, dass ich nicht beim Sportunterricht gewesen sein konnte.

Mit der Wasserpumpenzange fuhr ich vorsichtig durch die Spitze des kleinen Haufens. Bei einer Patrone musste man einfach nur mit einem Bolzen oder einem kleinen Hammer auf die rote Fläche schlagen, um die Patrone auszulösen. ‚Der Hammer!‘, ging es mir durch den Kopf.

Ich legte die Wasserpumpenzange auf der Werkbank ab und wandte mich wieder dem Werkzeugschrank zu. An der linken Seitenwand hing der Hammer. Ich nahm ihn heraus und begutachtete ihn kurz. Das war bestimmt nicht der größte Hammer, den mein Vater hatte. Ich blickte erneut in den Schrank, fand aber keinen größeren. Allerdings fiel mir auf, dass an der Stelle, an der der Hammer vorher gehangen hatte, keine Kontur eingezeichnet war. Egal! Mit diesem Hammer sollte es auch gehen. Ich wandte mich mit dem Hammer in der Hand der Stahlplatte mit dem kleinen Haufen zu.

Das war nicht das erste Mal, dass ich einen Hammer in der Hand hielt. Mein Bruder Nils, Patrik und ich, wir hatten uns hinter dem Haus vor wenigen Jahren eine eigene kleine Holzhütte gebaut. Diese Holzhütte war zweigeschossig und hatte einen kleinen Aussichtsturm an der Seite. Damit der Turm nicht umfallen konnte, hatten wir damals für die Stützen des Turmes ein Fundament aus Beton gelegt. Mein Vater hatte uns gezeigt, wie das ging. Alle Stützen wurden mit Nägeln miteinander verbunden und alle Bretter der Wände wurden ebenfalls mit Nägeln fixiert. Ich wusste, wie man mit dem Hammer schlagen musste, um einen Punkt sauber treffen zu können!

Ich holte aus und schlug zu.
Peng!
Die Explosion war so stark, dass sie den Hammer zurück nach oben katapultierte und ich keine Chance hatte, ihn weiter am Stiel festzuhalten. Der Hammer wurde mir regelrecht aus der Hand gerissen.
Ich stand einen kleinen Augenblick regungslos und fasziniert vor der Werkbank.
„Wow!", sagte ich leise. Das wollte ich noch mal probieren. Aber wo war der Hammer? Ich sah mich im Umkreis der Werkbank um. Ich konnte keinen Hammer entdecken. Ich hatte auch nicht gehört, wie er wieder runtergefallen war. Ich wandte meinen Blick zur Decke. Dort steckte der Hammer, mit dem zusammenlaufenden Ende, in der Rigipsdecke. Der Griff stand nahezu parallel zur Decke.

„Alter Schwede!", rief ich fasziniert und dachte, dass es unter Umständen keine so gute Idee war, diesen Versuch zu wiederholen.

Ich überlegte kurz, ob ich den Hammer an der Decke hängen lassen und die Kontur des Hammers einfach nur mit einem Bleistift nachzeichnen sollte. Frei nach dem Motto: Wie das andere Werkzeug seinen Platz im Schrank hat, gehört der Hammer genau hier hin. Das ließe sich dann ja unschwer an der gezeichneten Kontur des Hammers an der Decke erkennen.

Das wäre mal ein richtig interessanter Scherz. Wie mein Vater darauf wohl reagieren würde? Das Loch in der Rigipsplatte würde er bestimmt weniger witzig finden, aber ansonsten rechnete ich damit, dass er sich vor Lachen kringeln würde. Wie sollte ich aber erklären, wie der Hammer da hochgekommen war?

‚Lukas, wieso klebt der Hammer an der Decke?‘, würde er mich fragen. ‚Na wegen der Explosion!‘, würde ich wahrheitsgemäß antworten. Er würde dann einmal tief ein- … und wieder ausatmen … und dann sagen: ‚Lukas, du machst mich wahnsinnig!‘

Der Hammer musste da wieder weg!

Ich kletterte auf die Werkbank und musste mich richtig strecken, um an den Hammer kommen zu können. Ich zog an dem Stiel – nichts geschah. Ich drückte den Stiel nach oben, und der Hammer schien sich in der Decke zu bewegen. Als ich den Hammer dann erneut an dem Stiel nach unten zog, löste er sich aus der Decke.

Ich kletterte wieder von der Werkbank und überlegte, wie ich die gerade gewonnene Erkenntnis am besten für mich verwenden konnte. Mir fiel nichts ein. Ich sah die Pappschachtel mit den übrigen Patronen auf der Werkbank.

Erneut nahm ich eine Patrone aus der Schachtel und sah mir diese an. Wie das wohl mit dem roten Punkt auf der Unterseite funktionierte? Wieder überlegte ich, wie ich das am besten ausprobieren konnte, und wieder fiel mein Blick auf den Schraubstock. Ich öffnete den Schraubstock ein wenig, legte die Patrone zwischen die beiden Backen des Schraubstocks, so dass die zusammengequetschte Oberseite zur Wand und die Unterseite mit dem roten Punkt in den Raum zeigte und schloss den Schraubstock wieder. Ich achtete darauf, dass die Patrone fest im Schraubstock saß, sich aber nicht verformte.

Was sollte ich als Schlagbolzen verwenden? Ich sah auf das Regal meines Vaters. Ich wusste, dass in dem oberen Regal massenweise Nägel in unterschiedlichsten Größen waren. Die hatte mein Vater ganz bewusst nach oben gestellt. Er hatte nicht gewollt, dass wir seinen gesamten Vorrat an Nägeln an unserer kleinen Holzhütte verballerten. Wie sollte ich da oben rankommen?

Dann stellte ich meinen linken Fuß auf die unterste Regalborte, hielt mich mit der rechten Hand an einem der Regalpfeiler fest und drückte mich vorsichtig hoch. Das Regal wackelte nicht. Wahrscheinlich hatte es mein Vater mit der Wand verschraubt. Jetzt konnte ich an die obere Regalborte rankommen. Ich hob meinen linken Arm und tastete die einzelnen Pappschachteln nach einem Nagel in der richtigen Größe für mein Experiment ab. Ich wurde schnell fündig. Ich stieg wieder von der unteren Regalborte herunter und begutachtete den Nagel. Er war zehn Zentimeter lang und etwa drei Millimeter dick. Perfekt. Ich nahm die Wasserpumpenzange in die linke Hand und spannte hier den Nagel ein. Ich wollte lieber etwas Abstand zu der Patrone haben, wenn ich den Nagel an den roten Punkt hielt und mit dem Hammer auf den Nagel schlug. Sicher ist sicher.

*Ich hatte damals ein merkwürdiges Verständnis von Sicherheit. Aber mein Forschungsdrang war stärker als jegliche Vernunft oder Angst.*

Den Hammer nahm ich in die rechte Hand, führte den Nagel an die rote Stelle der Patrone und schlug mit dem Hammer auf den Nagel.

Peng!

Dieses Mal flog der Hammer nicht durch die Gegend. Ich hatte allerdings das Gefühl, dass dieser Knall lauter war als bei meinem ersten Experiment. Ich überlegte, ob meine Mutter etwas gehört haben könnte. Aber wahrscheinlich war sie gerade in der Küche, hatte das Radio laut aufgedreht und kochte das Mittagessen. In dieser Phase war sie immer so fokussiert, da hätte neben dem Haus ein Flugzeug abstürzen können und sie hätte nichts davon mitbekommen.

Die Patronenhülse steckte immer noch im Schraubstock. Die Patrone war am Kopfende geplatzt. Die ursprünglich zusammengepressten Seiten der Hülse waren nach außen gebogen. An den Backen vom Schraubstock entdeckte ich, ausgehend von der Patrone in Richtung Wand, eine dunkelgraue Schmauchspur.

Mein Blick folgte der Schmauchspur und richtete sich dann unweigerlich der Wand zu. Dort zeichnete sich ein nahezu kreisrunder Schatten ab, der zum Zentrum stetig dunkler wurde. Lediglich die Schatten der Schraubstockbacken unterbrachen diesen Kreis. Die Wand war im Zentrum des Kreises nicht schwarz oder dunkel, es war einfach nur ein Schatten, der zum Zentrum immer etwas dunkler wurde. An den Stellen, an denen die Schatten der Schraubstockbacken waren, da war die Wand wieder heller. Wenn man nicht wusste, dass da etwas war, dann hätte man diesen Fleck an der Wand auch gut übersehen können, wenn nicht genau an dieser Stelle auch der Besenstiel an der Wand gelehnt hätte. Ich nahm den Besen von der Wand und sah mir den Fleck erneut an. Jetzt führte mitten durch den Fleck ein Strich in der Breite des Besenstiels, und das an einer ursprünglichen weißen Wand. Das war heute nicht mein Tag!

Jetzt war aber wenigstens klar, wo der Besen abgestellt werden musste. Jetzt hatte auch dieser eine Kontur an der Wand, auch wenn diese Kontur nicht mit dem Bleistift gezeichnet worden war.

Ich wusste nicht, wie ich den Fleck hätte erklären können. Ich drehte den Besen um und versuchte, den Fleck an der Wand wegzufegen. Das hat leider nur bedingt funktioniert. Den Großteil des Fleckes habe ich zwar tatsächlich beseitigen können, den Rest aber mit Verwischen halbwegs der Wand angepasst. Das sah jetzt wie der übliche Schmutz in einer Werkstatt aus.

Das sollte so reichen. Um sicherzustellen, dass der verwischte Fleck nicht so schnell entdeckt werden würde, stellte ich den Besen wieder an seinen Platz.


Aber was konnte ich am besten mit den Patronen machen?

Ich überlegte, wie ich Herrn Müller die Patrone am besten in den Arsch einführen und zur Explosion bringen konnte. Das würde Herrn Müller doch bestimmt viel Freude bereiten.

Ein dünnes Kunststoffrohr, an dessen Ende die Patrone aufgesetzt werden konnte, hatte ich bei mir im Zimmer. Ich hatte das Rohr früher als Blasrohr verwendet, mit dem ich im Herbst dicke Holunderbeeren sehr treffsicher verschossen hatte.

Die Patrone könnte ich mit Klebeband am Ende des Rohres fixieren. In dem Rohr brauchte ich aber noch eine Art Schlagbolzen, der auf den roten Punkt auf der Patrone traf. Ich hatte die Patrone im Schraubstock mit einem relativ kleinen Nagel ausgelöst. Dieser Nagel war aber zu dünn für das Rohr. Es wäre reine Glückssache, wenn diese Nagelspitze den roten Punkt der Patrone in dem Rohr treffen würde.

Ich stellte mich erneut auf den untersten Regalboden und suchte nach einem größeren Nagel, der exakt in das Rohr passen würde. Ich wurde fündig. Ich stieg wieder von dem unteren Regalboden und begutachtete den Nagel kurz. Er war etwa so lang wie meine Hand. Das Rohr war doppelt so lang.

Ich überlegte, ob ich den Nagelkopf absägen sollte, damit der Nagel komplett in das Rohr passen konnte. In dem Fall hätte das Rohr senkrecht stehen müssen, damit ich den Nagel im Rohr herunterfallen lassen konnte, um auf den Auslöser zu stoßen. Oder sollte ich lieber mein Blasrohr einkürzen? In dem Fall konnte ich den Nagel noch an seinem Kopf halten und die Nagelspitze gezielt auf den Auslöser stoßen. Dafür müsste das Rohr dann auch nicht senkrecht stehen. Den Kopf vom Nagel hätte ich nicht absägen müssen, aber ich müsste das Blasrohr kürzen. Wenn ich das Rohr hingegen nicht kürzen würde, dann konnte ich das Rohr zukünftig immer noch als Blasrohr verwenden.

Ich überlegte kurz, was ich da gerade gedacht hatte. Wollte ich das Rohr wirklich noch als Blasrohr verwenden, wenn es im Arsch von Herrn Müller gesteckt hatte und explodiert war? Ich entschied mich, das Blasrohr so weit einzukürzen, dass ich den Nagel einfach nur noch mit Schwung in das Rohr hineinstecken musste, um die Patrone auszulösen.

Ich steckte den Nagel, eine Rolle Klebeband und zwei Patronen in meinen Schulranzen. Eine Patrone für Herrn Müller und eine Patrone für Tom.

Bei Tom würde ich das Rohr einfach nur vorne in seine Hose stecken und den Nagel dann genüsslich im Rohr fallen lassen. Dabei würde ich ihm in die Augen sehen, während er entsetzt auf den Bund seiner Hose und das Darunterliegende starrte. Ich fühlte eine Vorfreude wie bei Weihnachten.

Beides müsste an ein und demselben Tag geschehen. Ich war mir sicher, dass sich eine derartige Aktion sehr schnell herumsprechen würde, sodass der andere entsprechend vorgewarnt gewesen wäre.

Jetzt galt es nur noch zu klären, wie ich das Ganze am besten in den Arsch von Herrn Müller beziehungsweise in die Hose von Tom bekommen konnte. Aber das schien mir zu diesem Zeitpunkt eine eher unwesentliche Schwäche in meinem Plan zu sein.

Ich vermutete jedoch, dass sowohl Herr Müller als auch Tom von meiner Idee wenig begeistert sein und ihren Arsch beziehungsweise den Hosenbund nicht freiwillig preisgeben würden.


Ich sah auf meine Armbanduhr. Es war 12:58 Uhr. Die sechste Stunde war bereits seit acht Minuten vorbei. In wenigen Minuten musste auch Nils zu Hause ankommen und sein Fahrrad durch die Schuppentür schieben. Ich wollte nicht, dass er mich im Schuppen entdeckte, weswegen ich hier schnell verschwinden sollte. Ich würde dann einfach sagen, dass der Sportunterricht etwas früher zu Ende gewesen war.

*Das Loch in der Decke, in dem der Hammer gesteckt hatte, wurde von meinem Vater nie hinterfragt. Mit zwei aktiven Söhnen, die beide über einen ausgeprägten Forschungsdrang verfügten, war er, in gewisser Weise, Leid gewöhnt.*

# DIE BIOARBEIT

*Lukas:* Freitag

Ich habe mich auf diesen Freitag gefreut. Ich freute mich darauf, meinen Plan in die Tat umsetzen zu können. Ich hatte gestern das Blasrohr noch in zwei Hälften zersägt und die Patronen am Ende der beiden Rohre mit dem Klebeband fixiert. Danach brachte ich die Säge zurück in den Schuppen. Bei der Gelegenheit hängte ich dann auch gleich den Hammer und die Zange zurück in den Werkzeugschrank, legte die Schachtel mit den Patronen in die Schublade zurück und schloss die Tür vom Werkzeugschrank. Auch die leeren Patronenhülsen aus dem Schraubstock ließ ich verschwinden.

Was für ein Glück, dass ich noch die Säge gebraucht hatte und mir dabei die Unordnung aufgefallen war. Kaum auszudenken, was passiert wäre, wenn mein Vater die Werkbank mit Hammer, Nagel, Wasserpumpenzange und eingespannter Patronenhülse vorgefunden hätte.

Ob mein Vater absichtlich Ordnung hielt, um bemerken zu können, wenn Nils und ich mal wieder etwas ausgeheckt hatten?

‚Was hast du mit dem Werkzeug im Schuppen gemacht?‘, würde er fragen.

‚Ich musste mein Fahrrad reparieren‘, wäre dann meine logische Antwort gewesen. Dabei würde ich mir mit dem Daumen der rechten Hand die Fläche zwischen dem Daumen und dem Zeigefinger meiner linken Hand massieren.

‚Welchen Teil deines Fahrrads genau hast du mit dem Hammer repariert und welche Rolle spielte dabei die Patronenhülse im Schraubstock?', würde er dann fragen und dabei meine Hände beobachten. Bei meinem Vater musste man echt aufpassen, was man sagte und was man tat!

Ich hatte noch keine Idee, wie ich die Rohre in den Arsch von Herrn Müller oder in die Hose von Tom bekommen sollte, ich rechnete aber damit, dass sich irgendwie eine Gelegenheit ergeben würde. Nach der bisher gewonnenen Erfahrung sollte es auch ausreichen, wenn ich die Patronen einfach nur an ihre Hosen halten und zünden würde. Ich wollte hier aber lieber kein Risiko eingehen.

Der Nagel steckte in meiner Stiftemappe, die beiden Rohre griffbereit in der Seitententasche meines Schulranzens.

Mein Klassenzimmer lag auf der rechten Seite, schräg hinter dem Ende des Treppenaufganges. Oben angekommen sah ich über das Geländer, das aus einer einen Meter hohen Betonwand bestand, in die Richtung meines Klassenzimmers. Die Tür war noch verschlossen. Von Herrn Tönjes, meinem Biolehrer, war noch nichts zu sehen. Aber bestimmt würde es nicht mehr lange dauern, bis er kommen würde. Schließlich sollten wir heute die Bioarbeit schreiben. Da waren die Lehrer in der Regel sehr pünktlich.

Einige meiner Klassenkameraden saßen auf den Bänken, die im hinteren Teil des Flures standen, andere standen in kleinen Gruppen vor der Tür und unterhielten sich. Ich ging in Richtung Klassenzimmertür, stellte meinen Schulranzen an der Wand ab und hockte mich im Schneidersitz, mit dem Rücken an die Wand gelehnt, auf den Fußboden. Mein Hintern hatte sich so weit erholt, dass das wieder ohne Schmerzen ging.

Das Getuschel der Gruppen vor der Tür wurde lauter. Ich sah auf und entdeckte, dass die meisten meiner Klassenkameraden in meine Richtung blickten. Andere schienen, unter vorgehaltener Hand, miteinander zu flüstern. Jetzt entdeckte ich Tom und seine Freunde. Sie kamen auf mich zu. Ich bekam wieder Angst. Mein Puls raste. Was hatten die vor?

„Da ist er ja, der Pisser! Na, hast du dich gestern vollgepisst und dann den Sportunterricht geschwänzt?", klagte mich Tom an. Tom stellte sich vor mich, Carsten und Michael bauten sich rechts und links von mir auf.

„Lass mich in Ruhe!", sagte ich eher zaghaft zu Tom.

„Dass du gestern geschwänzt hast, das hat auch Herr Ehlers mitbekommen. Das wird noch Konsequenzen haben, sagt er." Ich wunderte mich, dass er das Wort ‚Konsequenzen' überhaupt kannte.

„Verpiss dich, du Arschloch!", schrie ich Tom an. Ich dachte kurz an die beiden Rohre in meinem Schulranzen direkt neben mir. Die Patrone könnte ich auch von hier unten zünden, aber der Nagel war in meiner Stiftemappe. Da würde ich jetzt nicht so ohne Weiteres herankommen.

„Was ist das denn? Der Kleine wird aufmüpfig." Tom, Michael und Carsten sahen sich belustigt an. Ich stand, so schnell es mir an dem Platz, der mir zur Verfügung stand, möglich war, auf. Dann wandte ich mich Tom zu.

„Ich werde erzählen, was du gestern gemacht hast, und dann bist du es, der Konsequenzen zu spüren bekommt."

„Wenn du irgendjemandem irgendetwas erzählst, dann bekommst du richtig Ärger!" Bei diesen Worten griff mir Tom mit beiden Händen vor meiner Brust in das T-Shirt, drehte seine Hände und machte dabei eine Faust. Mein T-Shirt spannte sich um meine Brust, der Saum hob sich über meinen

Bauchnabel. Dann zog er mich zu sich heran und hob mich leicht hoch, sodass ich auf Zehenspitzen stehen musste.

In mir kochte es vor Wut und ich hatte Angst.

„Du wirst hier nicht eine ruhige Minute haben. Ich werde dich überall finden. Für Petzen gibt es hier keinen Platz!“ Tom kam mit seinem Gesicht so dicht an meines, dass ich seine feuchte Aussprache bei den Worten ‚Petzen‘ und ‚Platz‘ auf meinem Gesicht spürte. Ich ekelte mich davor.

Dann ertönte der Gong. Die erste Stunde begann und Herr Tönjes musste jeden Augenblick die Treppe hochkommen.

Tom stieß mich mit beiden Händen zurück, und ich knallte gegen die Wand. Ich spürte den Aufprall an meinem Rücken zwischen den Schulterblättern. Für einen Moment blieb mir die Luft weg.

Tom und seine Freunde drehten sich um und gingen wieder weg.

Ich sah mich nach meinen Klassenkameraden um. Es hatte den Anschein, dass keiner etwas von dem mitbekommen hatte, was da gerade geschehen war. Ich sackte zusammen und saß wieder auf dem Fußboden neben meinem Schulranzen.

Ich zog meine Beine an und umschlang meine Knie mit den Armen. Ich hatte Angst. Mein Puls raste.

Nach wenigen Minuten kam Herr Tönjes um die Ecke des Treppengeländers und ging zielstrebig auf die Tür unseres Klassenzimmers zu. Dafür musste er an mir vorbei. Als ich ihn sah, stand ich wieder auf und stellte mich ihm in den Weg.

Mit einem „Herr Tönjes, ich muss Ihnen etwas sagen“, versuchte ich, Herrn Tönjes auf seinem Weg zur Tür zu stoppen.

„Nicht jetzt! Dafür haben wir jetzt keine Zeit. Wir sind eh schon spät dran. Wie schreiben heute die Klassenarbeit, wie du sicher weißt." Mit diesen Worten zog er an mir vorbei und holte den Schlüssel für die Tür aus seiner Hosentasche.

„Aber …", stammelte ich.

„Ich bin mir sicher, dass du mir das nachher auch noch sagen kannst. Jetzt komm rein und setz dich!", sagte er sehr bestimmt und öffnete die Tür.

Ich war den Tränen nah. Ich war enttäuscht.


Ich war in Biologie immer ein guter Schüler gewesen. Ich brauchte eigentlich nie für dieses Fach zu lernen und war dennoch einer der Besten in meiner Klasse. Lediglich Saskia und Patrik waren gelegentlich besser als ich. Doch Patrik war heute nicht da. Sein Platz blieb frei und Herr Tönjes vermerkte sein Fehlen im Klassenbuch.

Ich konnte mich nicht auf die Arbeit konzentrieren. Ich war enttäuscht, ich war immer noch den Tränen nah und ich spürte die Blicke von Tom.

Die Stunde verging elendig langsam. Eine Stunde der Stille, der Angst und der Wut. Um mich herum hörte ich nur das Kratzen der Füller auf Papier.

Mein Füller blieb größtenteils stumm.

Nach der Arbeit hatte Herr Tönjes die Klasse so schnell verlassen, wie er gekommen war. Tom ließ mich an dem Tag nicht mehr aus den Augen, er belästigte mich aber auch nicht weiter.

Den Nagel hatte ich seitdem in meiner rechten Hosentasche.


In der zweiten Stunde hatten wir wieder Englisch bei Frau Weber. Bei Frau Weber dauerte die Korrektur der Arbeiten in der Regel etwas länger. Zumindest war das bei den Arbeiten so, die wir bisher geschrieben hatten und auch bei den Vokabeltests. Sodass ich mir eigentlich keine Sorgen machen musste, dass ich über das Wochenende mit einer schlechten Note nach Hause kommen würde. Dennoch hatte ich Angst vor dieser Englischstunde.

Die Angst war unbegründet. Frau Weber machte ganz normal Unterricht. Irgendwann würde es aber so weit sein, dass wir die Englischarbeit und auch die Bioarbeit von heute zurückbekommen würden. Vor diesen Tagen fürchtete ich mich. Ich hatte keine Angst vor dem Anschiss meiner Eltern. Ich hatte Angst davor, diese schlechten Noten – und das würden zweifellos schlechte Noten werden – erklären zu müssen.

Von dem Unterricht an diesem Tag habe ich nichts mitbekommen – weder von Englisch noch von Religion noch von Deutsch.

Die Deutschstunde bei Herrn Müller wurde wieder dominiert von der Angst. Mir fiel auf, dass Herr Müller scheinbar mehrere Tage nacheinander die gleiche Kleidung trug. Er hatte den gleichen Pullover an wie tags zuvor. Die Haare an seinem Nacken schienen sich immer noch über den Kragen seines Pullovers in die Freiheit retten zu wollen. Zwischen mir und Herrn Müller war immer reichlich Abstand, dennoch hatte ich das Gefühl, den Schweißgeruch der alten Kleidung riechen zu können. Es konnte auf der ganzen Welt keinen Menschen geben, der noch widerlicher war als Herr Müller!

Auch die fünfte und sechste Stunde liefen an mir vorbei, ohne dass ich den Unterricht wahrgenommen hätte.

# DAS EXPERIMENT

*Lukas:* Samstag


Tom war heute nicht zur Schule gekommen und seine beiden Freunde wirkten ohne ihn absolut bedeutungslos. Auch Patrik war heute noch krank.

Nach den Musikstunden bei Frau Heide konnten auch die beiden Mathestunden bei Frau Gerlach erfolgreich überstanden werden, und so stand mir das Wochenende bevor.


Bei dem Mittagessen sah mein Vater Nils und mich auffordernd an und sagte: „Es wird mal wieder Zeit, den Rasen zu mähen. Wer von euch ist dran mit Rasenmähen?"

Sofort wandte Nils den Blick in meine Richtung und sah mich auffordernd an.

„Ich mach' das gleich", antwortete ich pflichtbewusst.

Als das Mittagessen beendet war, zog ich mir eine alte Hose und ein altes T-Shirt an und holte den Rasenmäher aus dem Schuppen.

Das Rasenmähen war bei uns keine Kleinigkeit. Wir hatten ein großes Grundstück mit viel Rasenfläche. Auf dieser Rasenfläche konnten wir, auch mit mehreren Freunden zusammen, Fußball spielen. Auf dem Rasen vor dem Haus standen an beiden Seiten des Feldes Tore, die Nils und ich selber aus dem zur Verfügung stehenden Holz zusammengezimmert hatten. Das Holz hatten wir von dem Holz abgezweigt, welches unser Vater uns für den Bau der Holzhütte zur Verfügung gestellt hatte. Diese Tore musste ich erst einmal aus dem Weg schieben. Dann fing ich an, den Rasen zu mähen.

Während ich den ratternden Rasenmäher vor mir herschob, überlegte ich, wie ich die Rohre am besten ihrer bestimmungsgemäßen Verwendung zuführen konnte.

Mein ganzer Plan basierte darauf, dass ich schnell und gezielt vorging. Wenn ich Herrn Müller in die Bibliothek lockte und dann mit dem Rohr in der Hand erstarrte, dann wäre ich in sehr großer Gefahr.

Außerdem würde ein explodierender Arsch oder eine explodierende Hose doch bestimmt für eine Riesensauerei sorgen. Man würde nach dem Verursacher dieser Sauerei suchen, und ich müsste dann erklären, wieso ich das gemacht hatte. Damit würden alle Details öffentlich werden und alle würden wissen, was Herr Müller mit mir gemacht hat.

Der Rasenmäher ratterte vor mir, während ich langsam weiterging.

Ich erkannte die Schwäche an meinem Plan. Dennoch würde ich die Rohre vorerst in der Seitentasche meines Schulranzens lassen. Vielleicht ergab sich ja doch noch eine Gelegenheit.


Wir lebten in einer ländlich geprägten Gegend. Hinter unserem Haus lag eine Weide, auf der Kühe grasten. Die Kühe waren von mir und meinem Rasenmäher nur wenig beeindruckt. Sie standen einfach nur auf der Weide rum und grasten oder kackten gelegentlich auch mal.

Damit die Kühe nicht weglaufen konnten, war die Weide mit einem Draht umspannt, an dem in regelmäßigen Abständen kurze und sehr intensive Spannungsstöße anlagen. Diese Spannungsstöße wurden ausgelöst durch ein Weidezaungerät. Solange man den Draht aber nicht berührte, war alles in Ordnung. Ich passte auf, dass ich beim Rasenmähen nicht zu dicht an den Weidezaundraht herankam.

Mein Bruder hatte mal auf einer Weide versehentlich gegen den Draht von einem elektrischen Weidezaun gepinkelt. Seinem Geschrei nach waren die Schmerzen nahezu unerträglich gewesen. Patrik und ich, wir haben uns damals halb totgelacht. Wie konnte man nur so doof sein?

Ich überlegte, ob man Herrn Müller nicht irgendwie an ein Weidezaungerät anschließen könnte.

Auch diese Idee löste in mir eine gewisse Begeisterung aus. Mir gefiel die Vorstellung, dass Herr Müller an Händen und Füßen gefesselt vor mir lag, mit einem Draht vom Weidezaungerät um den Penis gewickelt, und etwa 200 Stromschläge verpasst bekam. Schööööön langsam! Schlag … für … Schlag!

Bei jedem Stromschlag würde er zusammenzucken, vor Schmerzen schreien und sich vor mir in seinem Schmerz winden. Das Beste an der Idee war aber, dass ein Stromschlag aus einem Weidezaungerät keine sichtbaren Spuren hinterließ. Zumindest hatte Nils nach dem Stromschlag beim Pinkeln nie erwähnt, dass er danach Verbrennungsspuren an seinem Penis hatte. Geschrien hatte er damals hingegen, als wäre ihm die komplette Lunte weggebrannt.

Und wenn Herr Müller mit der Geschichte zur Polizei gehen würde? Wer würde ihm das glauben?

Die nächsten fünf Minuten bekam ich beim Rasenmähen das Grinsen nicht mehr aus dem Gesicht.

An der Weide hinter unserem Haus, in der Nähe des Bauernhofes, stand ein kleiner Verschlag, bei dem die Vorderseite nicht mit einer Wand verschlossen war. In diesem Verschlag befand sich das Weidezaungerät, durch das der Draht, der rund um die Kuhweide führte, mit Spannungsstößen gespeist wurde. War es möglich, dass ich mir dieses Weidezaungerät für einige Stunden auslieh? War es möglich, es zu demontieren? Ich rechnete damit, dass den Kühen das kurzzeitige Verschwinden des Weidezaungerätes gar nicht erst auffallen würde. Die hatten den ganzen Tag ohnehin nichts anderes zu tun, als zu fressen und zu kacken.

Die Kühe sahen groß und dank ihrer Hörner auch recht furchteinflößend aus. Ich musste aber bereits vor längerer Zeit feststellen, dass das Gefährlichste an den Kühen ihre Haufen mit Scheiße waren, die sie überall auf der Weide fallen ließen. Wenn man da reintrat, dann bekam man den Schuh nie wieder sauber! Auch wenn man die ganze Scheiße wieder abkratzte, anschließend mit einem Waschlappen und Seife abwusch und dick mit Schuhcreme einschmierte, es blieb immer noch der Schuh, der bis zum Knöchel in der Scheiße gesteckt hatte. Das war widerlich!

Die Kühe waren immer ruhig und träge. Nur wenn der Bauer die Kühe rief, wurden sie auf einmal hektisch. Zumindest hektischer als üblich. Dann trotteten sie gemütlich an die Stelle, an der sie jeden Morgen und jeden Abend gemolken wurden. Was für ein Leben!

Ich stellte den Rasenmäher ab, sah mich noch einmal um, um sicherzugehen, dass ich nicht beobachtet wurde, und ging zu dem Verschlag. Vom Bauernhaus aus konnte diese Stelle nicht eingesehen werden, da zwischen dem Verschlag und dem Bauernhaus eine Scheune stand.

Die Kühe standen auf der Weide und gingen ihren zwei Lieblingsbeschäftigungen nach. Ob das Setzen von Haufen bei den Kühen eine Art Verteidigungsstrategie war? Ob es wohl Wissenschaftler gab, die sich mit derartigen Fragestellungen beschäftigten?

Ich schob den Gedanken beiseite und trat in den Verschlag mit dem Weidezaungerät. Es sah alt aus. In regelmäßigen

Abständen, etwa alle zwei Sekunden, gab das Gerät ein leises „Pack" von sich. Daneben war eine Steckdose, in der ein Stecker steckte, dessen Kabel zu dem Weidezaungerät führte. Doch ich konnte keinen Schalter zum Ein- und Ausschalten entdecken. Zwei dicke und blanke Drähte waren an einer anderen Stelle mit dem Gerät verbunden. Einer davon verschwand im Boden. Der andere führte direkt zu dem Draht, der die Weide umspannte. Ich wusste, das war der böse. Der, gegen den man besser nicht pinkeln sollte.

„Pack", hörte ich erneut vom Weidezaungerät.

Dennoch interessierte mich, wie sehr ein Stromschlag aus diesem Weidezaungerät weh tat. Ich hatte mal gesehen, wie der Bauer die Funktion des Weidezaungerätes überprüft hatte. Hierfür hatte er einen der langen Grashalme genommen, die überall um die Weide herum wuchsen. Zumindest dort, wo die Kühe mit ihrer doch erstaunlich langen Zunge nicht hinkamen. Er hatte diesen Grashalm ganz unten angefasst und die andere Seite auf den bösen Draht gelegt.

„Was machen Sie da?", hatte ich ihn damals gefragt, als er noch an dem Weidezaun stand. Er drehte sich zu mir um und sagte: „Ich kontrolliere, ob Spannung auf dem Zaun ist."

„Und wofür ist der Grashalm?"

„Würde ich den Draht direkt anfassen, das würde sehr wehtun. Durch den langen Grashalm ist es nur noch ein leichter Schmerz. Je kürzer der Halm und damit der Abstand zum Draht ist, umso mehr tut es weh. Möchtest du es mal versuchen?'

„Nein", hatte ich sofort geantwortet. Ich empfand damals auch die Aussicht auf einen leichten Schmerz als wenig erstrebenswert.

„Pack", kam es erneut vom Weidezaungerät vor mir.

Ich suchte mir einen langen Grashalm. Ich riss mir den längsten Grashalm ab, den ich finden konnte, und trat damit dichter an den Weidezaun neben dem Verschlag heran.

Ich vernahm ein leises „Pack" aus dem Verschlag.

Wie ich es bei dem Bauern gesehen hatte, fasste auch ich den Grashalm am hinteren Ende an. Dann ließ ich den Grashalm sinken. Doch als der Grashalm den Draht berührte, geschah nichts.

Ich hatte damit gerechnet, dass ich einen schrecklichen Schmerz erleiden würde. Zumindest hatte ich mir das für Herrn Müller erhofft. Ich hob den Grashalm wieder hoch.

„Pack."

Ich reduzierte den Abstand zu dem Draht um die Hälfte und ließ den Grashalm wieder auf den Draht sinken. Wieder geschah nichts.

War das Weidezaungerät kaputt? Kein Schmerz. Hatte Nils damals einfach nur geschrien, weil er gesehen hatte, dass er an den Draht gepinkelt hatte? Das würde meiner liebsten Geschichte über Nils etwas den Witz nehmen. Enttäuscht hob ich erneut den Grashalm.

„Pack."

Dann führte ich meine Hand noch dichter an den Draht heran und ließ den Grashalm langsam wieder auf den Draht sinken.

„Pack."

Für den Bruchteil einer Sekunde verkrampften sich mein Arm, mein Daumen und mein Zeigefinger, mit dem ich den Grashalm gehalten hatte. Alle Muskeln waren über diesen kurzen Zeitraum auf das Äußerste angespannt. Der Schmerz war in jedem Muskel und in jedem Gelenk meines Armes zu spüren. So schnell wie der Schmerz gekommen war, so schnell war er aber auch wieder vorüber. Ich zuckte mit der Hand zurück.

Das Weidezaungerät funktionierte noch. Und wie das noch funktionierte! Ich musste den Halm immer nur in den Zeitpunkten an den Draht gehalten haben, in denen das Weidezaungerät keinen Spannungspuls durch den Draht geschickt hatte.

Ich freute mich schon auf die Reaktion von Herrn Müller. Er würde keinen Grashalm haben, der die Intensität des Stromschlages reduzieren würde. Er würde die gesamte Stärke des Weidezaungerätes zu spüren bekommen.

Ich ließ den Grashalm fallen und ging zurück zu dem Verschlag mit dem Weidezaungerät. Ich musste wissen, ob es möglich war, das Weidezaungerät zu demontieren.

Ich griff nach dem Stecker, über den das Weidezaungerät mit Spannung versorgt wurde, und zog diesen aus der Steckdose. Jetzt konnte der Draht rund um die Weide herum, auf dem die Kühe standen, nicht mehr unter Spannung stehen.

Ein merkwürdiges Gefühl überkam mich. Was wäre, wenn die Kühe deutlich intelligenter waren, als ich das vermutet hatte? Warteten die Kühe vielleicht nur auf den Moment, in dem jemand den Stecker aus der Steckdose zog? Wie gruselig wäre es, wenn mich jetzt alle Kühe mit ihren gesenkten, mit Hörnern bespickten Köpfen anstarren würden?

Ich lehnte mich etwas zurück und sah an der Holzwand des Verschlages vorbei auf die Weide mit den Kühen.

Nichts. Die Kühe hatten mit ihren zwei Lieblingsbeschäftigungen weitergemacht, als ob nichts geschehen wäre. Ich war erleichtert.

Ich wandte mich wieder dem Weidezaungerät zu. Dieses war an den Seiten mit Schrauben an dem Verschlag verschraubt. Die zwei dicken Drähte waren jeweils durch eine Schraube mit dem Weidezaungerät verbunden. Eine Demontage wäre innerhalb weniger Minuten möglich.

Ich steckte den Stecker wieder in die Steckdose und ging zurück zu meinem Rasenmäher.

Für die Umsetzung dieser Idee würde ich aber die Unterstützung eines Schlägertrupps benötigen. Gab es bei einem Schlägertrupp auch Mengenrabatt? Das wäre doch mit Sicherheit auch eine nette Überraschung für Tom.

Allerdings musste man den Draht irgendwie an den Penis von Herrn Müller bekommen. Das Fesseln war nicht das Problem, das sollte mit im Leistungsumfang des Schlägertrupps liegen. Ich wagte aber zu bezweifeln, dass die Schläger den Penis von Herrn Müller anfassen würden. Ich ekelte mich vor dem Gedanken. Da würde der Mengenrabatt wohl für eine Schmutzzulage verwendet werden müssen.

Geld war in meiner Familie nie ein Problem gewesen, häufig aber Bestandteil einer Lösung. Es wurde Zeit, dass ich mich dieser Familientradition anschloss und lernte, die zur Verfügung stehenden Mittel zielführend einzusetzen.

Wenn ich das nächste Mal bei der Bank war, dann würde ich nachfragen, wie viel Geld ich von meinem Sparbuch abheben konnte. Zusätzlich würde ich mein Taschengeld für die kommenden Monate sparen.

Ich hatte ein Ziel, und dafür musste ich, ohne viel Aufmerksamkeit zu erregen, an Bargeld kommen.

Als der Tank des Rasenmähers leer war, schob ich den Rasenmäher zurück in den Schuppen, nahm mir den Benzinkanister und füllte den Tank des Rasenmähers wieder auf. Dabei schwappte etwas Benzin neben den Tank, lief vom Rasenmäher runter und tropfte auf den Boden im Schuppen.

Ich überlegte, wie ich das Benzin wieder wegmachen konnte, oder ob man das überhaupt wegmachen musste. Konnte ich das nicht auch einfach anzünden? Im Fernsehen hatte ich mal gesehen, was das für eine riesige Flamme ergab.

In einem Film hatte ich auch schon gesehen, wie ein Mensch in Flammen stand. Ich konnte mir vorstellen, dass das sehr schmerzhaft sein musste. Mir kam wieder Herr Müller in den Sinn. Vor meinem geistigen Auge sah ich Herrn Müller, getränkt in Benzin, in Flammen stehen. Ich stellte mir vor, wie er vor Schmerz schrie. Auch dieser Gedanke löste in mir eine Art Freude aus.

Ich hatte Zugang zu Benzin, und Streichhölzer gab es reichlich im Wohnzimmerschrank. Das wäre auch eine Möglichkeit, wie ich mich an Herrn Müller rächen konnte. Zudem war das leichter zu realisieren als die Idee mit dem Weidezaungerät oder mit den Rohren. Aber funktionierte das wirklich? In den amerikanischen Filmen explodierten Autos immer, wenn sie brannten. Mein Vater regte sich dann immer fürchterlich auf und wetterte, dass das ‚absoluter Schwachsinn‘ sei. ‚Typisch amerikanisch. Autos können nicht explodieren!‘, sagte er dann immer. War das mit den in Benzin getränkten, brennenden Menschen auch falsch?

Ich sah kurz zur Schuppentür hinaus, um mich zu vergewissern, dass mich niemand beobachtete. Nach einer kurzen Abwägung der Risiken stand ich auf und holte aus dem Wohnzimmer eine Packung Streichhölzer.

Um mehr Platz im Schuppen zu bekommen, schob ich den Rasenmäher aus dem Schuppen heraus und hockte mich, in gebührendem Abstand zum Benzinfleck, auf meinen Knien auf den Boden.

Ich öffnete die Streichholzschachtel, entnahm ein Streichholz und entzündete dieses. Nachdem der Streichholzkopf seinen Dienst getan hatte und das Holz des Streichholzes brannte, kroch ich auf den Knien etwas dichter an den Benzinfleck heran. Ich streckte meinen Arm aus und führte das brennende Streichholz an den Benzinfleck heran.

„Fuuump!!!!"

Das Ergebnis meines Versuches übertraf meine kühnsten Erwartungen. Der Benzinfleck hatte vielleicht einen Durchmesser von sechs Zentimetern, die Flamme schoss aber fast einen Meter in die Höhe. Das Schlimmere aber war, dass sich auf dem Boden eine Flamme in alle Richtungen ausbreitete. Ich konnte meine Hand gerade noch rechtzeitig zurückziehen, merkte aber deutlich die Hitze der Flamme an meiner Hand.

Zum Glück erlosch das Feuer auf dem Boden sehr schnell, sodass es meine Knie nicht erreichte. Auch die Stichflamme, die nach oben gegangen war, wurde rasch kleiner, sodass dann nur noch eine etwa fünf Zentimeter hohe Flamme vor sich her flackerte. Nachdem auch diese Flamme erloschen war, rollte ich mich aus meiner knienden Position zur Seite und setzte mich, mit dem Rücken am Regal im Schuppen lehnend, mit angezogenen Knien auf den Boden. Es dauerte einen kleinen Augenblick, bis ich den Schock überwunden hatte und wieder einen klaren Gedanken fassen konnte.

Benzin war definitiv geeignet, um Herrn Müller in Brand zu stecken. Nur leider sah ich keine Möglichkeit, dabei nicht selber in Brand zu geraten. Und das war ein nicht ganz unbedeutender Nachteil dieser Idee.

Auf einmal schienen mir explodierende Autos mehr als realistisch zu sein!

Ich würde meinen Vater beim nächsten Mal fragen, wie er darauf kam, dass Autos nicht explodieren konnten. Schließlich waren die voll mit Benzin!

Noch am Samstag hatte ich in der Fernsehzeitung nach möglichen Filmen geguckt, in denen Autos explodieren könnten. Bei den Filmen, die heute im Fernsehen kommen sollten, war das aber sehr unwahrscheinlich. Somit fragte ich meine Mutter, ob wir am Sonntag nicht mal wieder ins Kino gehen könnten. Der Vorschlag wurde von allen Familienmitgliedern begeistert aufgenommen. Meine Mutter holte die heutige Zeitung wieder aus dem Müll und überflog das Kinoprogramm für Sonntag. Ein Film war schnell gefunden, auch wenn es sehr unwahrscheinlich war, dass in dem ausgesuchten Film auch nur irgendetwas explodieren würde. Lediglich bei den Filmen mit Altersbeschränkung bestand die Hoffnung auf explodierende Autos, aber die wollte ich nicht sehen.

Und somit saßen wir am Sonntagnachmittag alle zusammen, schwer bepackt mit Popcorn und Cola, im Kino.

Nach dem Film sind wir noch Pizza essen gegangen. Wir haben an dem Tag viel gelacht. Es war ein richtig schöner und sorgenfreier Sonntag.

Und dann kam der Montag.

# DER HILFERUF



Auf die ersten beiden Stunden Werken hatte ich mich gefreut. Nachdem ich bereits letzte Woche Montag mit dem Körper der Biene aus Draht sehr weit gekommen war, keimte in mir die Hoffnung auf, dass ich heute als Erster der Klasse mein Projekt abgeben und benoten lassen könnte. Der Körper der Biene war bereits gut zu erkennen. Heute würde ich mit den Zangen, die uns Herr Wiese für diese Arbeit zur Verfügung gestellt hatte, nur noch die Flügel und die Beine formen und anbringen müssen. Dann noch ein paar Unebenheiten am Körper ausgleichen, einige Feinheiten einarbeiten, das Werk abgeben und die Note 1 dafür kassieren.

Patrik war auch heute nicht in der Schule. Sein Platz im Werkraum neben mir blieb leer.

„Wisst ihr, was mit Patrik ist?", fragte Herr Wiese die Klasse.

„Der ist krank", antwortete Stephan sofort. „Ich habe ihm am Freitag die Hausaufgaben gebracht. Sein Arzt hat gesagt, dass er noch bis Dienstag zuhause bleiben muss."

„Ah … Danke für die Information", schloss Herr Wiese und notierte die Abwesenheit im Klassenbuch.

Als ich mit den Flügeln begonnen hatte, war ich mir über die Anzahl der Flügel einer Biene im Unklaren. Eine Libelle, so wusste ich, hatte zwei große Flügelpaare. Wenn eine Libelle neben einem flog, dann hörte sich das schon fast an wie ein Hubschrauber. Eine Fliege hingegen hatte nur ein Flügelpaar. Fliegen hatte ich schon oft mit der Hand gefangen und näher untersucht. Bei einer Biene oder gar einer Wespe unterließ man das hingegen am besten. Grundsätzlich versuchte man, zu diesen Tieren eher Abstand zu halten.

Als Herr Wiese an meiner Werkbank vorbeikam, konnte diese Frage umgehend geklärt werden. Kurze Zeit später hatte der Körper meiner Biene ein zweites, etwas kleineres Flügelpaar direkt hinter dem ersten Flügelpaar, und ich konnte meine Arbeit wie geplant benoten lassen.

Ich verließ zehn Minuten vor dem eigentlichen Ende der Stunde den Werkraum und spürte, wie ich von bösen Blicken von Tom verfolgt wurde. Ich sah zu ihm und unsere Blicke kreuzten sich. Während er mich anstarrte, kaute er. Tom schien mit seinem Projekt immer noch am Anfang zu sein. Ich überlegte, was er mit seinem Drahtgestell darstellen wollte. Ob er sich darüber im Klaren war, dass ein Elefant kein Insekt war? Ich traute mich aber nicht, ihm das zu sagen.

In meiner verlängerten Pause hockte ich mich auf die Bänke vor dem Schulkiosk und aß mein Pausenbrot. Der Pausengong ertönte, und wenig später setzten sich Stephan und Uwe zu mir an den Tisch. Wir unterhielten uns über das vergangene Wochenende und über den Film im Kino. Stephan und Uwe hatten den Film auch schon gesehen. Wir sprachen die besten Szenen des Filmes nach und hielten uns vor Lachen die Bäuche.

„Was ist eigentlich mit dir und Patrik?“, wollte Uwe unvermittelt wissen. Diese Frage riss mich gedanklich aus dem Wochenende und brachte mir die Geschehnisse vom vorletzten Donnerstag in Erinnerung. Meine Stimmung sprang sofort um. Hatte ich eben noch gelacht, dachte ich jetzt daran, was Herr Müller mit mir in der Bibliothek gemacht hatte.

Hatten sich Stephan und Uwe nur zu mir gesetzt, um zu erfahren, aus welchem Grund Patrik und ich keine Freunde mehr waren?

Ich hatte kurz das Gefühl gehabt, nicht mehr alleine zu sein. Ich hatte die beiden gemocht, aber jetzt glaubte ich zu erkennen, dass sie nur wissen wollten, was passiert war.

Sie hatten kein Interesse an einer Freundschaft mit mir. Konnte ich in dieser Klasse überhaupt noch so etwas wie Kameradschaft oder Freundschaft finden? Alle schienen Angst vor Tom zu haben. Solange ich Tom gegen mich hatte, würde sich niemand mit mir einlassen.


Ich wollte nicht darüber reden, was zwischen Patrik und mir geschehen war. Sie würden es nicht verstehen. Erst wenn ich ihnen die ganze Geschichte erzählen würde, würden sie verstehen. Aber das konnte ich nicht erzählen. Ich winkte ab und verließ wenig später den Tisch. Ich wollte nicht reden. Ich wollte alleine sein.

Wieso interessierte sich niemand dafür, was mit Tom war? Wieso durfte er gemein zu mir sein, und allen war es egal? Hatten alle Angst vor Tom?


Nachdem der Gong den Start der dritten Stunde verkündet hatte, ging ich zu unserem Klassenzimmer. Meine Klassenkameraden waren bereits in unserem Klassenzimmer. Frau Gerlach, unsere Mathelehrerin, konnte ich hier nicht sehen. Ich stellte meinen Schulranzen neben meinem Platz ab und setzte mich.

Wenig später kam Frau Gerlach, verteilte einige Zettel, kontrollierte die Anwesenheit der Schüler. Dann begann sie mit dem Unterricht.

Zuerst stand sie eine ganze Weile mit dem Gesicht zur Klasse und erklärte einige Punkte des heutigen Themas. Dann drehte sie sich zur Tafel und begann, diese vollzuschreiben. Während sie schrieb, versuchte sie, das gerade Geschriebene zu erklären.

Ich hörte, wie Tom mit seinen Freunden tuschelte und sie dann leise lachten. Dann tuschelte Michael, der dichter an der Fensterfront saß, mit seinem Nachbarn am Fenster. Auch dieser fing an, leise zu lachen. Ich bekam ein ungutes Gefühl. Das Getuschel schien sich über die ganze Klasse auszubreiten. Was heckten die da hinten aus? Ich sah mich zu Tom um und versuchte zu erahnen, was da so witzig sein konnte. Tom, Carsten und Michael grinsten mich an. Auch anderen Mitschüler fiel auf, dass es hier etwas zu erfahren gab. Sie steckten nach und nach die Köpfe zusammen. Das Getuschel setzte sich fort, und kurze Zeit später wussten scheinbar alle Schüler, was geschehen war. Nur ich hatte keine Ahnung. Einige der Schüler lachten leise, die meisten guckten nur betroffen in meine Richtung.

Ich sah mich auf meinem Platz um, konnte aber nichts entdecken, was dieses Verhalten hätte erklären können. Bei der Drehung bemerkte ich, dass mein Stuhl auf der rechten Seite klebrig war. Ich sprang auf. Tom und seine Freunde lachten laut. Andere kicherten, aber die meisten schauten einfach nur zu mir.

Ich sah auf meinen Stuhl. Auf der rechten Seite der Sitzfläche klebten die Reste eines Kaugummis. Ein Faden des Kaugummis wand sich noch nach oben.

„Uäää!", entfuhr es mir angewidert.

Frau Gerlach drehte sich zu uns.

„Lukas, was ist los?", fragte Frau Gerlach.

Ich war entsetzt und versuchte auf die Rückseite meiner Hose zu sehen. Ich konnte zwar das ganze Ausmaß nicht sehen, aber an meiner Hose klebten definitiv die Reste des Kaugummis. Und alle lachten über mich.

„Können wir uns jetzt bitte wieder beruhigen?“, rief Frau Gerlach in die Klasse, die daraufhin auch sofort leiser wurde.

„Also Lukas, was ist los?“, wiederholte Frau Gerlach ihre Frage.

„Die haben mir ein Kaugummi auf den Stuhl geklebt!“, klagte ich an.

„Wer hat dir ein Kaugummi auf den Stuhl geklebt?“, fragte sie und kam bei diesen Worten zu mir.

„Das weiß ich doch nicht“, antwortete ich verzweifelt und sah ihr dabei ins Gesicht.

Kaum bei mir angekommen, legte sie ihre rechte Hand auf meine rechte Schulter und deutete mir durch ein Ziehen mit ihrer Hand an, dass ich weiter nach vorne kommen und mich drehen sollte. Mir war unwohl bei der Berührung. Geführt von ihrer Hand auf meiner Schulter wandte ich ihr und der Klasse den Rücken zu. Der Daumen meiner rechten Hand fing an, meine linke Hand zwischen Daumen und Zeigefinger zu massieren.

„Auf solche Kindergartenspäße habe ich nun wirklich keine Lust!“ Während sie das sagte, sah sie auf das Kaugummi an der Rückseite meiner Hose, bei meinem Hintern. Und auch alle anderen sahen auf mich und auf das Kaugummi an meiner Hose.

„Also bitte! Wer hat das Kaugummi auf den Stuhl geklebt? Das muss irgendjemand gesehen haben. Also, wer war das?“, fragte sie die gesamte Klasse und hielt mich dabei mit ihrer Hand weiter an der Schulter fest.

Ich weiß nicht, was mir unangenehmer war. Ihre Hand auf meiner Schulter oder die Blicke meiner Klassenkameraden auf meine Hose.

„Ist es nicht auch möglich, dass das Kaugummi da schon vorher drauf war?", meldete sich Michael äußert geistreich zu Wort.

„Das ist wohl eher unwahrscheinlich", antwortete Frau Gerlach und sah Michael eher mitleidig an.

„Wie du sicher weißt, hattet ihr in den ersten beiden Stunden keinen Unterricht in diesem Klassenraum, und davor hatten wir das Wochenende. Nach einer so langen Zeit sieht ein Kaugummi anders aus. Nein! Dieses Kaugummi war ganz frisch."

So viel Scharfsinn hatte ich Frau Gerlach gar nicht zugetraut. Auch Tom schien beeindruckt zu sein.

„Also, wer hat das Kaugummi auf den Stuhl geklebt?", fragte sie erneut und ließ dabei meine Schulter los.

Schweigen.

„Was seid ihr nur für Kameraden?", klagte Frau Gerlach die Klasse an. Ich wendete mich wieder der Klasse zu und sah in Toms Richtung. Der schien sich königlich zu amüsieren. Im Werkraum hatte er noch gekaut. Jetzt kaute er nicht mehr.

Hasserfüllt starrte ich Tom an, ich traute mich aber nicht, ihn dieser Tat zu bezichtigen. Frau Gerlach bemerkte meinen auf Tom gerichteten Blick.

Frau Gerlach sah Tom an und ging einen Schritt in Toms Richtung.

„Warst du das, Tom?", fragte sie Tom direkt. Schlagartig war das Grinsen aus Toms Gesicht verschwunden.

„Nein, natürlich nicht!", verteidigte sich Tom vehement.

„Hat jemand gesehen, wie Tom das Kaugummi auf den Stuhl geklebt hat?", fragte sie erneut in die Klasse und erntete dafür erneut Schweigen. Toms Blick wanderte in dem Klassenzimmer drohend hin und her.

Nach wenigen Sekunden der Stille wandte sich Frau Gerlach wieder mir zu.

„Na komm, Lukas. Du gehst bitte runter zum Sekretariat und fragst Frau Gesierich, ob sie das abbekommt. Sie hat in diesem Bereich im Laufe der Jahre so einige Erfahrungen sammeln dürfen. Danach kommst du wieder hoch und nimmst dir einen anderen Stuhl.“

Ich verließ das Klassenzimmer. Ich ging jedoch nicht zu Frau Gesierich. Ich wollte alleine sein. Ich wollte nicht, dass mich jemand anfasste und dabei dann an meiner Hose, bei meinem Hintern, einen Fleck wegzumachen versuchte. Würde Frau Gesierich sogar von mir verlangen, dass ich die Hose auszog, damit sie den Fleck entfernen konnte? Auf keinen Fall wollte ich, dass mich jemand dazu zwang, die Hose auszuziehen! Die Bilder aus der Bibliothek schossen mir durch den Kopf. Herr Müller hatte mich angestarrt, während ich vor ihm stand. Panik kam in mir auf. Und wo war Herr Müller? Würde er auch da sein? Würde er Frau Gesierich helfen wollen? Bei dem Gedanken wurde mir schlecht. Ich konnte nicht zu Frau Gesierich gehen. Was da geschehen würde, das war viel zu ungewiss.

Während der Stunden waren die Flure ungefähr so verwaist wie die Geisterstätte in den Wild-West-Filmen. Es fehlte eigentlich nur noch, dass man den Wind pfeifen hörte und einer der vertrockneten Sträucher, vom Wind getrieben, durch den Flur rollte. Ich hätte mich einfach neben der Tür an die Wand hocken können und wäre auch hier alleine gewesen. Wenn dennoch mal ein Lehrer oder der Hausmeister den Flur entlanggehen sollte, dann hätte ich sagen können, dass ich rausgeschmissen wurde. Das war die Höchststrafe für Schüler, die den Unterricht gestört hatten. Unterrichtsentzug als Strafe. Waren Lehrer wirklich so naiv?

Soweit es möglich war, puhlte ich mir, auf dem Flur stehend, das Kaugummi von der Hose. Um weitere Rückstände abzukommen, rieb ich mit der Hose mehrfach über die raue Kante des Betontreppengeländers. An der Stelle, an der das Kaugummi war, klebte die Hose noch etwas, es war aber bei weitem nicht mehr so eklig wie am Anfang. Im Anschluss hatte ich den dringenden Wunsch, mir auf der Toilette die Hände zu waschen.

Im Erdgeschoss war unter der Betontreppe ein kleiner Bereich, der schwer einsehbar war und in dem eine Bank stand. Hier setzte mich hier hin, um nachzudenken.

Was hatte ich Tom getan? Wieso waren alle gegen mich? Ich konnte keine Antwort darauf finden. Ich fühlte mich alleine. Eine Träne rann meine Wange herunter.

Nach etwa sechs Minuten stand ich wieder auf. Frau Gerlach würde sich bestimmt schon fragen, wo ich blieb. Ich wollte nicht noch mehr Ärger bekommen, und somit ging ich zurück in die Klasse.

Frau Gerlach empfing mich mit einem „Da bist du ja wieder. Hat es etwas gebracht?"

Ich wusste zuerst nicht, was sie meinte, erinnerte mich dann aber an das Kaugummi und den eigentlichen Zweck meines kurzen Ausfluges. Ich konnte ihr nicht sagen, dass ich nicht im Sekretariat bei Frau Gesierich war.

„Ja", log ich kurzerhand und setzte mich auf den zweiten freien Stuhl an diesem Tisch.

Ich vermisste Patrik. Dieser würde, wie Stephan vorhin berichtete, noch bis wenigstens Dienstag nicht zur Schule kommen. Früher hatte ich Patrik immer die Hausaufgaben gebracht, wenn er krank war.

Nach der dritten Stunde hatten wir die lange Pause. Für diese Pause, die zwanzig Minuten dauerte, mussten wir unseren Klassenraum immer verlassen. Frau Gerlach schloss die Tür ab, nachdem alle das Klassenzimmer verlassen hatten, und ging dann in Richtung Lehrerzimmer. Einige meiner Klassenkameraden gingen in dieser Zeit spazieren, andere saßen einfach nur auf den Bänken auf den Fluren und wiederum andere versuchten noch verzweifelt, die vergessenen Hausaufgaben nachzuholen. Ich wandte mich wieder der Bank von vorhin zu und wollte hier mein Pausenbrot essen.

Kaum hatte ich mich auf die Bank gesetzt und mein Pausenbrot ausgepackt, da standen mir auch schon Tom, Michael und Carsten gegenüber.

„Da hast du dir ja eine super Ecke ausgesucht, Lukarsch. Eine bessere Wahl hätte ich auch nicht treffen können", meinte Tom belustigt. Auf sein Zeichen setzten sich Michael und Carsten etwas ab und schienen zu prüfen, ob die Luft rein war. Ich bekam Panik und wollte aufstehen. Tom erkannte meinen Fluchtversuch und stieß mich zurück auf die Bank. Danach schlug er mir das Brot aus der Hand. Im Flug zerteilte sich das Butterbrot in mehrere Teile und verteilte sich auf dem Linoleumfußboden neben der Treppe.

„Du wagst es, mich zu verraten?", schnauzte Tom. Mit geballter Faust fasste Tom mich bei meinem T-Shirt und zog mich so heftig nach oben, dass ich befürchtete, es würde reißen.

„Du weißt, was mit Petzen geschieht?", drohte Tom.

Mit beiden Händen versuchte ich, mich von Toms Hand zu befreien. Ich sah nicht, wie Tom mit der linken Hand zum Schlag ausholte. Ich bekam seine Faust in die rechte Seite des Bauches, knapp unterhalb der Rippen. Vor Schmerz gaben meine Knie nach und mir blieb die Luft weg. Tom ließ mich los und ich fiel auf den Boden. Ich lag auf dem Linoleumfußboden und hielt mir vor Schmerzen den Bauch. Nur langsam bekam ich wieder Luft.

Ich kochte vor Wut. Mein Puls raste. Über meinem Kehlkopf spürte ich einen drückenden Schmerz.

Tom schien von Carsten ein Zeichen bekommen zu haben und sah in seine Richtung. Er achtete nicht mehr auf mich.

Ich bereute, dass ich meinen Schulranzen mit den Rohren im Klassenzimmer gelassen hatte. Tom stand fast genau über mir, ich hatte eine perfekte Position für den Einsatz der ‚Arschgranate'. Der Name war mir am Sonntag eingefallen. Ich fand den Namen sehr treffend, obwohl das in diesem Fall dann wohl doch eher eine ‚Sackgranate' gewesen wäre.

Ich hätte nur die Hand mit dem Rohr heben und zwischen seinen Beinen ansetzen müssen. Ein kurzer Stoß mit dem Nagel auf den Auslöser und Tom hätte sich von seiner Hose und dem, was darunterlag, verabschieden können.

Trotz der Schmerzen an meiner Rippe griff ich in meine rechte Hosentasche und zog den Nagel heraus. Ich nahm den Nagel in die Hand und schloss die Hand zu einer Faust. Ich hatte nicht hingesehen, ich vermutete aber, dass die Spitze des Nagels zwei Zentimeter aus meiner Faust herausragte. Dann holte ich aus und rammte Tom den Nagel in die Wade. Er sah meine Faust noch kommen, konnte aber nicht mehr reagieren. Er unterdrückte einen Aufschrei.

Ich krabbelte auf dem Fußboden an ihm vorbei, sprang auf und lief weg. Michael und Carsten waren von dem Geschehen überrascht und sahen nur fragend zu Tom. Ich sah nicht, was Tom dann machte. Ich lief nur den Flur entlang, um zu fliehen.

Einer von Toms Freunden musste versucht haben, mich zu verfolgen. Einige Meter hinter mir hörte ich das Gestampfe seiner Schritte. Auch wenn die Rippe bei jedem Schritt schmerzte, war ich deutlich schneller als er. Ich hatte schnell einen beachtlichen Vorsprung.

Ich bog um eine Ecke in einen der anderen Flure und lief weiter. Jetzt konnte mich mein Verfolger nicht mehr sehen. Auf dem Flur, auf dem ich mich jetzt befand, war auch der Schulkiosk, und somit wimmelte es hier in der Pause nur so von Schülern. Einige der Schüler sahen mich fragend an, die meisten Schüler aber interessierten sich nicht für mich, und wieso ich über den Schulflur lief.

Dieser Schulflur ging einmal im Kreis um einen Innenhof, den Materialraum, die Bibliothek und einige Kassenzimmer herum. Ich vermutete, dass Toms anderer Freund in die andere Richtung gelaufen war, um mich abzufangen. Ich konnte also nicht einfach weiter im Kreis laufen, ich musste von diesem Flur runter. Ich musste mich verstecken, solange mich mein Verfolger nicht sehen konnte. Rechts hinter mir hätte ich in einen Korridor laufen können, der zu mehreren Klassenzimmern führte. Aber das war eine Sackgasse. Außerdem hätte einer von Toms Freunden mich wahrscheinlich gesehen, wenn ich jetzt wieder die Richtung geändert hätte. Ich wäre gewissermaßen an ihm vorbeigelaufen. Hinzu kam, dass es dort nichts gab, hinter dem ich mich hätte verstecken können. Der Korridor war leer, bis auf einen überdimensionalen Blumenkübel, in dem niemals so recht etwas wuchs. Darin war einfach nur trockene, tote Erde. Ein ganz böses Omen.

Ich lief weiter den Flur entlang. Links vor mir hing an der Wand zum Innenhof das Schwarze Brett. Davor standen einige Schüler und studierten gespannt den Vertretungsplan.

Ich versuchte, auf das Getrampel von Toms Freund zu achten, um abschätzen zu können, wie viel Vorsprung ich hatte. Ich hörte sein Getrampel nicht. Er musste noch auf dem anderen Flur sein. Er konnte mich somit noch nicht sehen – hoffte ich.

Wenn er auf diesen Flur abbiegen würde, dann würde er als Erstes nach jemandem suchen, der lief. Die Schüler, die in diesem Flur einfach nur gingen oder in Gruppen zusammenstanden, waren zu zahlreich. Eine bestimmte Person aus diesen Schülern ausfindig zu machen, hätte zu lange gedauert. Ich hatte das perfekte Versteck gefunden. Die anderen Schüler.

Ich rannte weiter zu dem Schwarzen Brett und stellte mich abrupt in die Gruppe der Schüler, die gerade den Vertretungsplan studierten, und tat es ihnen gleich. Eine der Schülerinnen aus dieser Gruppe sah mich sehr bedauernd an.

Mir war das in diesem Moment gleichgültig. Ich hatte ein Versteck in der Menge gefunden. Mein Atem ging schnell, meine untere Rippe auf der rechten Seite und die Bauchmuskeln schmerzten bei jedem Atemzug. Vorsichtig blickte ich in die Richtung, aus der Toms Freund kommen musste.

Da bog Michael auch schon um die Ecke, sah im Laufen in den langen Flur und stoppte dann. Er drehte sich kurz in Richtung des Korridors, der dort nach rechts abging und schwenkte dann den Kopf mehrfach suchend hin und her. Ich widmete mich wieder etwas mehr dem Vertretungsplan, indem ich mich weiter in die Gruppe hineindrängelte. Meine volle Aufmerksamkeit galt aber weiterhin Michael. Ich sah kurz nach hinten, um zu prüfen, ob Carsten bereits angerannt kann. Da war nichts.

Nachdem sich Michael einige Male umgesehen hatte, setzte er seinen Lauf langsam und unsicher fort. Er lief an mir vorbei, während ich in der Gruppe vor dem Vertretungsplan stand und verschwand auf der anderen Seite des Flures.

Es würde nicht lange dauern, bis er verstehen würde, dass ich nicht mehr vor ihm lief, sondern mich versteckt hatte. Dann würde er auch anfangen, sich die Personen in den Gruppen genauer anzusehen.

Ich brauchte ein besseres Versteck. Aber wie lange sollte das Verstecken dauern? Die Pause war bald vorbei und der Unterricht würde wieder losgehen. Spätestens dann würde ich wieder zurück zu meinem Klassenzimmer gehen müssen.


Ich war mir ziemlich sicher, dass Tom mit seinen Freunden, sollten sie mich nicht innerhalb der Pause finden, beim Klassenzimmer auf mich warten würde. Ich brauchte Hilfe. Von meinen Klassenkameraden konnte ich am ehesten von Stephan und Uwe Hilfe erwarten, ich vermutete allerdings, dass sie ebenfalls Angst vor Tom hatten. Meine anderen Klassenkameraden würden eher belustigt dabei zusehen, wie mich Tom gemeinsam mit Michael und Carsten verprügeln würde. Einen Freund, der mir helfen würde, hatte ich nicht mehr.

Ich konnte meine Rippe bei jedem Atemzug spüren.

Die Einzigen, von denen ich mir Hilfe und Schutz erhoffen konnte, das waren die Lehrer. Hierfür musste ich aber ungesehen von Tom und seinen Freunden zu einem der Lehrer kommen.

Ich sah mich auf dem Flur nach Tom, Carsten und Michael um. Ich konnte keinen der drei entdecken. Dann versuchte ich in dem Getümmel von Schülern auf dem Flur den Lehrer ausfindig zu machen, der hier Aufsicht führte. Jedoch konnte ich auch keinen Lehrer entdecken.

Dem Namen nach sollten sich die Lehrer in dem Lehrerzimmer befinden. Um zum Lehrerzimmer zu kommen, müsste ich dem Flur weiter folgen, vorbei an dem Trakt, in dem das Musikzimmer und die Klassenzimmer der zehnten Klassen lagen, vorbei an dem Ausgang zum Busbahnhof und vorbei am Treppenhaus zum ersten Obergeschoss. Dieses Treppenhaus, dessen Wände überwiegend aus Fenstern bestanden, war direkt neben dem Lehrerzimmer. Wenn man die ersten Stufen passiert hatte und auf der ersten Zwischenebene stand, bei der die Treppe eine 180°-Kehre machte, so konnte man in das Lehrerzimmer sehen. Von hieraus könnte ich ausspähen, ob Herr Müller im Lehrerzimmer war. Unter der Kehre war ein etwa ein Meter hoher Freiraum, in dem ich mich vor Tom verstecken konnte. Zudem könnte ich aus dem Versteck heraus ausspähen, ob Tom vor dem Lehrerzimmer auf mich wartete. Es war perfekt.

Ich sah mich erneut auf dem Flur nach Tom und seinen Freunden um. Auf dem Flur befanden sich etliche Schüler, die sich im Bereich zwischen Kiosk und Lehrerzimmer aufhielten. Tom und seine Freunde konnte ich aber nicht entdecken.

Ich wandte mich von der Gruppe am Schwarzen Brett ab und ging langsam in Richtung Treppenhaus. Ich mied die Mitte des Flures, ging dicht an der Innenwand entlang und versuchte dabei, so unauffällig wie möglich zu sein.

Bevor ich durch die Glastür vom Treppenhaus ging, sah ich mich erneut nach rechts und links um. Niemand beobachtete mich. Auch schien es, dass niemand über die Treppe in den ersten Stock gehen wollte. Ich überquerte den Flur, öffnete die Glastür und betrat das Treppenhaus. Kaum war die Tür wieder zu, huschte ich unter die Treppe und setzte mich, mit dem Rücken an dem Treppensims lehnend, unter die 180°-Kehre der Treppe. Die Knie zog ich bis an meine Brust und die Arme überkreuzte ich auf meinen Knien. Knapp über meinem Kopf war die Betondecke der Treppe, die 180°-Kehre, von der aus man in das Lehrerzimmer hätte sehen können.

Ich kam zur Ruhe und merkte wieder den Nagel in meiner rechten Hand. Ich hatte mich über die gesamte Zeit an den Nagel geklammert. Langsam öffnete ich meine Hand. Es fühlte sich schwer an, die Hand zu öffnen. Die Gelenke meiner Finger schienen sich gegen das Öffnen der Hand zu wehren. Blut konnte ich an der Nagelspitze nicht erkennen. Ich war mir aber sicher, dass ich Tom getroffen hatte und dass der Nagel in seine Wade eingedrungen sein musste.

Ich steckte den Nagel zurück in meine rechte Hosentasche. Dann atmete ich noch dreimal durch, drehte mich über die rechte Seite auf meine Knie und sah seitlich an dem Sockel der Treppe vorbei auf den Flur. Ich war mir sicher, dass man mich hier unter der Treppe nicht sehen konnte.

Ich versuchte, Tom und seine Freunde auf dem Flur ausfindig zu machen. Ich vermutete aber, dass sie es inzwischen aufgegeben hatten, nach mir zu suchen und dass sie sich stattdessen darauf konzentrieren würden, mich vor dem Lehrerzimmer oder vor dem Klassenzimmer abzufangen.

Ich beugte mich etwas weiter vor und konnte jetzt auch den Flur vor dem Lehrerzimmer einsehen. Genaugenommen bestand das Lehrerzimmer nicht einfach nur aus einem Zimmer. So wurde von uns der Bereich genannt, in dem das Lehrerzimmer lag. Es war vielmehr ein etwa 2 Meter breiter Gang, der an diesen Flur grenzte. An diesem Gang lagen das eigentliche Lehrerzimmer, das Sekretariat und die Büros des Rektors und der Konrektorin.

Diesen Gang und die Wand vor diesem Gang konnte ich von meinem Versteck aus nicht einsehen. Ich wagte aber zu bezweifeln, dass sich Tom in dem Gang vor dem Lehrerzimmer aufhalten würde. Auch war es unwahrscheinlich, dass Tom und seine Freunde ausgerechnet an der Wand auf mich lauern würden, die ich aus meinem Versteck heraus nicht einsehen konnte. Vielmehr hätte ich mich, wäre ich an Toms Stelle gewesen, gegenüber von dem Gang zum Lehrerzimmer positioniert. Hier standen Bänke, wo man unauffällig sitzen konnte und eine gute Sicht in die Flure hatte.

Aus meinem Versteck heraus musterte ich jeden einzelnen Schüler, der sich bei dieser Ansammlung von Bänken aufhielt. Tom, Carsten und Michael konnte ich allerdings nicht erblicken. Wo waren die gerade? Ich zog mich wieder tiefer in mein Versteck zurück, prüfte aber noch kurz, ob sie sich auf dem Flur in Richtung des Schwarzen Brettes befanden. Auch hier konnte ich keinen der drei entdecken.

Ich kroch wieder zurück unter die Treppe und setzte mich wieder, mit dem Rücken an den Sockel der Treppe gelehnt, auf den Boden. Auch die Beine zog ich wieder an.

Mein unterer Rippenbogen und meine Bauchmuskeln schmerzten noch immer von Toms Schlag. Das machte sich ganz besonders in dieser zusammengekauerten Position bemerkbar, in der ich mich gerade befand, oder wenn ich das rechte Bein anhob.

Ich hob mein T-Shirt auf der rechten Seite und suchte nach blauen Flecken oder Abschürfungen auf meinem Bauch. Ich konnte nichts entdecken. Aber dennoch schmerzte es. Es schmerzte bei jedem Atemzug.

Tom war deutlich stärker als ich. Ich hatte Angst vor einem erneuten Schlag von ihm. Und er wollte mich verprügeln, dessen war ich mir sicher.

Ich war mir auch sicher, dass ich bei meiner Anschuldigung gegenüber Tom vorhin richtig gelegen hatte. Ich war mir sicher, dass er das Kaugummi auf meinen Stuhl geklebt hatte. Aber was hatte ich ihm getan? Wieso hatte er es die ganze Zeit auf mich abgesehen? Ich hatte keine Antwort auf diese Fragen.

Jetzt war die Lage so weit eskaliert, dass sich Tom in jedem Fall an mir rächen würde. Dabei hatte ich mich, als ich ihm den Nagel in die Wade gerammt hatte, nur verteidigen wollen. War das richtig gewesen? Hatte ich mich hier wirklich nur verteidigt? Oder würde ich dafür Ärger bekommen?

Hätte ich ihm den Nagel nicht in die Wade gerammt, so hätte ich nicht fliehen können, und er hätte mir wahrscheinlich noch den ein oder anderen Schlag in meinen Bauch versetzt.

Ich atmete schwer und fühlte wieder meinen unteren Rippenbogen.

Was wäre gewesen, wenn ich den Nagel nicht bei mir gehabt hätte? Hätte ich dann auch fliehen können? Wahrscheinlich hätte mir Tom dann nur ein paar Schläge verpasst, weil ich ihn verpetzt hatte. Dann wäre jetzt alles wieder in Ordnung. Ich würde den einen oder anderen zusätzlichen blauen Fleck bekommen und er hätte seine Rache für das Verpetzen gehabt. Aber die Sache wäre danach vorbei gewesen.

Wäre es auch so weit gekommen, wenn ich ihn nicht im Unterricht beschuldigt hätte, mir das Kaugummi auf den Stuhl geklebt zu haben? Jetzt war es zu spät. Die Lage war eskaliert. War ich schuld an der Eskalation? Würde man mir die Schuld an der Eskalation geben?

Ich hatte Angst vor weiteren Schlägen, ich hatte Angst, mich ihm zu stellen. Es gab kein Zurück mehr. Ich musste zum Lehrerzimmer und einem der Lehrer sagen, dass Tom hinter mir her war, um mich zu verprügeln. Ich wollte nicht petzen, aber ich wusste keinen anderen Ausweg. Den Nagel würde ich hierbei besser nicht erwähnen.


Ich drehte mich wieder zur Seite, auf meine Knie, und sah vorsichtig auf den Flur. Von Tom und seinen Freunden keine Spur. Ich beugte mich weiter vor und sah in Richtung des Lehrerzimmers. Auch hier waren die drei nicht zu sehen.

Ich stand auf, ging zunächst die Treppe hoch bis zur Kehre und spähte durch die Fenster in das Lehrerzimmer. Ich musste sicher sein, dass hier nicht Herr Müller auf mich wartete. Herrn Müller konnte ich in dem Lehrerzimmer nicht ausmachen. Ich war erleichtert. Die Hilfe schien zum Greifen nah zu sein.

Nachdem ich das Treppenhaus durch die Glastür verlassen hatte, sah ich wieder in Richtung Lehrerzimmer. Dieses Mal prüfte ich auch die Wand, die ich von meinem Versteck aus nicht hatte einsehen können. Auch hier konnte ich Tom, Michael und Carsten nicht sehen. Wo waren die?


Ich wartete nicht. Ich ging durch die Tür des Treppenhauses direkt in Richtung des Ganges am Lehrerzimmer. Sobald ich diesen erreicht hätte, wäre ich in Sicherheit. Hier würden es Tom und seine Freunde nicht wagen, mir aufzulauern.

Die wenigen Meter von der Treppe bis zum Gang vom Lehrerzimmer lief ich im Eilschritt. Niemand achtete auf mich. Ich bog in den Gang ein und war in Sicherheit. Ich fühlte mich befreit. Ab jetzt würde alles gut werden.

Ich ging weiter und stand vor der Tür des Lehrerzimmers. Ich spürte mein Herz schlagen, ich war nervös. Ich war mir nicht sicher, ob ich das Richtige machte. Ich wusste auch nicht, wie weit ich gehen sollte. Was sollte ich den Lehrern erzählen? Sollte ich alles erzählen oder nur, dass ich von Tom gemobbt wurde? Das wäre dann ja kein Petzen gewesen. Dass Tom mich mobbte, das sollten in der Zwischenzeit alle mitbekommen haben. Sollte ich auch sagen, dass Tom mich geschlagen hatte und dass er mich suchte, um mich zu verprügeln? Was würden die anderen dann von mir denken? Was würde geschehen, wenn ich auch das mit Herrn Müller erzählen würde?

Ich wusste nicht, an wen ich mich wenden sollte. Ich dachte an Herrn Schote, meinen Geschichtslehrer. Er war ein strenger, aber gerechter Lehrer. Bei ihm fühlte ich mich immer sicher. Ich wusste, dass es in seiner Gegenwart keiner wagen würde, mich zu mobben oder anzugreifen. Ich hatte mir so manches Mal gewünscht, dass er mein Klassenlehrer wäre. Er wirkte immer stark und selbstbewusst. Nichts konnte ihm etwas anhaben. Ein wenig bewunderte ich ihn. Würde er mir zuhören? Würde er mir glauben? Auf keinen Fall konnte ich einfach so zurück zum Klassenzimmer gehen.

Ich klopfte vorsichtig an die Tür. Es klang so, als ob die Tür richtig dick und massiv war. Das war nicht das hole ‚Klock‘ einer billigen Zimmertür. Diese Tür sollte alle Geräusche und Unbefugte draußenhalten. Nichts geschah. Bestimmt hatte man drinnen von meinem Klopfen nichts gehört. Es rechnete wahrscheinlich auch kein Lehrer damit, dass ein Schüler an die Tür des Lehrerzimmers klopfen würde.

Ich drückte den Türgriff herunter, öffnete die Tür und sah vorsichtig hinein. Es war das erste Mal, dass ich das Lehrerzimmer von innen sah.


Durch die breite Fensterfront konnte ich den Busbahnhof und das Treppenhaus, in dem ich mich gerade noch versteckt gehalten hatte, sehen. Zu meiner Linken an der Wand stand ein langer, etwa eineinhalb Meter hoher Schrank mit mehreren offenen Fächern. Auf dem Schrank befand sich ein Blumentopf mit einer armselig aussehenden Jucca-Palme. Ich vermutete, dass diese Jucca-Palme über die letzten zwei Jahre ohne Wasser hatte auskommen müssen.

Im Zentrum des Raumes standen etwa zwanzig Tische, die zu einem großen Rechteck zusammengestellt waren. Um diesen großen, zusammengestellten Tisch herum standen etliche Stühle. Einige der Stühle waren unter die Tische geschoben, um einen etwa eineinhalb Meter breiten Umlauf um den großen Tisch zu generieren.

Auf den Stühlen, die nicht unter die Tische geschoben waren, saßen Lehrer, die ich allesamt nicht kannte. Die meisten Plätze aber waren leer. Allerdings schienen auch diese Plätze nicht unbesetzt zu sein. Auf den meisten Tischen lagen irgendwelche Gegenstände. Auf einigen Tischen konnte ich Bücher entdecken, auf anderen Tischen stand nur ein Glas mit einer Flasche oder einfach nur eine Tasse.

Ich hatte den Eindruck, dass es im Lehrerzimmer einen festen Platz für jeden Lehrer gab, ähnlich wie bei den Schülern in den Klassenzimmern. Ich hatte keine Ahnung, wie ich zu der

Vermutung gekommen war und wieso mich diese Entdeckung gerade jetzt so sehr bewegte. Bisher war das Lehrerzimmer immer ein Mysterium für mich gewesen. Niemand wusste, was die Lehrer hier in den Pausen machten. Niemand wusste, wieso es die Lehrer nach jeder Stunde hierherzog. Lag der Grund in den Heißgetränken, die es hier zu geben schien, oder war es einfach nur die Tatsache, dass es in diesem Raum eigentlich keine Schüler gab?

Nie zuvor war ein mir bekannter Schüler bis zu diesem Punkt vorgedrungen, an dem ich jetzt stand. Ich vermutete, dass sich auch Howard Carter so gefühlt haben musste wie ich jetzt, als er die Grabkammer des Tutanchamun betreten hatte. Im Übrigen musste es damals in der Grabkammer auch ähnlich muffig gerochen haben.

Ich stand neben der halb geöffneten Tür und hatte die Türklinke noch in der Hand, bereit, die Tür notfalls wieder hinter mir schließen zu können. Aber ich sah keinen Grund zur Flucht. Hier wirkte nichts bedrohlich, wenn man mal davon absah, dass es in diesem Zimmer Lehrer gab. Aber wenn man in eine Schlangengrube sprang, dann konnte man eben nicht davon ausgehen, dass es in dieser Grube nur weiße Hoppel-Häschen gab.

Ich hielt Ausschau nach Herrn Müller. Herr Müller war nicht hier.

Ich sah mich weiter um. Auf einem der Tische – auf der mir gegenüberliegenden Seite – entdeckte ich die Ledertasche von Herrn Schote. Sein Stuhl war leer.

Ich atmete enttäuscht tief durch. Meine Hand am Türgriff fühlte sich schwitzig an.

Ich überlegte, wo er in der Pause sein konnte. War er nur kurz zur Toilette oder hatte er auf einem der Schulhöfe oder auf dem Flur Aufsicht? Ich würde ihn nicht finden können, ohne dass ich Gefahr laufen würde, Herrn Müller, Tom, Carsten oder Michael zu begegnen.

Ich stand immer noch in der Tür und hatte den Türgriff in der Hand. Der Teil des Lehrerzimmers, der hinter der Tür lag, war mir bisher durch die Tür verborgen geblieben.

Ich sah mich nach einem weiteren Lehrer um, dem ich mich hätte anvertrauen wollen. Dieses war mein erstes Jahr an dieser Schule, ich kannte die meisten der Lehrer noch nicht. Von den Lehrern, die hier an den Tischen saßen, kannte ich keinen. Was sollte ich jetzt machen? Ich konnte ja schlecht wieder rausgehen und die Tür hinter mir schließen. Was war, wenn Tom mich bereits in der Tür vom Lehrerzimmer gesehen hatte und nur darauf wartete, dass ich die Tür wieder schloss? Es gab kein Zurück mehr.

Noch während ich mich umsah, spürte ich, wie etwas an der Tür zog und sich die Tür somit weiter öffnete. Ich ließ den Türgriff los und versuchte, hinter die Tür zu sehen. Hier stand Frau Oltmann, meine Religionslehrerin. Ihre linke Hand lag noch auf der Türklinke, mit der sie die Tür weiter geöffnet hatte. In der rechten Hand hielt sie eine große dampfende Tasse mit der bunten Aufschrift ‚Love‘.

„Lukas, was machst du hier?“, fragte Frau Oltmann verwundert. Sie musste mir angesehen haben, dass etwas nicht stimmte und ich verzweifelt war. Sie stellte ihre Tasse auf dem Tisch neben sich ab, zog mich gleich darauf mit der freigewordenen Hand in das Lehrerzimmer und schloss die Tür hinter mir.

Jetzt hatte ich auch Einblick auf den Teil des Lehrerzimmers, der bisher durch die Tür verborgen geblieben war.

Im hinteren Teil des Lehrerzimmers führte eine Tür, die weit offen stand, in einen separaten Raum. Ich konnte den Anfang einer Küchenzeile durch die offene Tür sehen und hörte Stimmen und Gelächter. Sehen konnte ich aber niemanden.


„Na komm, setz dich erst einmal!", forderte mich Frau Oltmann auf und führte mich zu einem Stuhl, der zwischen der Tür des Lehrerzimmers und der Küchentür an der Wand lehnte, und deutete mir an, dass ich mich hier setzen sollte.

Ich setzte mich und legte meine Hände aufeinander in meinem Schoß ab. Frau Oltmann holte in der Zwischenzeit ihre Tasse und stellte diese auf dem großen, zusammengestellten Tisch mir gegenüber ab.

„Ich bin gleich für dich da, ja?", mit diesen Worten wandte sich Frau Oltmann erneut von mir ab und ging in die Küche.

Ich saß auf dem Stuhl zwischen den beiden Türen. Hinter mir die Wand und etwa einen Meter vor mir der große, zusammengestellte Tisch mit der dampfenden Tasse von Frau Oltmann. Ich beobachtete, wie der Daumen meiner rechten Hand die Fläche zwischen dem Daumen und dem Zeigefinger meiner linken Hand massierte.

Der Stuhl, auf dem ich saß, war doppelt so breit wie ich und hatte auf beiden Seiten eine flache Armlehne. Kaum vorstellbar, dass es möglich sein sollte, beide Arme gleichzeitig auf diesen Armlehnen abzulegen. Wahrscheinlich waren die Armlehnen so niedrig, damit der Stuhl unter den Tisch geschoben werden konnte. Der Bezug der Sitzfläche war mit einem sehr grob gewebten dunkelbraunen Stoff bespannt und zeichnete sich sehr deutlich vom eher feinen hellblauen Stoff meiner

Hose ab. Ich konnte die Quer- und Längsfäden auf dem dunkelbraunen Bezugsstoff, der zwischen meinen Beinen lag, deutlich erkennen.

Ich wusste nicht, was ich gleich, wenn Frau Oltmann wieder bei mir war, sagen sollte, und ich wusste nicht, wie ich es sagen sollte. Ich hatte mir bisher keine Gedanken darüber gemacht, was sein würde, wenn ich erst einmal so weit gekommen war. Konnte ich Frau Oltmann alles erzählen? Konnte ich ihr auch das mit Herrn Müller erzählen? Frau Oltmann war eine Frau. Würde sie verstehen, was Herr Müller mit mir gemacht hatte?

Würde sie mir glauben oder würde sie nach Beweisen fragen? Diese Frage konnte ich mir selber beantworten. Frau Oltmann war Religionslehrerin! Sie musste von Berufs wegen an alles glauben, für das es keine Beweise gab. Vielleicht war sie genau die Richtige für die ganze Wahrheit, vielleicht konnte ich von ihr am ehesten Hilfe erwarten.

Ich sah von meinen Händen in meinem Schoß hoch in Richtung Küche. Ich konnte Frau Oltmann nicht sehen. Ich ließ meinen Blick erneut durch das Lehrerzimmer schweifen. Dann senkte ich meinen Blick wieder auf meinen Schoß und sah erneut, wie der Daumen meiner rechten Hand meine linken Hand zwischen Daumen und Zeigefinger massierte.

Ich fühlte mich von den anderen Lehrern beobachtet.

Die Zeit, bis Frau Oltmann zurückkam, dauerte ewig.

Endlich war sie wieder da, zog einen der Stühle unter dem Tisch hervor und drehte die Sitzfläche in meine Richtung. Dann nahm sie ihre Tasse vom Tisch, die inzwischen nicht mehr dampfte, trank einen kräftigen Schluck und setzte sich auf den Stuhl. Sie überschlug ihre Beine, stellte die Tasse auf ihrem oben liegenden Knie ab und sah mir in die Augen.

„Dann erzähl mal! Wo drückt der Schuh?“

Ich sah zu ihr auf und musste schlucken. Der Anfang! Wie sollte ich anfangen? Ich hatte nicht weiter darüber nachgedacht, wie ich anfangen sollte.

„Tom ist hinter mir her. Er will mich verprügeln", gestand ich dann die aktuell dringendste Problemstellung.

„Hat er schon angefangen?", fragt Frau Oltmann.

„Ja", sagte ich und zeigte mit meiner linken Hand auf die rechte Seite meines Bauches, da wo der Rippenbogen bei jedem Atemzug schmerzte.

„Weißt du, wieso Tom hinter dir her ist?", fragte Frau Oltmann.

Ich dachte kurz an den Nagel. Sollte ich erwähnen, dass ich Tom den Nagel in die Wade gerammt hatte, nachdem er mich geschlagen hatte? Würde sie mir dann die Schuld geben?

„Das weiß ich nicht", log ich, nicht ohne mir mit der rechten Hand meine linke Hand zwischen Daumen und Zeigefinger zu massieren. „Tom mobbt mich schon seit längerem."

„Und du hast jetzt angefangen, dich zu wehren?", schlussfolgerte Frau Oltmann. „War Tom vorher auch schon hinter dir her, oder wie hat es mit dem Mobbing angefangen?"

„Was?" Ich hatte die Frage nicht verstanden.

„Ich meine, wann hat Tom angefangen, dich zu mobben?", konkretisierte sie ihre Frage.

War das wirklich so wichtig? Ich hatte keine Antwort auf diese Frage. Ich dachte nach. War das mit der Spucke auf dem Buch nur ein dummer Streich von Tom, oder hatte er hier schon angefangen? Richtig angefangen hatte er erst am Dienstag vor einer Woche, entschied ich.

„Das hat vor einer Woche angefangen", erwiderte ich unsicher.

„Na, da kommen wir der Sache doch schon näher. Was war denn vor einer Woche? Hast du Tom da irgendetwas weggenommen? Oder hast du ihm da wehgetan? Oder besser gesagt: Was hat sich vor einer Woche geändert?"

Ich musste nicht lange nachdenken, um mich daran zu erinnern, was vor etwas mehr als einer Woche geschehen war. Jetzt dachte ich allerdings an die Geschehnisse in der Bibliothek. Ich verspürte den Hauch einer Hoffnung. Sie schien einen Zusammenhang zu dem zu sehen, was am Donnerstag zuvor geschehen war. Konnte das sein? Ich erinnerte mich an die Begegnung mit Herrn Müller und Tom am Montag auf dem Flur und die merkwürdige Reaktion von Tom, als Herr Müller über den halben Flur hinweg gerufen hatte, dass er mich in Ruhe lassen sollte. Herr Müller hatte danach gesagt, dass er noch etwas mit Tom zu besprechen hatte, und dann durfte ich gehen.

Es hing beides zusammen! Ohne die Sache mit Herrn Müller hätte es auch kein Problem mit Tom gegeben, schlussfolgerte ich.

Es war nur ein Schritt, den ich machen musste, es war nur ein Problem, welches zu lösen war, und das war das Problem mit Herrn Müller! Dann würde alles wieder gut werden und auch Tom würde mich wieder in Ruhe lassen. Frau Oltmann hatte das verstanden! Sie kannte einen Ausweg, sie konnte mir sicher helfen!

Für einen Augenblick wirkte der Raum etwas heller. Meine rechte Hand hörte auf, die linke zu massieren.

„Da ist noch was …", stammelte ich kaum wahrnehmbar. Frau Oltmann aber hatte die Worte verstanden. Sie hob ihr rechtes Bein, stellte die Füße nebeneinander ab und löste somit den Überschlag in ihren Beinen auf. Dann beugte sie sich mit ihrem Kopf dichter an meinen heran und legte ihre linke Hand auf meine rechte Hand. Diese Berührung fühlte sich gut an. Ich spürte, wie die innere Anspannung und die Angst in mir langsam nachließen.

Ich schluckte. Meine Kehle fühlte sich trocken an, meine Nase hingegen lief und in meinen Augen sammelte sich das Wasser.

Wie sollte ich das sagen, was ich jetzt sagen wollte?

„Entschuldigung, darf ich mich da einmal durchdrängeln?", hörte ich eine dunkle Stimme von rechts oben. Frau Oltmann hob ihren Blick und löste ihre Hand von der meinen.

„Oh, ja. Natürlich", bestätigte sie die Bitte ihres Kollegen. Dann stand sie auf, rückte ihren Stuhl ein Stück weiter nach hinten und gab somit den Durchgang zwischen ihr und mir für ihren Kollegen frei.

Kaum hatte dieser den Durchgang zwischen Frau Oltmann und mir passiert, da läutete der Gong. Die Pause war vorbei.

*Für mich war damals die Zeit zwischen der dritten und der vierten Stunde mehr als eine Pause. Mehr als eine Pause, die durch einen Gong hätte beendet werden können.*

Frau Oltmann stellte ihre Tasse auf dem Tisch ab, schob ihren Stuhl unter den Tisch und sagte dann: „Na, komm! Wir werden das jetzt mal zusammen mit Tom klären. Wir haben jetzt ja zusammen Unterricht. Wir gehen jetzt hoch und sorgen dafür, dass das aufhört." Dabei hielt sie mir ihre linke Hand entgegen.

Ich hatte den Nagel nicht erwähnt. Ich hatte die Sache mit Herrn Müller nicht offenbart. Ich war noch nicht fertig. Ich sah zu ihr auf und griff mit beiden Händen flehend nach der Hand, die mir entgegengehalten wurde. Frau Oltmann hatte die Geste falsch verstanden und zog mich mit ihrer Hand aus dem Stuhl. Als ich stand, sagte sie: „Wenn dich jemand ärgert, dann musst du da drüberstehen. Ignoriere es! Du darfst auf so etwas nicht reagieren. Das ist es, was die wollen. Wenn du nicht reagierst, dann wird er irgendwann das Interesse verlieren und dich wieder in Ruhe lassen.“

Ich war sprachlos.

„Wir klären das jetzt zusammen. Irgendwann musst du das aber auch alleine hinbekommen. Wir Lehrer sind schließlich nicht immer da.“

Bei diesen Worten fuhr mir Frau Oltmann mit der rechten Hand durch das Haar.

Ich fühlte mich, als wäre ich im freien Fall.


Als Kind hatte ich mehrfach immer wieder den gleichen Albtraum. Ich hatte geträumt, dass ich fallen würde. Ich konnte nicht sehen, wohin ich fiel. Es war alles grau und ich fiel einfach nur. Ich wusste, dass nach diesem Fall irgendwann das Ende kommen würde. Der Aufschlag und damit das Ende. Ich musste im Schlaf geschrien haben. Meistens endete dieser Traum damit, dass ich neben meinem Bett mit Schmerzen an meiner Schulter oder meiner Hüfte aufgewacht bin. Wenige Sekunden später ging dann das Licht in meinem Zimmer an und meine Mutter kam hereingerannt. Sie hockte sich dann neben mich und nahm mich in die Arme.

Jetzt gab es niemanden, der mich in den Arm nahm. Ich war alleine und wurde nun von Frau Oltmann zur Schlachtbank geführt, so fühlte es sich zumindest an.


In der Klasse angekommen, gab es von Frau Oltmann eine etwa vierminutige Ansprache, bei der sie die fehlende

Kameradschaft in der Klasse bemängelte. Zum Schluss der Ansprache beschuldigte sie Tom vor der Klasse, andere Klassenkameraden zu mobben und zu schlagen. Wenn er nicht augenblicklich damit aufhören würde, dann würde das schwerwiegende Folgen für ihn haben. Auch einen möglichen Schulverweis hatte sie Tom in Aussicht gestellt, wenn er nicht augenblicklich wieder Frieden und Kameradschaft einkehren ließe.

Ich hatte nicht den Eindruck, dass Tom von dieser Ansprache sonderlich beeindruckt war. Ich sah Hass in seinen Augen.

War das alles, was ich als Hilfe von einem Lehrer erwarten durfte?

Ich war mir sicher, dass Tom es nicht darauf beruhen lassen würde. Er wollte seine Rache.

Solange Lehrer in der Nähe waren, brauchte ich nichts zu befürchten. Gefährlich waren für mich die Pausen, dann wenn kein Lehrer da war.

Ich hatte die ganze Religionsstunde Angst vor der kommenden Pause. Immer wieder sah ich auf meine Uhr. Das hatte ich früher auch schon gemacht, aber da war es, um zu prüfen, wie lange die Stunde noch gehen würde. Jetzt sah ich auf die Uhr, um zu sehen, wie lange ich noch in Sicherheit war.

Die Minuten vergingen und ich hatte keinen Einfall, wie ich Toms Rache entgehen könnte.

Als sich die Stunde dem Ende neigte und Frau Oltmann uns die Hausaufgaben erklärte, da hatte ich eine Idee. Zusammen mit Frau Oltmann war ich in das Klassenzimmer gekommen, und zusammen mit ihr musste ich das Klassenzimmer auch wieder verlassen. Hilfe erwartete ich von ihr nicht mehr. Sie hatte vorhin gesagt, dass sie das jetzt für mich klären würde, dass ich derartige Probleme aber zukünftig selber klären müsste. Die Lehrer könnten schließlich nicht immer da sein, hatte sie gesagt.

Kaum war Frau Oltmann an mir vorbeigegangen, stand ich auf und belästigte sie mit einer völlig bedeutungslosen Frage zu den Hausaufgaben. Genau in diesem Augenblick brauchte ich ihre Aufmerksamkeit. Ich wusste, dass Tom mich beobachtete, und wenn er sah, dass ich auch nach dem Unterricht noch zusammen mit einem Lehrer war, dann würde er mir nichts tun können.

Frau Oltmann drehte sich zu mir um und beantwortete mir die Frage. Kaum war die Frage beantwortet, öffnete sie die Tür und ging hinaus. Das war der Augenblick, in dem ich ihr die zweite Frage zu den Hausaufgaben stellte. Wieder völlig sinnlos und unwichtig, aber mir fiel nichts anderes ein. Hierbei folgte ich ihr durch die Tür. Ich überholte sie und begleitete sie zum Lehrerzimmer, während sie mir eine Frage nach der anderen zu den Hausaufgaben beantwortete. Die Antworten interessierten mich nicht. Ich achtete nur darauf, ob Tom und seine Freunde mich noch verfolgten. Ich hatte gesehen, wie sie nach Frau Oltmann und mir durch die Tür des Klassenzimmers gegangen waren. Sie hatten mich beobachtet, waren mir aber scheinbar nicht weiter gefolgt.

Als Frau Oltmann und ich unten an der Treppe ankamen, stellte ich ihr keine weiteren Fragen mehr. Sie schien zu dem Zeitpunkt auch schon leicht genervt. Aber ich hatte mein Ziel erreicht. Ich war in Sicherheit.

Bis kurz vor dem Lehrerzimmer war ich mit etwas Abstand hinter Frau Oltmann hergegangen, dann sah ich mich noch einmal um und verkroch mich wieder in meinem Versteck unter der Treppe.

Kaum war ich hier zur Ruhe gekommen, spürte ich auch wieder die Schmerzen an meiner Rippe. Ich spürte sie immer noch bei jedem Atemzug.

In der fünften Stunde hatten wir Herrn Schote. Ich hoffte, dass er in dieser Pause im Lehrerzimmer sein würde, so dass ich ihn, sobald die Pause vorbei war, einfach vor dem Lehrerzimmer abfangen und hinter ihm hergehen konnte.

Diese Strategie, zusammen mit dem Lehrer zum Klassenraum zu gehen, ging auf. Die Pausen nach der vierten und nach der fünften Stunde vergingen, ohne dass Tom mich stellen konnte.

Auch nach der sechsten Stunde verließ ich zusammen mit dem Lehrer, Herrn Biermann, das Klassenzimmer und ging mit etwas Abstand hinter ihm in Richtung Lehrerzimmer. Auch dieses Mal wurde ich nicht von Tom und seinen Freunden verfolgt. Bei dem Lehrerzimmer angekommen, wartete ich erneut einige Minuten in meinem Versteck unter der Treppe. Kaum war der Flur leer, machte ich mich auf zu meinem Fahrrad. Der Tag schien gut für mich auszugehen. Alle Schüler waren bereits auf dem Heimweg.

Ich sah mein Fahrrad durch das Fenster in der Ausgangstür. Da es zu diesem Zeitpunkt das einzige Fahrrad in dem Unterstand war, war es schon von Weitem zu sehen. Ich öffnete die Tür und ging hinaus.

Rechts von mir war eine etwa acht Meter lange Außenwand der Schule, in der sich keine Fenster befanden. Nach dieser Wand begann ein hochgelegter Garten mit reichlich Büschen und kleinen Bäumen. Nicht viel weiter konnte man über eine

Außentreppe zum Busbahnhof gelangen. Zu meiner Linken war der Fahrradunterstand, dahinter führte eine lange schräge Auffahrt zur Straße.

„Bam!", hörte ich, wie die Tür hinter mir zuschlug. Das war lauter als gewöhnlich. Diese Tür war nicht von alleine zugegangen. Das war so laut, da hatte jemand nachgeholfen. Voller Panik drehte ich mich um.

Durch die Fenster der Tür sah ich, wie Michael auf der Innenseite der Tür stand und diese zuhielt. Dabei grinste er mich an. Das war eine Falle! Durch die Tür konnte ich nicht wieder zurück. Ich drehte mich erneut um und suchte nach Tom und Carsten.

Ich sah, wie Tom von der Außentreppe aus auf mich zugerannt kam. Er schien dabei leicht zu humpeln. Von links, aus dem Fahrradunterstand, kam Carsten auf mich zu. Ich saß in der Falle.

Erneut spürte ich wieder, wie mein Puls raste. Ich hatte Angst und sah keinen Ausweg, wie ich noch entkommen könnte. Tom und sein Freund waren schon zu dicht bei mir.

Ich wich zurück, bis ich an der Wand ohne Fenster stand. Über meinem Kehlkopf spürte ich einen drückenden Schmerz. Meinen Schulranzen ließ ich fallen. Tom und Carsten bauten sich vor mir auf. Jetzt öffnete sich auch wieder die Tür und Michael kam nach draußen.

Alle drei standen vor mir. Tom in der Mitte.

„Was war das vorhin, Lukarsch? Mit was hast du mich in der Pause in die Wade gestochen?", fragte mich Tom.

„Ein Nagel", gestand ich leise mit gesenktem Kopf.

„Gib ihn mir!"

Langsam zog ich den Nagel aus meiner Hosentasche und übergab ihn mit zitternder Hand an Tom. Dieser nahm den

Nagel entgegen, sah ihn sich kurz in seiner Hand an und blickte mich daraufhin voller Hass an. Ohne den Blick von mir abzuwenden, übergab er den Nagel an Michael.

Mit einer schnellen Bewegung schoss seine linke, geöffnete Hand an meinen Hals und umschloss ihn wie ein Schraubstock. Dabei drückte er mich an die Wand hinter mir. Ich konnte nicht mehr schlucken und bekam kaum noch Luft.

„Du hast dir die falsche Freundin ausgesucht. Frau Oltmann kann mir gar nichts!", drohte Tom voller Hass in der Stimme.

Dann holte Tom mit seiner rechten Faust zu einem weiteren Schlag in meinen Bauch aus.

# DIE LUFTPISTOLE

*Lukas:* Montag

Es war das erste Mal, dass ich in eine Schlägerei verwickelt war. Genau genommen handelte es sich nicht um eine Schlägerei. Es war vielmehr so, dass ich verprügelt wurde.

Ich hatte mich in der Vergangenheit mehrfach mit meinem Bruder gestritten und wir hatten auch mal miteinander gekämpft, aber wir haben uns nie geschlagen. Auch von meinen Eltern oder von jemand anderem wurde ich niemals zuvor geschlagen. Ich wusste nicht, was auf mich zukam, und vor allem wusste ich nicht, wie man sich verteidigte, und ob ich mich hätte verteidigen dürfen.

Einen weiteren Faustschlag bekam ich auf den Mund. Ich konnte mir kaum vorstellen, dass Tom diesen Schlag mit seiner ganzen Kraft ausgeführt hatte. Ich hatte mir Schläge auf den Kopf immer viel schlimmer vorgestellt. In den amerikanischen Filmen sah das immer sehr schmerzhaft aus. Immer wenn jemand einen Schlag auf den Mund bekam, fehlte danach wenigstens ein Zahn. Mein Eckzahn bohrte sich bei diesem Schlag in meine obere Lippe. Es schmeckte eine ganze Weile nach Blut, meine Zähne waren aber in Ordnung.

Zusätzlich bekam ich zwei weitere Schläge in die linke Seite meines Bauches. Mir blieb kurz die Luft weg und es schmerzte. Wenig später war von den zwei Schlägen aber nichts mehr zu spüren. Die Schmerzen von dem Schlag in der Pause, bei dem Tom mich auf der rechten Seite an meiner unteren Rippe getroffen hatte, wurden dafür immer stärker.

Mein linker Oberschenkel schmerzte von einem Tritt, den ich bekam, als ich bereits auf dem Boden lag, und auch an meiner rechten Wade spürte ich einen stechenden Schmerz.

„Das war dafür, dass du mich verpetzt hast!", brüllte mir Tom entgegen, als er über mir stand und mir noch einen Tritt auf den Oberschenkel gab. Danach kniete er sich neben mich, forderte von Michael den Nagel zurück und stieß mir diesen in die Wade. „Und das ist die Rache für den Nagel! Damit sind wir wieder quitt."

Tom stand auf und warf den Nagel weg.

„Solltest du aber wieder petzen, so ist die Rechnung wieder offen. Und glaube mir, wenn du petzt, dann werde ich dich finden! Also lass es besser darauf beruhen!"

Tom und seine Freunde gingen, ohne dass sie mich eines weiteren Blickes würdigten.

Ich nahm mein Fahrrad und fuhr wieder über den Feldweg nach Hause. Ich ließ mir viel Zeit. Ich brauchte die Zeit zum Nachdenken, und um die Tränen zu verschleiern. Außerdem schmerzte jede Bewegung.

„Ich war noch bei Patrik", log ich meine Mutter an, als ich zu Hause ankam. Das war das erste Mal, dass ich meine Eltern angelogen hatte. Als wir uns im Flur gegenüberstanden, da achtete ich darauf, dass ich meine Mutter nicht direkt ansehen musste. Ich starrte auf den Boden und zog mir ganz langsam die Schuhe aus.

„Bitte entschuldige, dass ich nicht Bescheid gesagt habe."

„Versprich mir, dass du dich beim nächsten Mal kurz meldest. Ich habe mir Sorgen gemacht!", warf mir meine Mutter freundlich, aber doch bestimmt entgegen.

„Soll ich dir noch etwas vom Essen warm machen?", fragte sie.

„Danke. Ich habe schon bei Patrik gegessen", log ich erneut. „Ich gehe auf mein Zimmer. Ich muss noch einen Berg Hausaufgaben machen."

„Ist bei dir alles in Ordnung?", hakte meine Mutter nach.

„Ja, alles gut", antwortete ich und wusste, dass auch das gelogen war.

„Du wirkst anders", sagte sie zögernd. „Melde dich, wenn du Hilfe brauchst. Obwohl ich nicht glaube, dass ich dir in Mathe noch helfen kann. Aber ich kann es ja wenigstens versuchen."

Ich ging in mein Zimmer, stellte meinen Schulranzen ab und legte zum Schein einige Bücher und Hefte auf meinen Schreibtisch.

Dann ging ich ins Badezimmer und sah mir dort meine Verletzungen an. Ich sah in den Spiegel und klappte mit den Zeigefingern meine Oberlippe hoch. An der Stelle, an der der Eckzahn saß, war ein kleines Loch in der Schleimhaut zu sehen. Es blutete nicht mehr, tat aber noch weh. Ich klappte die Lippe wieder runter und betrachtete mich im Spiegel. Die Oberlippe war auf der linken Seite leicht geschwollen. Ich glaubte aber, dass anderen das nicht auffallen würde.

Im Anschluss hob ich mein T-Shirt und betrachtete meinen Bauch. Von den beiden Schlägen in den Bauch, die ich nach der Schule bekommen hatte, spürte ich nichts mehr. Vermutlich würde ich hier auch keine blauen Flecken bekommen. Der erste Schlag, den ich in der Pause auf die rechte Seite bekommen hatte, bereitete mir allerdings Sorgen. Hier rechnete ich mit einem deutlich erkennbaren blauen Fleck. Bei jedem tieferen Atemzug spürte ich die untere Rippe.

In der Vergangenheit hatte ich schon mehrfach blaue Flecken gehabt. Diese waren aber immer eigenverschuldet gewesen.

Um unser Haus herum lagen einige Felder und Weiden, und um diese herum standen etliche Bäume, auf denen ich sehr gerne geklettert war. Am Anfang war ich die Bäume einfach nur rauf- und wieder runtergeklettert. Mit der Zeit war allerdings die Risikobereitschaft, und somit auch die Höhen, in die ich kletterte, gestiegen.

Ich hatte auch mal versucht, von einer Baumspitze auf die Baumspitze eines sehr nahegelegenen Baumes zu springen. Die beiden Baumspitzen hatten vielleicht einen Abstand von drei Metern. In der Theorie klang das ganz einfach. Dafür sorgen, dass man mit der Spitze des Baumes hin und her schwingt, und dann im richtigen Augenblick loslassen und mit aller Kraft abspringen.

Man sollte hierbei aber bedenken, dass sich der Baum, auf dem man stand, beim Absprung wieder nach hinten bewegte und somit nachgab. Besonders an der Spitze des Baumes! Man konnte sich somit nicht mit der vollen Kraft abstoßen. Daran hatte ich in dem Augenblick leider nicht gedacht.

Sagen wir mal so: Ich habe nicht die Spitze des anderen Baumes erreicht.

Besonders fleckenintensiv waren auch immer die Aktionen mit den Rädern. Ein Fahrrad-Parcours mit selbstgebauter schmaler Brücke über einen Graben und einer umfunktionierten Wippe, den wir dann auf Zeit bewältigt haben, hat auch für den einen oder anderen blauen Fleck gesorgt.

Aber wir hatten immer unseren Spaß gehabt. Patrik und ich.

Ich ließ mein T-Shirt wieder los und sah an meiner Hose herunter auf meine rechte Wade. An der Außenseite meiner Hose konnte ich einen kleinen roten Fleck erkennen. Ich bückte mich und zog vorsichtig das Hosenbein bis zum Knie hoch. Die Stelle, an der der Nagel in die Wade eingedrungen war, konnte ich sofort sehen. Die Wunde blutete aber nicht mehr.

Ich zog die Hose wieder runter und sah mir das Hosenbein genauer an. Hier konnte ich ein kleines Loch entdecken. Es war aber unwahrscheinlich, dass dies irgendjemandem auffallen würde.

Meinem linken Oberschenkel schenkte ich keine Beachtung. Hier wusste ich, dass ich auch hier einen satten blauen Fleck bekommen würde. Ein solcher Schmerz war mir bereits bekannt.

Ich ging zurück in mein Zimmer und zog mir eine andere Hose an. Ich wollte mich nicht mit einer Hose auf meinen Schreibtischstuhl setzen, an der noch der Rest eines Kaugummis klebte. Die Hose mit dem Kaugummi versteckte ich unten in meinem Kleiderschrank. An der Stelle, an der sonst nie jemand etwas hinlegte oder rausholte. Ich vermutete, dass jeder Schrank eine solche Stelle hatte.

Danach setzte ich mich an meinen Schreibtisch. Ich hatte nicht wirklich vor, meine Hausaufgaben zu machen. Sollten meine Mutter oder Nils in mein Zimmer kommen, dann sollte es aber so aussehen, als ob ich beschäftigt wäre. Ich wollte nicht, dass mich jemand so sah. Was hätte ich sagen sollen, wenn jemandem die dicke Lippe auffiel?

War ich jetzt wirklich quitt mit Tom? Würde er mich jetzt in Ruhe lassen? Und wenn wir jetzt quitt waren, welchen Grund hatte er gehabt, als er angefangen hatte, mich zu mobben?

Mir fiel kein Grund ein. Ich hatte ihm nichts getan.

Frau Oltmann hatte gefragt, was sich vor einer Woche geändert hatte. Scheinbar vermutete sie, dass es einen Zusammenhang mit etwas geben musste, das zuvor geschehen war. In der Pause war ich mir noch sicher gewesen, dass es sich um den Vorfall mit Herrn Müller gehandelt haben musste. Jetzt war ich mir da nicht mehr so sicher.

Wenn ich das mit dem Buch am Donnerstag außer Acht ließ, dann hatte das mit Tom am Montag auf dem Flur angefangen. Am Montag hatte ich mich vorher aber auch mit Patrik gestritten. Hatte Tom angefangen, mich zu mobben, weil ich nicht mehr mit Patrik befreundet war? Hatte vielleicht sogar Patrik Tom als Rache auf mich gehetzt? Diese Frage verwarf ich sofort wieder. Das konnte ich mir nicht vorstellen. Patrik und ich, wir waren seit dem Kindergarten befreundet.

Herr Müller hatte am Montag auf dem Flur gesagt, dass er noch etwas mit Tom zu besprechen hatte. Worüber hatte Herr Müller noch mit Tom reden müssen? Hatte Herr Müller Tom gesagt, dass er mich fertig machen sollte? Aber welchen Sinn machte es, wenn Herr Müller Tom zuerst lauthals über den halben Flur hinweg dazu aufforderte, mich in Ruhe zu lassen, nur um ihn dann wie einen Hund auf mich zu hetzen?

Ich nahm mir das Religionsbuch und versuchte, die Hausaufgabe zu bearbeiten.

Ich konnte mich nicht auf die Aufgaben konzentrieren. Ich verstand noch nicht einmal die Aufgabenstellung. Dabei hatte ich Frau Oltmann noch mit Fragen belästigt, die mir auch jetzt noch peinlich waren.

Hätte sie anhand der Fragen nicht eigentlich merken müssen, dass mit mir etwas nicht stimmte? Hätte sie nicht eigentlich spüren müssen, dass ich Angst hatte?

Ich vermutete, dass sie niemals in einer solchen Situation war, wie ich sie heute kennengelernt hatte. Wahrscheinlich kannte sie das Gefühl der Angst, und was es mit einem machte, nicht. Bis vor wenigen Wochen hatte ich das Gefühl auch nicht gekannt. Zumindest nicht in dieser Intensität.

Ob meine Eltern schon mal Angst gehabt haben? Wenn meine Eltern über ihre Kindheit oder ihre Jugend erzählten, dann war da immer alles schön. In ihren Erzählungen gab es keine Angst, keine Schlägerei und auch keinen Herrn Müller.

War die Zeit, in der meine Eltern aufgewachsen sind, wirklich so viel besser? Oder redete man einfach nur nicht über die schlechten Dinge?

Wie sollte man lernen, mit solchen Situationen umzugehen, wenn man von niemandem lernen konnte?

Wenn meine Eltern so etwas auch durchgemacht hatten, wieso schwiegen sie über diese Zeiten und wie sie es geschafft hatten, diese zu überstehen? Niemand sprach über so etwas! Auch Bücher hatte ich hierüber noch nie gesehen. In den Büchern, die ich bisher gelesen hatte, da war immer alles schön. Allen ging es immer gut. Niemals tat ein Erwachsener einem Kind in diesen Büchern weh. Und niemals wurde jemand in diesen Büchern gemobbt oder verprügelt.

Gab es so was früher wirklich nicht? Oder wollten die Erwachsenen nicht, dass wir aus ihren Erfahrungen lernten? Ständig wurden wir belehrt. Ständig sagte man uns, was wir besser nicht machen sollten, aber über so etwas wurde nicht gesprochen. Woher sollte ich also wissen, was ich jetzt machen sollte? Woher sollte ich wissen, wer mich verstehen würde, wer mir helfen könnte?

Wenn es damals auch schon so etwas wie mit Herrn Müller oder mit Tom gegeben hatte, wieso hörte man nichts davon? Wurde darüber geschwiegen, um die Täter und den ‚guten Ruf der Familie' zu schützen? Aber, wenn Täter geschützt wurden, wer half dann den Opfern? Wer schützte mich?

Ich sah immer noch in das geöffnete Religionsbuch auf meinem Schreibtisch. Erneut las ich die Aufgabe. Ich schaffte es jedoch nicht, den Text mit der Aufgabe bis zum Ende zu lesen.

Wie würden meine Eltern reagieren, wenn ich ihnen von Herrn Müller erzählte? Würden auch sie, genau wie Herr Müller, von mir verlangen, dass ich schwieg?

Bevor ich meinen Eltern erzählen konnte, was geschehen war, musste ich mehr über ihre Kindheit und über ihre Jugend erfahren. Irgendwie musste ich sie dazu bringen, auch über die schlimmen Ereignisse ihres Lebens zu erzählen.

Ich hob meinen Blick vom Religionsbuch und starrte an die Wand meines Zimmers.

Bis ich mehr über meine Eltern herausgefunden hatte und abschätzen konnte, wie sie reagieren würden, musste ich mich selber schützen. Aber wie sollte das gehen? Tom und Herr Müller waren auf der einen Seite viel stärker als ich und zusätzlich hatte Tom immer die Unterstützung von seinen Freunden.

Ich brauchte etwas, mit dem ich mich vor Herrn Müller und vor Tom schützen könnte. Etwas, womit ich allen einen gehörigen Respekt einflößen könnte.

Alles, was mir bisher eingefallen war, konnte nur eingesetzt werden, wenn Tom oder Herr Müller in meiner unmittelbaren Umgebung waren.

Um das Weidezaungerät einsetzen zu können, müssten sie zusätzlich gefesselt sein. Ich brauchte etwas, mit dem ich Tom und Herrn Müller auf Abstand halten könnte. Ich brauchte eine Waffe.

Mein Vater hatte ein Luftgewehr und eine Luftpistole.

Mit dem Luftgewehr hatten Nils und ich in der Vergangenheit schon mehrfach im Garten schießen dürfen. Die Luftpistole hingegen lag immer nur im Nachtschrank meines Vaters. Ich hatte sie bisher nur zweimal gesehen. Das erste Mal – ich muss fünf Jahre alt gewesen sein –, da hatte mein Vater die Pistole auf dem Küchentisch auseinandergenommen und wieder zusammengebaut. Mich hatten damals die vielen Einzelteile fasziniert, die da in zwei Reihen auf dem Tisch lagen. Nachdem er die Einzelteile gereinigt hatte, nahm er die Teile der Reihe nach wieder vom Tisch und verbaute sie.

Das zweite Mal sah ich die Pistole, als Nils und ich meine Eltern an einem Sonntagmorgen – sie hatten noch geschlafen – erschrecken wollten. Damals muss ich etwa sieben Jahre alt gewesen sein.

Wir waren vorsichtig, auf allen vieren, in ihr Schlafzimmer und neben ihr Bett gekrabbelt. Ich auf der Seite meiner Mutter und Nils auf der Seite meines Vaters, und dann waren wir gleichzeitig neben dem Bett hochgekommen und hatten wie Löwen gebrüllt.

Im ersten Augenblick schienen meine Eltern wenig beeindruckt von unserer Darbietung, aber dann taten sie so, als ob sie sich fürchterlich erschrocken hätten. Nachdem sich beide äußerst theatralisch von ihrem Schock erholt hatten, ging dann die Jagd auf Nils und mich los.

„Na warte! Wenn ich dich kriege! Dann kannst du aber was erleben", rief mir meine Mutter übertrieben mit dem Finger fuchtelnd entgegen. Gleichzeitig hatte sich mein Vater bereits Nils geschnappt und mit einem gekonnten Schwung mitten auf das Bett geworfen.

Ich drehte mich, immer noch auf allen vieren, so schnell ich konnte um und versuchte lachend, zu entkommen. Ich war nicht weit gekommen, da hatte mich meine Mutter gepackt und begonnen, auch mich auf das Bett zu zerren. Ich sah, wie mein Vater Nils am Bauch kitzelte. Nils lachte lauthals und versuchte dabei, zu fliehen. Natürlich ohne Erfolg.

Kaum dass ich neben Nils im Bett lag, blühte mir das gleiche Schicksal. Ich hatte das Gefühl, dass man in solchen Situationen überall kitzelig war. Aber unsere Eltern wussten, wo wir besonders kitzelig waren. Und somit wurden Nils und ich als Strafe für den morgendlichen Schrecken am Bauch und an den Füßen durchgekitzelt, bis wir vor Lachen Bauchschmerzen bekamen und um Gnade flehten. Wir lachten alle. Nils und ich, weil wir nicht anders konnten – wir wurden schließlich durchgekitzelt –, und meine Eltern, weil sie sich freuten.

Die erflehte Gnade wurde uns dann nach einer gewissen Zeit von unseren Eltern gewährt, und zusammen lagen wir noch mehrere Minuten nebeneinander im Bett und kuschelten.

Gemeinsam – oder besser gesagt meine Mutter, Nils und ich – haben wir dann festgelegt, dass wir Brötchen zum Frühstück essen wollten und dass mein Vater diese holen sollte. In solchen Dingen waren wir drei uns immer sehr schnell einig.

„Dann sollte ich mich jetzt aber beeilen", sagte mein Vater und ergänzte dann noch mit einem Grinsen im Gesicht: „Ich hoffe, dass ihr bald groß seid, sodass wir euch dann zum Brötchenholen schicken können."

Bei diesen Worten setzte er sich auf die Kante seines Bettes und beugte sich runter zu der unteren Schublade seines Nachtschrankes.

Ich nutzte die gebeugte Position meines Vaters und kletterte, in der Hoffnung, dass er gleich aufstehen und mich mit hochheben würde, auf seinen Rücken. Meine Arme umschlangen seinen Hals, mein Kopf war neben dem seinen. Mein Vater hatte die untere Schublade geöffnet und holte hier ein Taschentuch heraus.

Auch ich sah den Inhalt der Schublade. Unter allerlei Krimskrams, deren Bedeutung oder Verwendungszweck ich nicht kannte, hatte ich damals auch den schwarzen Griff der Pistole erspäht.

Er hat nie gesagt, wie lange er das Luftgewehr und die Luftpistole schon hatte. Besaß er die Pistole auch schon, als er in meinem Alter war? Wollte er sich damit verteidigen? Und wieso lag die Pistole immer nur in seinem Nachtschrank?

Wenn er die Pistole hatte, um sich zu verteidigen, dann hatte er vielleicht auch schon mal Angst. Bedeutete das, dass er mich verstehen würde? Sollte ich ihm die ganze Geschichte erzählen? Aber was, wenn ich falsch lag? Was würde er dann von mir denken?

Würden meine Eltern von mir enttäuscht sein, weil ich mich nicht getraut hatte, mich gegen Tom zur Wehr zu setzen? Und was würden sie über mich denken, wenn sie erfuhren, was Herr Müller mit mir gemacht hat? Würden sie mir die Schuld geben, weil ich zusammen mit Herrn Müller in die Bibliothek gegangen war?

Meine Eltern wirkten immer so stark. Was würden sie von mir denken, wenn sie feststellten, dass ich schwach war? Was würden sie über mich denken, wenn sie wüssten, dass ich feige war?


Ich musste mehr über meine Eltern herausfinden, und vor allem musste ich herausfinden, was es mit der Pistole auf sich hatte. Wieso wurde die nie aus dem Nachtschrank geholt? Ich musste der Frage auf den Grund gehen.

Das Luftgewehr und die Munition dazu lagen auf dem Kleiderschrank meiner Eltern. Hier konnte ich nicht so ohne Weiteres herankommen. Um mir das Gewehr ansehen zu können, würde ich eine Leiter brauchen. Das Luftgewehr wollte ich mir aber ohnehin nicht ansehen. Das kannte ich schon.

An die Schublade des Nachtschrankes konnte ich allerdings ohne Probleme kommen. Die Schubladen waren auch nicht verschlossen. Ich müsste nur dafür sorgen, dass man mich dabei nicht entdeckte.


Ich stand vom Schreibtisch auf und öffnete die Tür meines Zimmers. Das Schlafzimmer meiner Eltern lag schräg gegenüber. Die Tür von Nils Zimmer war zu. Ich vermutete, dass er noch an seinen Hausaufgaben arbeitete. Das dauerte in der Regel länger und erforderte gelegentlich auch die Hilfe meiner Mutter. Solange wir aber nicht um Hilfe baten, ließ uns unsere Mutter immer in Ruhe an unseren Hausaufgaben arbeiten.

Wenn ich jetzt in das Schlafzimmer meiner Eltern ginge, dann musste ich die Tür von meinem Zimmer also nur wieder schließen, damit meine Mutter dachte, dass ich noch an den Hausaufgaben saß. Die Tür vom Schlafzimmer meiner Eltern würde ich ebenfalls schließen müssen. Wenn Nils meine Mutter rief und sie zu seinem Zimmer ging, dann durfte sie nicht zufällig entdecken, dass ich in ihrem Schlafzimmer war.

Mein Puls stieg. Sollte ich das Risiko eingehen? Was sollte ich sagen, wenn sie doch ins Schlafzimmer ging und mich vor dem Nachtschrank meines Vaters mit der Pistole in der Hand entdeckte?

Der Drang, die Pistole zu untersuchen, war am Ende jedoch stärker als meine Angst, entdeckt zu werden.


Leise schloss ich die Tür von meinem Zimmer und ging über den Flur zur Schlafzimmertür meiner Eltern. Ich hatte den Griff der Tür bereits in der Hand, sah mich aber erneut auf dem Flur um. Weder von Nils noch von meiner Mutter war etwas zu hören oder zu sehen.

Ich drückte die Türklinke herunter und ging in das Schlafzimmer. Leise schloss ich die Tür hinter mir. Wieder spürte ich, wie mein Puls stieg.

Das Bett meiner Eltern war gemacht. In den Bettdecken war nicht eine Delle oder Falte zu entdecken. Auf dem Fußboden und auf den Schränken lag nichts, was da nicht hingehörte. Dieses Zimmer war ein kompletter Gegensatz zu meinem Zimmer.

Alles wirkte ruhig. Niemand hatte bemerkt, dass ich mein Zimmer verlassen hatte und jetzt im Schlafzimmer meiner Eltern war. Mein Puls beruhigte sich etwas.

Ich sah hoch zum Schrank meiner Eltern. Dieser wirkte für mich immer riesig und übte auf mich eine besondere Faszination aus. Schließlich wurden in diesem Schrank vor Weihnachten immer die Geschenke für Nils und mich aufbewahrt. Wir hatten uns bisher aber nur einmal vor Weihnachten getraut zu spicken.

Mein Blick ging die äußere Tür des Schrankes hoch. Oben auf dem Schrank lag das Luftgewehr mit der Munition. Ich hoffte, dass mein Vater die Pistole nicht zwischendurch auf den Schrank verbannt hatte.

Auf dem Flur war nichts zu hören. Nils hatte noch nicht um Hilfe für die Hausaufgaben gerufen.

Ich durfte keine Zeit verlieren. Ich ging auf die Seite meines Vaters und kniete mich vor seinen Nachtschrank.

Ich griff nach dem Knauf in der Mitte der unteren Schublade und zog vorsichtig daran. Sie ließ sich nur schwer öffnen. Es wirkte, als ob es keine Schienen mit Rollen gab. War der Nachtschrank schon so alt, dass der Schub nur eine Führung aus Holz hatte? Das war bei den Schränken meiner Oma auch so. Da gab es Schubfächer, die konnte man nur öffnen, wenn man diese beim Öffnen anhob und dabei immer nach rechts und links wackelte. Wenn man Pech hatte, dann verklemmten sich die Holzführungen und man konnte die Schubläden nur noch mit roher Gewalt weiter öffnen oder wieder schließen. Das durfte mir bei dieser Schublade auf keinen Fall passieren. Vorsichtig zog ich die Schublade weiter auf. Ein leichtes Schaben am Rand der Schublade verriet mir, dass ich mit meiner Vermutung bezüglich der Holzführung richtig lag.

Als die Schublade halb geöffnet war, erkannte ich schon, dass in dieser Schublade immer noch das gleiche Chaos vorherrschte wie vor einigen Jahren. Ich spürte eine Nervosität wie zu Weihnachten. Eine Nervosität voller Vorfreude und Neugierde.

Obenauf lag eine Pappschachtel. Ich nahm sie heraus, öffnete sie und sah hinein. In der Pappschachtel waren kleine, rechteckige und dünne Plastikbeutel. Ich nahm einen der Plastikbeutel aus der Schachtel. Es fühlte sich an, als ob in diesen Beuteln runde Gummiringe waren. Ich steckte den Plastikbeutel zurück in die Schachtel, schloss diese wieder und legte sie auf den Fußboden vor mir.

Die anderen Sachen, die in der Schublade unter der Pappschachtel lagen, waren deutlich interessanter. Einige der Dinge sahen aus wie Orden oder Medaillen. Mir war gar nicht bekannt, dass mein Vater mal einen Orden bekommen hatte. Ich nahm einen der vermeintlichen Orden aus der Schublade und betrachtete diesen genauer. Ich konnte nicht erkennen, wofür er den bekommen haben könnte. Alles wirkte äußerst mysteriös auf mich. Vor mir lagen die Geheimnisse meines Vaters. So fühlte es sich zumindest für mich an.

Dafür hatte ich jetzt keine Zeit! Die Erforschung dieser Schublade wäre ein interessantes Projekt für später. Jetzt hatte ich Dringenderes zu erledigen. Ich legte den Orden auf den Fußboden neben die Pappschachtel.

Als ich die Pistole das letzte Mal gesehen hatte, hatte sie rechts hinten in der Ecke der Schublade gelegen. Wie ich meinen Vater und seinen Drang zur Ordnung kannte, sollte die Pistole hier immer noch liegen. Ob er auch für die Pistole die Kontur der Pistole in den Boden der Schublade gezeichnet hatte, wie bei seinem Werkzeugschrank mit dem Werkzeug?

Vorsichtig schob ich den Krimskrams, der sich auf der rechten Seite der Schublade befand, zur linken Seite und erkannte den schwarzen Griff der Pistole. Wieder spürte ich, wie mein Puls stärker wurde.

Ich sah zur Tür, um sicher zu gehen, dass ich unbeobachtet war. Dann griff ich mit meiner rechten Hand nach der Pistole und hob sie aus der Schublade, wobei der Krimskrams, der noch auf der Pistole lag, polternd auf den Boden der Schublade fiel. Das war nicht wirklich laut, in diesem Augenblick schien mir aber auch dieses leichte Poltern nahezu ohrenbetäubend zu sein.

Erneut sah ich zur Tür und lauschte mit klopfendem Herzen, ob ich auf dem Flur etwas hören konnte.

Alles war ruhig.

Ich hob die Waffe hoch und betrachtete sie. Sie war schwerer, als ich erwartet hatte.

Mit meiner linken Hand stützte ich den Lauf ab, meine rechte Hand umschloss den Griff. Er war zu breit für meine kleine Hand. Mit meinem Zeigefinger konnte ich aber dennoch den Abzug erreichen. Ich betätigte ihn allerdings nicht. Was dabei passieren konnte, das kannte ich schon von dem Luftgewehr. Das sollte ich hier im Schlafzimmer meiner Eltern besser nicht ausprobieren.

Um den Abzug herum war ein Bügel, der den Abzug vor unbeabsichtigter Betätigung schützen sollte. Über dem Abzug lag eine runde Taste, die scheinbar seitlich in die Pistole gedrückt werden konnte. Auch auf der anderen Seite entdeckte ich die gleiche Taste, nur hier war sie auf der gleichen Ebene wie die Fläche der Pistole. Ich wendete die Pistole erneut und drückte die Taste in die Pistole. Nichts geschah.

Etwa sechs Zentimeter vor dem Ende des Laufes entdeckte ich einen kleinen Spalt. Dieser setzte sich bis zum Ende des

Laufes fort. Hier fand ich unterhalb der Mündung einen kleinen Knauf mit Gebrauchsspuren. Es hatte den Anschein, als ob die Waffe hier mehrfach irgendwo dagegengedrückt worden war. Ich senkte die Pistole und drückte den kleinen Knauf auf den Fußboden. Der Lauf klappte auf und zum Vorschein kam eine kleine rechteckige Röhre und darunter eine kleine runde Öffnung.

Bei der runden, zentralen Öffnung musste es sich um den eigentlichen Lauf handeln. Wofür aber war die rechteckige Öffnung? Ich hob die Pistole an, sodass das darin Enthaltene herausrollen konnte. Meine linke Hand hielt ich vor die neu entdeckte Öffnung. Fünf kleine messingfarbene Kugeln rollten in die Fläche meiner linken Hand.

Ich steckte die fünf Kugeln zurück in die rechteckige Röhre. Ich vermutete, dass es sich hierbei um eine Art Magazin handeln musste, und drückte den ausgeklappten Teil des Laufes wieder zurück.

Auf der Pistole, am hinteren Teil, schien sich ein Schlitten zu befinden, der nach hinten gezogen werden konnte. Mit der linken Hand griff ich den Schlitten und zog vorsichtig daran. Er gab für wenige Millimeter nach, danach wurde es immer schwerer den Schlitten weiter nach hinten zu ziehen. Ich schloss den Griff fest in meine rechte Hand, hob die Hand mit der Pistole schräg nach oben und zog mit aller Kraft der linken Hand an dem Schlitten. Ich spürte meine Rippe bei jedem Atemzug, doch ich zog weiter. Die Pistole gab ein Knarzen von sich, welches mit zunehmendem Ausziehen des Schlittens quälender klang. Dann hörte ich ein leises Klicken und der Schlitten ließ sich nicht weiter ausziehen. Langsam reduzierte ich die Kraft, mit der ich am Schlitten gezogen hatte. Er verblieb in der ausgezogenen Position. Damit hatte ich nicht gerechnet.

Ich hatte gedacht, dass sich der Schlitten wieder in die Ausgangsposition bewegen würde. Wie bei den Pistolen in den amerikanischen Filmen. Hier bewegte sich nichts mehr. Mit ausgefahrenem Schlitten konnte ich die Pistole unmöglich zurück in die Schublade legen. Irgendwie musste der Schlitten zurück in seine Ausgangsposition. Vorsichtig versuchte ich, den Schlitten wieder zurückzudrücken. Der Schlitten bewegte sich nicht.

„Mama, kannst du mir helfen?", hörte ich meinen Bruder lauthals auf dem Flur rufen.

‚Scheiße! Wieso jetzt?', schoss es mir durch den Kopf. Erneut versuchte ich, den Schlitten zurückzudrücken, wieder ohne Erfolg. Eine Verriegelung oder eine Klinke, die ich mit dem Ziehen des Schlittens hatte einrasten lassen, konnte ich nicht finden. Allerdings fiel mir auf, dass es in der Pistole eine Feder zu geben schien, die ich durch den Schlitten gespannt hatte. Die Feder konnte ich, wenn ich von oben auf die Pistole sah, an den Seiten erkennen. Eine Verbindung mit dem Schlitten schien es aber nicht zu geben. Musste ich einfach nur mehr Kraft aufbringen, um den Schlitten zurückdrücken zu können? Ich überlegte, ob ich die Pistole einfach umdrehen und dann mit dem Schlitten auf den Boden schlagen könnte, damit sich der Schlitten dadurch vielleicht löste. Ich war mir aber ziemlich sicher, dass man es weit in das Haus hinein hören würde, wenn ich mit dieser schweren Pistole auf den Boden schlagen würde.

„Ich komme gleich", rief meine Mutter zurück.

Ich sah mich im Schlafzimmer meiner Eltern nach etwas um, auf das ich mit dem Schlitten der Pistole schlagen konnte, das aber dennoch den Schall dämpfen würde. Die Möbel waren gänzlich ungeeignet, die würden den Schallpegel eher noch verstärken. Mit dem Schlitten der Pistole auf die Matratze schlagen, das würde zwar keinen Krach machen, aber es war doch äußerst unwahrscheinlich, dass ich den Schlitten damit zurückdrücken könnte.

Etwas anderes gab es in diesem Raum nicht. Jetzt verfluchte ich die Ordnungsliebe meiner Eltern. Ich musste eine Lösung finden, und zwar schnell. Auch wenn die Tür zu war und sie mich somit nicht direkt sehen konnte, ich musste hier wieder raus. Wer sagte denn, dass sie auf dem Rückweg nicht noch mal eben in ihr Schlafzimmer ging, um hier etwas herauszuholen?

So konnte ich die Pistole aber nicht zurücklegen. Ich stand auf und sah mich erneut um.

Könnte ich die Pistole nicht einfach mit in mein Zimmer nehmen und dann später weiter erforschen? Mein Vater hatte sie die letzten Jahre nicht beachtet, es würde ihm bestimmt nicht auffallen, wenn ich die Pistole für einen Tag in meinem Zimmer aufbewahren würde. Aber wie könnte ich sie verstecken, wenn ich durch den Flur ging?

In den amerikanischen Filmen, da steckten die Verbrecher die Knarren meistens bis zum Griff in den Hosenbund vor dem Bauch. Das wollte ich auch probieren. Ich hob mein T-Shirt mit der linken Hand hoch und fixierte dieses mit meinem Kinn an meiner Brust. Dann zog ich den Bund meiner Hose nach vorne und führte die Pistole langsam mit der rechten Hand zwischen meine Hose und meinen Bauch. Ich spürte den kalten Stahl auf meiner Haut. Der Lauf schien in diesem Moment unendlich lang zu sein. Als der Bügel, der den Abzug schützte, meinen Hosenbund erreicht hatte, da war auch der Lauf der Pistole am unteren Ende angekommen.

Hätte ich die Pistole weiter nach unten drücken wollen, so hätte ich sie schräg stellen müssen. Gerade nach unten gab es eine Grenze, die ich nicht überschreiten wollte.

Ich hatte bei dieser Sache ein ganz komisches Gefühl.

Ich ließ die Pistole los und ließ dann mein T-Shirt, welches ich bisher mit dem Kinn oben gehalten hatte, fallen. Ich versuchte, das T-Shirt glattzustreichen, und sah auf das T-Shirt. Die Kontur, die durch die Pistole auf meinem T-Shirt und in meiner Hose gezeichnet wurde, war deutlich zu erkennen. In den amerikanischen Filmen fiel es nie auf, wenn jemand eine Pistole in seinem Hosenbund versteckt hatte! Ich fing an, die Realitätstreue der amerikanischen Filme anzuzweifeln.

So konnte ich die Pistole unmöglich mit in mein Zimmer nehmen. Das war viel zu gefährlich. Die Beule in meiner Hose und in meinem T-Shirt würde sogar Nils auffallen.

„Mama! Wo bleibst du?", hörte ich meinen Bruder erneut brüllen.

„Ich komme ja gleich!", rief meine Mutter, scheinbar leicht genervt, durch das ganze Haus zurück.

Ich musste jetzt handeln! Ich hob erneut mein T-Shirt mit der linken Hand hoch und sah auf die Pistole in meinem Hosenbund. Unten auf dem Boden sah ich im gleichen Augenblick die Pappschachtel mit den kleinen Beuteln liegen. Das sollte gehen!

Wenn ich kräftig mit dem Schlitten der Pistole gegen diese Schachtel schlagen würde, dann würde die Schachtel zwar kaputt gehen, aber bei dem Schlag würden keinerlei Geräusche entstehen. Der Karton und die Plastikbeutel mit den Gummiringen würden den Schall unterbinden.

Mit der rechten Hand griff ich erneut nach der Pistole und zog diese aus meinem Hosenbund. Dann hockte ich mich wieder auf meinen Knien vor die Pappschachtel, drehte die Pistole so in meiner Hand, dass der Lauf beim Schlagen nach oben zeigte und der Aufprall des Schlittens durch die Pappschachtel gebremst werden würde. Ich holte mit dem Arm aus und schlug mit der Pistole auf den Karton.

Ein dumpfer Aufschlag war zu hören, aber nicht laut genug, dass meine Mutter ihn quer durchs Haus hätte hören können.

Der Schlitten hatte sich tatsächlich gelöst und war in seine Ausgangsposition zurückgeschnellt. Ich war erleichtert. Sofort schob ich den Krimskrams in der Schublade so zur Seite, dass ich die Pistole wieder in die Schublade legen konnte. Ich verteilte noch etwas von dem ganzen Zeugs auf der Pistole und legte auch den Orden wieder vom Fußboden in die Schublade.

Dann hob ich die kleine Pappschachtel vom Fußboden auf. Die Beule in der Schachtel war größer, als ich anfänglich dachte. Ich öffnete die Pappschachtel und drückte die Wände des Kartons so gut es ging wieder in Position. An der Stelle, an der ich die Pappschachtel getroffen hatte, war jetzt ein längliches Loch in der Form der Schlittenkante. Scheinbar hatte ich die Pappschachtel nicht präzise getroffen, sodass ich mit einer Kante des Schlittens auf der Pappschachtel aufgesetzt war. Erneut öffnete ich die Schachtel und versuchte, das Loch so gut wie möglich zu kaschieren. Daraufhin legte ich die Schachtel mit dem Loch nach unten zurück in die Schublade und schloss diese.

Ich stand auf und eilte zur Tür. Jetzt konnte ich nicht auf den Flur und rüber in mein Zimmer. Meine Mutter durfte auf keinen Fall sehen, wie ich aus ihrem Schlafzimmer kam. Ich würde den Moment abpassen müssen, in dem sie in Nils Zimmer ging.

Nils Zimmer war, vom Schlafzimmer meiner Eltern aus betrachtet, auf der anderen Seite des Flures. Ich hockte mich vor die Tür und sah durch das Schlüsselloch. Auf dem Flur konnte ich niemanden sehen. Ich hoffte inständig, dass meine Mutter nicht zuerst in ihr Schlafzimmer gehen wollte, bevor sie zu Nils ging. In dem Fall hätte ich die Tür an den Kopf bekommen, da sich die Tür nach innen öffnen ließ. Ich hörte, wie auf dem Flur eine Tür, wahrscheinlich die vom Wohnzimmer, geschlossen wurde. Ich stand auf und stellte mich neben die Tür, auf die Seite der Türscharniere. Sollte die Tür jetzt geöffnet werden, so wäre ich automatisch hinter der Tür versteckt. Mein Ohr hielt ich an die Tür. Eine weitere Tür auf dem Flur wurde geöffnet und wieder geschlossen. Das musste die Tür von Nils Zimmer gewesen sein.

Vorsichtig öffnete ich die Tür zum Flur einen Spalt und sah hinaus. Auf dem Flur war nichts zu sehen. Ich öffnete die Tür, ging auf den Flur und schloss sie vorsichtig wieder hinter mir. Dann ging ich direkt in mein Zimmer, setzte mich wieder an meinen Schreibtisch und versenkte meinen Kopf erneut in das Religionsbuch. Religion war allerdings das Letzte, für das ich mich jetzt interessierte. Ich überlegte, wie ich meinen Vater dazu bringen konnte, dass er mir zeigte, wie die Pistole funktionierte.

Wenige Minuten später klopfte es an meiner Tür.

„Ja", sagte ich, wandte meinen Kopf aber nicht vom Buch ab. Ich wollte nicht, dass meine Mutter zufällig meine dicke Lippe bemerkte. Die Tür öffnete sich und meine Mutter sah in mein Zimmer.

„Bei dir ist alles in Ordnung?", fragte sie.

„Ja", antwortete ich kurz.

„Sehr schön. Dann will ich auch nicht länger stören."

Dann hob ich doch noch meinen Kopf und sah zu meiner Mutter, die die Tür gerade wieder schließen wollte.

„Dürfen wir nachher noch mit dem Luftgewehr schießen?", fragte ich.

„Das kann ich dir nicht sagen, das musst du Papa fragen. Ich wüsste aber nicht, was dagegensprechen sollte. Natürlich nur, wenn ihr beide mit den Hausaufgaben fertig seid", antwortete meine Mutter.

„Sag mal, hat Papa nicht auch eine Pistole?", fragte ich vorsichtig.

„Ja, eine Pistole hat er auch."

„Wieso schießt er nie damit?", fragte ich weiter.

„Ich bin da wirklich kein Experte, er sagte aber mal, dass das mit der Pistole keinen Spaß macht. Die soll viel zu ungenau sein. Das solltest du dir aber besser von ihm erklären lassen."

„Dürfen wir damit auch mal schießen?"

„Auch diese Frage kann ich dir nicht beantworten. Er sollte aber in etwa einer Stunde wieder hier sein."

Mit einem einfachen „Danke" beendete ich das Gespräch und senkte meinen Kopf wieder in das Religionsbuch. Ich hatte eine Stunde Zeit, bis dahin musste ich mit den Hausaufgaben fertig sein.


Nach etwas mehr als einer Stunde kam mein Vater nach Hause. Ich hatte meine Hausaufgaben bereits seit etwa zwanzig Minuten erledigt und wartete auf meinen Vater. Eine Zeit voller Zweifel. Ich war mir nicht sicher, ob ich die Pistole kaputtgemacht hatte. In dem Fall sollte ich besser nicht Papa danach fragen, mit der Pistole schießen zu dürfen. Wenn ich nicht fragen würde, dann würde die Pistole wahrscheinlich auch noch für die nächsten Jahre unbemerkt in der Schublade liegen. Aber meine Neugierde war zu groß.

Auch Nils hatte seine Hausaufgaben bereits fertig, und somit warteten wir gemeinsam auf unseren Vater.

„Hallo, Papa. Dürfen wir im Garten schießen?", fragte ich meinen Vater, als dieser durch die Haustür kam.

„Hallo, Lukas. Lass mich doch erst einmal reinkommen", entgegnete mein Vater, legte seinen Schlüsselbund ab, zog seine Jacke aus und sah mir dann ins Gesicht.

„Wenn ihr mir versprecht, dass ihr vorsichtig seid, dann ja."

Ich ging nicht weiter auf die versteckte Frage, ob wir vorsichtig sein würden, ein. Das verstand sich von selbst! Zumindest im Rahmen meiner Möglichkeiten.

„Dürfen wir auch mit der Pistole schießen?", fragte ich.

„Wenn ihr das wollt, dann könnt ihr auch das machen, die muss ich euch aber zuerst erklären. Es ist nicht ganz einfach, damit zu schießen", antwortete mein Vater. Dabei sah er mir nicht in die Augen, sondern fixierte eine tiefere Stelle. Ich wurde mir schlagartig wieder meiner leicht geschwollenen Lippe bewusst.

Mein Vater hob seine rechte Hand und fuhr mir mit dem Daumen über meine Lippe.

„Na, was hast du denn gemacht?", wollte er wissen.

„Das war nichts. Dürfen wir?", fragte ich erneut mit Nachdruck.

„Seid ihr denn mit den Hausaufgaben fertig?"

„Ja", antworteten Nils, der sich in der Zwischenzeit neben mich gestellt hatte, und ich gleichzeitig.

„Na, dann werde ich das Gewehr und die Pistole mal holen", kündigte mein Vater an und ging zum Schlafzimmer. Nach kurzer Zeit kam er zur Haustür zurück, in der linken Hand das

Luftgewehr mit einigen Zielscheiben und in der rechten Hand die Luftpistole mit einer kleinen Blechdose und einer kleinen Schachtel.

In der Blechdose waren die kleinen Eierbecher für das Luftgewehr, und in der Pappschachtel vermutete ich die Kugeln für die Luftpistole.

Gemeinsam gingen wir in den Garten hinter dem Haus.

Nils interessierte sich nicht für die Pistole und war froh darüber, dass er das Gewehr nicht mit mir teilen musste. Er nahm eine der Zielscheiben, die Dose mit den Eierbechern und ging zum nahegelegenen Komposter. Im Holz des Komposters hatten Nils und ich vor einiger Zeit einen Nagel geschlagen, an dem Nils jetzt die Zielscheibe befestigte. Dann ging er etwa zehn Meter zurück, hockte sich auf den Rasen und spannte das Luftgewehr.

Ich setzte mich rechts von meinem Vater auf die Kante der Terrasse. Diese lag etwa dreißig Zentimeter höher als der Rasen und eignete sich somit auch als Sitzgelegenheit. Mein Vater legte die Schachtel mit den Kugeln zwischen uns und zeigte mir die Pistole.

„Bei der Pistole musst du einiges mehr beachten als bei dem Gewehr“, begann mein Vater zu erklären. „Wenn du die Pistole in der rechten Hand hältst und diese Taste steht vor,“ dabei zeigte er auf die kleine runde Taste, die sich über dem Abzug befand, „dann ist sie gesichert. Jetzt ist sie also nicht gesichert.“ Er drehte die Pistole und drückte die Taste von der anderen Seite zurück in die gesicherte Position.

„Um laden zu können, musst du das kurze Stück des Laufes herausklappen. Das geht recht schwer, aber wenn du den Lauf oder besser diesen Punkt“, dabei zeigte er auf den kleinen

Knauf an der Spitze des Laufes, knapp unterhalb der Mündung, „gegen etwas drückst, geht es leichter." Dann drückte er die Pistole gegen die Steine auf unserer Terrasse. Der Lauf öffnete sich, und erneut sah ich die rechteckige Röhre.

Das erklärte die Gebrauchsspuren an dem Punkt.

„Wenn du mit den Kugeln schießen möchtest, dann kommen die hier in diese rechteckige Öffnung. Möchtest du mit den Diabolos schie…"

„Mit was?", unterbrach ich meinen Vater. Dieser rollte kurz mit den Augen und fing seinen Satz erneut an. „Möchtest du hingegen mit den *Eierbechern* schießen, so kommen die hier rein", dabei zeigte er auf die kleine runde Öffnung unter dem Magazin für die Kugeln.

Nils und ich nannten die Munition für das Luftgewehr immer ‚Eierbecher', weil sie exakt wie winzige Eierbecher aussahen.

Mein Vater drehte die Pistole so, dass ich sie von der Seite sehen konnte. „Wenn die Kugel hier eingelegt wird, dann siehst du ja, wie kurz der Lauf, in dem die Kugel ihre Richtung bekommt, in Wirklichkeit ist. Die Pistole ist so groß, damit man sie spannen kann. Dadurch, dass der Lauf aber so kurz und nicht gezogen ist, ist es sehr schwer, damit auch nur irgendetwas zu treffen. Das ist nicht wie bei dem Gewehr. Du weißt, was ein gezogener Lauf ist?" Dabei sah mich mein Vater fragend an.

„In dem Lauf sind Rillen, die den Eierbecher beim Schuss in Rotation um die eigene Achse versetzen", antwortete ich nicht ohne Stolz auf mein Wissen.

„Richtig. Kleinste Macken an dem Projektil würden sonst dafür sorgen, dass es abgelenkt wird. Durch die Rotation wirkt sich die Macke aber mal in die eine Richtung und mal in die andere Richtung aus. Der Lauf dieser Pistole ist nicht gezogen. Das würde bei den runden Kugeln auch keinen Sinn machen."

„Wie spannt man die Pistole denn?", fragte ich neugierig.

„Indem du den Schlitten nach hinten ziehst." Dabei zeigte er auf den Schlitten am hinteren Teil des Laufes. „Wenn beim Spannen Kugeln im Magazin sind und du die Pistole dabei nach oben hältst, dann rutscht eine der Kugeln automatisch in den Lauf. Möchtest du mit den Eierbechern schießen, dann sollte das Magazin aber vorher leer sein."

Mein Vater klappte den Lauf wieder ein, hob die Pistole leicht an, legte seine linke Hand auf den Schlitten und zog daran. Der Schlitten bewegte sich wenige Zentimeter, doch dann stoppte mein Vater mitten in der Bewegung. Er sah kurz fragend auf den Schlitten und drückte diesen dann in die Ausgangsposition zurück. Er schien einen kleinen Augenblick nachzudenken. Ich spürte, wie mein Herz klopfte und wie meine rechte Hand anfing, die Fläche zwischen dem Daumen und dem Zeigefinger meiner linken Hand zu massieren. Hatte er etwas gemerkt? War die Pistole kaputt?

„Einen Moment mal eben. Es geht gleich weiter", sagte mein Vater, ohne mich dabei anzusehen. Dann drückte er die Taste zur Sicherung der Pistole zurück, hob die Pistole in Richtung Schuppenwand und betätigte den Abzug.

„Peng!"

Wir hörten, wie eine Kugel an der Schuppenwand aufschlug. Mein Vater senkte die Pistole wieder und drückte die Taste zur Sicherung der Pistole.

„Die Pistole war geladen und entsichert, als ich sie aus dem Nachtschrank geholt habe", stellte mein Vater emotionslost fest und sah dabei die Pistole an. „Ein leichter Druck am Abzug hätte gereicht, um einen Schuss auszulösen."

Unweigerlich musste ich daran denken, wo die Pistole in dem Zustand gesteckt hatte. In dem Augenblick muss ich etwas blass geworden sein.

„Ist dir nicht gut?", fragte mein Vater, sah dabei aber auf die Pistole. „Ihr wisst, dass ihr mit uns über alles reden könnt, oder?"

Ich antwortete nicht.

„Es gibt kaum etwas, das wir euch verbieten würden. Und wenn wir euch doch mal etwas verbieten, dann gibt es dafür gute Gründe. Ihr habt viele Freiheiten. Ich glaube aber, dass hier jemand zu weit gegangen ist." Bei diesen Worten wandte mein Vater seinen Blick von der Pistole ab und sah mich an. „Weißt du, … es gibt Dinge, bei denen sollten wir, deine Mutter oder ich, dabei sein, wenn ihr die macht. Wir wollen nicht dabei sein, um euch zu kontrollieren oder um euch zu maßregeln, sondern um auf euch aufzupassen. Manche Sachen sind zu gefährlich, als dass man sie, wenigstens beim ersten Mal, alleine machen könnte. Zu diesen Dingen gehört auch das Schießen mit dem Gewehr oder der Pistole. Ich würde es mir niemals verzeihen, wenn sich einer von euch, durch meine Fahrlässigkeit, verletzen würde. Verstehst du das?"

„Ja", antworte ich kurz und musste dabei an meine Experimente im Schuppen denken.

„Was meinst du, müssen wir Mama etwas davon erzählen, dass du in unserem Schlafzimmer warst, oder versprichst du mir so, dass du unsere Privatsphäre, und genau dazu gehört mein Nachtschrank, künftig genauso respektieren wirst wie wir die deine?", fragte mein Vater und sah mir dabei ins Gesicht.

„Wir müssen Mama nichts erzählen." Ich musste schlucken und ergänzte dann: „Ich verspreche, dass ich nicht an deinen oder Mamas Nachtschrank gehen werde." Als ich das sagte, da meinte ich das wirklich ernst. Dabei senkte ich meinen Blick auf meine Hände und sah, wie meine rechte Hand die Fläche zwischen den Daumen und dem Zeigefinger der linken Hand massierte.

Kurz überlegte ich, ob ich die Gelegenheit nutzen sollte, um ihn zu fragen, woher er den Orden hatte und was das für Krimskrams in seiner Schublade war. Er hatte aber gesagt, dass das zu seiner Privatsphäre gehörte. Diese Privatsphäre hatte ich aber gerade versprochen zu respektieren. Aus dem Grund fragte ich nicht und sagte auch nichts weiter.

*Heute frage ich mich, welche Folgen es wohl gehabt hätte, wenn ich beim Hineinstecken oder Herausziehen der Pistole aus meiner Hose versehentlich den Abzug betätigt hätte. In dem Fall hätte Nils dann eine Geschichte gehabt, die er hätte zum Besten geben können, wenn ich wieder mal die Geschichte erzählen würde, wie er gegen den Weidezaun gepinkelt hat.*

*Wahrscheinlich hätte eine Betätigung des Abzuges, langfristig betrachtet, wenigstens ein Menschenleben gekostet. Und damit meine ich nicht mein Leben oder das Leben meiner Kinder.*

*Wer hätte gedacht, dass ich etwa elf Monate später, wie durch ein Wunder, noch einen kleinen Bruder bekommen würde. Zufall? Schicksal? Ein geplatztes Kondom, wie meine Eltern sagten? Oder doch nur eine Aneinanderreihung von Vorkommnissen? Das wird wahrscheinlich für immer, oder jedenfalls bis zur Veröffentlichung dieses Buches, ungeklärt bleiben.*

Nachdem ich das Versprechen abgegeben hatte, strich mir mein Vater durch das Haar und sagte: „Magst du mir noch sagen, wo du die dicke Lippe her hast, oder ist das deine Privatsache? Es sieht fast so aus, als ob du dich geprügelt hättest."

„Hast du dich damals, als du so alt warst wie ich, mit anderen geprügelt?", entgegnete ich und witterte eine Gelegenheit, einige meiner offenen Fragen beantwortet zu bekommen.

„Mit meinen Brüdern habe ich mich mehrfach geprügelt. Ich war der jüngste, wie du sicherlich weißt. Irgendwann haben aber auch meine Brüder gemerkt, dass ich mich wehre und dass auch sie einstecken müssen, wenn sie mich ärgern. Nach dieser Erkenntnis kamen wir wunderbar miteinander aus", erzählte mein Vater.

„Und in der Schule?"

Es entstand eine kurze Pause, in der mein Vater nachzudenken schien. Dabei sah er mich nicht mehr an. Sein Blick schien gedankenversunken umherzuschweifen.

„Das Leben ist nicht immer einfach. Das wirst du auch schon festgestellt haben", erklärte er. „Wenn man immer nur klein beigibt und sich nicht irgendwann wehrt, dann hören gewisse Sachen nie auf."

„Hattest du dabei keine Angst, als du dich gewehrt hast?", fragte ich.

„Natürlich hatte ich Angst. Aber irgendwann war die Wut und der Hass in mir so stark, dass mir das egal war. Es ist wichtig, dass man sich wehrt, wenn einem Unrecht geschieht, und das gilt für alle Lebenslagen. Es muss nicht immer gleich in einer Schlägerei enden, aber wenn dein Gegenüber nicht zur Deeskalation beiträgt, dann muss auch diese Option in Betracht gezogen werden. Wenn es dann doch die Schlägerei ist, dann ist am Ende eigentlich unwichtig, wer mehr Prügel bezogen hat. Dein Gegenüber hat auch eingesteckt und wird sich beim nächsten Mal genau überlegen, ob er sich erneut mit dir anlegt.

Er weiß dann, dass auch er am Ende einstecken muss. Ein, zwei gezielte und kräftige Treffer reichen da schon. Ganz besonders, wenn man beim ersten Schlag die Nase trifft."

„Aber bekommt man dann nicht Riesenärger?", fragte ich.

„Das ist der Nachteil dabei. Deshalb sollte man, bevor man sich körperlich zur Wehr setzt, auch immer die Alternativen abwägen. Richtig Probleme bekommst du nur, wenn du derjenige bist, der anfängt. Verteidigst du dich hingegen, weil dein Gegner zuerst geschlagen hat, dann hält sich der Ärger in Grenzen. Witzig ist aber auch das nicht."

Bei den Worten nahm er seine rechte Hand von der Pistole, die er jetzt am Lauf mit der linken Hand hielt.

„Wenn man sich nicht irgendwann wehrt und es immer weiter geht, dann tut es irgendwann hier weh." Bei diesen Worten tippte mir mein Vater mit dem Zeigefinger der rechten Hand auf Höhe des Herzens auf meine Brust. „Dieser Schmerz ist um ein Vielfaches schlimmer als jedes blaue Auge oder eine gebrochene Nase."

Im Anschluss hob er seine Hand und strich mir erneut mit dem Daumen über die Lippe.

„Ist das von einem deiner Klassenkameraden?", fragte mein Vater.

„Ja, aber sag bitte Mama nichts davon."

„Die hat das noch nicht gesehen?", fragte er leise lachend.

„Nein."

„Möchtest du darüber reden?"


Wieder entstand ein kleiner Augenblick der Stille, in der man nur das Vogelgezwitscher aus den umliegenden Bäumen und einen Schuss aus dem Luftgewehr von Nils hörte.

Ich überlegte, was ich meinem Vater erzählen sollte. Wenn ich ihm erzählte, dass Tom und seine Freunde mir am Fahrradstand aufgelauert hatten, dann würde er wissen wollen, wieso sie da auf mich gewartet hatten. Dann würde ich auch sagen müssen, dass ich Tom den Nagel in die Wade gerammt hatte, und dann würde er wiederum fragen, wieso ich denn einen Nagel mit in die Schule genommen hätte.

Ich konnte ihm aber unmöglich erzählen, dass ich den Nagel als Auslöser für die ‚Arschgranate‘ benötigte. Dann würde er auch dahinterkommen, was ich im Schuppen gemacht hatte und wie das Loch in die Decke gekommen war. Gerade nach der Ansprache eben, sollte ich die Explosion im Schuppen besser unerwähnt lassen.

Tom hatte gesagt, dass wir jetzt quitt wären. Wenn ich aber erzählen würde, dass er mich verprügelt hatte, dann wäre die Rechnung wieder offen. Ich hatte die Hoffnung, dass Tom mich jetzt, da wir quitt waren, in Ruhe lassen würde.

„Ich kann da nicht drüber reden. Noch nicht. Verstehst du das?“, raunte ich leise und wendete dabei meinen Blick ab. Bei den Worten konnte ich meinem Vater nicht in die Augen sehen.

„Natürlich verstehe ich das. Wenn du reden möchtest, wann auch immer das sein wird, sind wir für dich da. Man muss nicht alle Probleme alleine bewältigen. Manchmal ist es recht hilfreich, wenn man sich Hilfe holt, auch wenn andere genau das als Schwäche sehen würden. Aber genau dafür ist Familie da, und genau dafür sind Freunde da. Du bist nicht alleine, Lukas!“, endete mein Vater und sah wieder auf die Pistole.

Ich liebte meinen Vater für diese Worte. Diese Worte gaben Hoffnung, Schutz und einen Ausweg.

„Der Ablauf beim Zielen ist genau wie bei dem Gewehr. Das Korn in der Kimme fixieren und darauf achten, dass die Lichthöfe auf beiden Seiten des Kornes gleich groß sind." Dabei zeigte er zuerst auf die Kimme und dann auf das Korn am Ende des Laufes. „Mit der rechten Hand hältst du den Griff und die linke Hand umschließt die linke Seite des Griffes. Den Daumen legst du neben die Pistole, nicht über deine rechte Hand."

Seine rechte Hand umklammerte den Griff, der Zeigefinger stützte sich am Bügel, der den Abzug umgab, ab. Dann führte er auch seine linke Hand an die Pistole und schloss auch diese um den Griff. Danach streckte er seine beiden Hände und zielte auf einen der Bäume gegenüber der Terrasse.

„Wie das mit dem Zielen geht, das weißt du ja schon. Achte aber auch bei der Pistole darauf, dass im Umkreis des Zieles niemand ist und die Kugel nicht unkontrolliert irgendwo hinfliegen kann. Es wäre nicht gut, wenn du die Zielscheibe an einer Hecke aufhängst, während hinter der Hecke ein Auto parkt", erklärte mein Vater und sah mich dabei mit einem Grinsen im Gesicht an. „Wie auch bei dem Gewehr solltest du immer gegen eine feste Wand schießen. Ist klar, oder?"

„Ja, ja …", bestätigte ich ebenfalls mit einem Grinsen im Gesicht. Ich vermutete, dass mein Vater in diesem Bereich bereits praktische Erfahrungen sammeln durfte.

„So, jetzt bist du dran." Mit diesen Worten übergab mir mein Vater die Pistole. Langsam schloss ich meine rechte Hand um den Griff der Pistole. Dann ließ mein Vater den Lauf der Pistole los und ich spürte erneut das Gewicht der Waffe. Ich konnte mir nicht vorstellen, dass ich sie am ausgestrecktem

Arm, auch wenn ich den linken Arm als Unterstützung mitverwendete, ruhig halten konnte.

„Und jetzt?“, fragte ich.

„Die Pistole ist jetzt gesichert. Nachdem du geschossen hast, solltest du sie auch immer wieder sichern. Das solltest du dir angewöhnen. Das könnte sonst irgendwann richtig wehtun. Jetzt hebst du die rechte Hand leicht an und ziehst den Schlitten oben auf der Pistole nach hinten, bis es nicht mehr weiter geht“, erklärte er mir die nächsten Schritte.

„Und dann?“, fragte ich.

„Mach erst einmal das“, forderte er mich auf. Ich hob die Pistole mit der rechten Hand und zog den Schlitten mit der linken Hand nach hinten, bis ich ein leises Klicken hörte. Dann ließ ich den Schlitten los und sah meinen Vater fragend an.

„Die Pistole ist jetzt gespannt. Wenn du jetzt die Pistole entsicherst und den Abzug betätigst, dann schnellt der Schlitten wieder zurück und die Kugel schießt raus, aber nicht mit der gesamten Kraft der Pistole. Und wenn du deine Finger dabei versehentlich zwischen den Schlitten und der Pistole bekommst, dann ist dein Finger vermutlich gebrochen. Aus dem Grund immer darauf achten, dass die Pistole gesichert ist! Wir müssen den Schlitten jetzt, damit es etwas weniger gefährlich ist, wieder zurückdrücken. Bei dieser Pistole ist das nicht so einfach. Die klemmt etwas. Also wieder den Lauf auf dem Boden anlegen und mit dem Handballen hinten auf den Schlitten schlagen.“

Ich tat, wie mir geheißen wurde. Mein erster Schlag mit dem Handballen gegen den Schlitten war nicht stark genug. Nach dem zweiten, stärkeren Schlag löste sich der Schlitten allerdings und ließ sich dann in die Ausgangsstellung zurückschieben.

„Sehr schön. Jetzt such dir ein Ziel aus, stell dich richtig hin und visier das Ziel mit der Pistole an! Erst dann solltest du die Pistole entsichern."

Ich stand auf und sah mich nach einem brauchbaren Ziel um.

„Darf ich auf die Wand vom Schuppen schießen?"

„Nur zu! Aber versuch, nicht allzu dicht neben das Fenster zu zielen!"

Ich stellte den rechten Fuß nach vorne, hob die Pistole und richtete diese zur Schuppenwand aus. Dann drückte ich die Taste auf der linken Seite der Pistole und entsicherte sie damit. Ich richtete Kimme und Korn aus und zielte auf ein Brett in der Schuppenwand.

„Peng!"

Wieder hörte ich, wie eine Kugel auf der Holzwand des Schuppens aufschlug.

„Sehr schön", lobte mein Vater. „Wenn du mit der Pistole die Zielscheibe treffen möchtest, dann solltest du dich deutlich mehr konzentrieren und den Arm ruhiger halten. Und denk an die Atmung!"

„Ja, mache ich. Darf ich die Zielscheibe an die Schuppenwand hängen?", fragte ich.

„Ja, mach das! Du hast aber gerade eine wichtige Sache vergessen."

Ich sah die Pistole an und überlegte, was ich vergessen haben könnte. Ganz so viel gab es da ja schließlich nicht, was man vergessen könnte. Nachdem ich ihm keine Antwort geben konnte, löste mein Vater das Rätsel auf, indem er zu mir kam und auf die Taste zur Sicherung der Pistole zeigte.

„Nach jedem Schuss musst du die Pistole sofort wieder sichern. Auch wenn sie in dem Moment nicht gespannt ist. Der ganze Ablauf, vom Spannen, über das Zielen, bis hin zum

Absetzen und Sichern sollte ein Automatismus sein. Da darfst du gar nicht mehr drüber nachdenken. Das wird einfach immer wieder gemacht. Verstanden?"

„Ja", sagte ich und sicherte die Pistole.

„Na dann, viel Spaß! Ich werde mir mal die Zeitung holen und mich damit auf die Terrasse setzen. Du bist bitte vorsichtig mit der Pistole!"

„Ja", entgegnete ich.

Mein Vater stand auf und ging, da die Terrassentür noch verschlossen war, um das Haus herum zur Haustür. Ich schnappte mir eine der Zielscheiben und ging damit zum Schuppen.

An der Schuppenwand lagerte für gewöhnlich das Brennholz für unseren Kachelofen. Jetzt im Sommer war von dem Feuerholz, das Nils und ich im vorletzten Jahr hier aufstapeln hatten müssen, nicht mehr so viel da. Wenn überhaupt, dann lagerte hier nur noch ein Drittel der ursprünglichen Menge.

An der Stelle, an der das Feuerholz im letzten Winter abgetragen worden war, lehnte die Schubkarre an der Schuppenwand. Mit dieser Schubkarre haben wir beim Rasenmähen immer das Schnittgut zum Komposter geschoben. Die Ladefläche zeigte zur Wand und die Griffe lehnten auf Brusthöhe an der Schuppenwand. Einen Nagel, an dem ich die Zielscheibe hätte befestigen können, konnte ich an dieser Wand nicht finden. Der Druck vom Griff der Schubkarre an der Schuppenwand sollte aber ausreichen, um die Zielscheibe zu halten. Ich klemmte die Zielscheibe zwischen den Griff der Schubkarre und die Schuppenwand und ging im Anschluss etwa fünf Meter von der Wand weg. Hier angekommen, spannte ich die Pistole erneut.

Meine rechte Hand umklammerte den Griff, die linke Hand unterstützte die rechte Hand. Ich richtete die Pistole am ausgestreckten Arm in Richtung Zielscheibe, hob sie so, dass der Lauf auf eine Stelle über der Zielscheibe zeigte und entsicherte. Dann fokussierte ich mit dem rechten Auge das Korn, richtete Kimme und Korn aus und ließ die Schusswaffe langsam sinken.

Diesen Ablauf hatte unser Vater Nils und mir beim Schießen mit dem Luftgewehr immer wieder eingeprägt. Bis wir dann die Zielscheibe mehrfach im Zentrum getroffen hatten.

Die Zielscheibe tauchte hinter dem Korn auf. Ich korrigierte die Richtung etwas, sodass ich exakt die Mitte der Scheibe anvisierte und fokussierte wieder die Kimme und das Korn. Die Lichthöfe rechts und links neben dem Korn waren zeitweise sogar gleich groß. Ich atmete ruhig und flach. Das Gewicht der Pistole machte sich in meinen Armen bemerkbar. Das Zentrum der Zielscheibe lag jetzt knapp unter Kimme und Korn. Ich betätigte den Abzug, bis ich den Druckpunkt erreicht hatte. Die Geschwindigkeit, mit der ich die Pistole absinken ließ, wurde noch langsamer. Jetzt ließ ich die Pistole nur noch durch ein langgezogenes Ausatmen absenken, bis das Zentrum der Scheibe exakt hinter Kimme und Korn lag. Ich stoppte das Ausatmen und fing an, in Gedanken zu zählen.

‚21‘ Ich erhöhte langsam den Druck auf den Abzug.

‚22‘

‚23‘ … *Peng!*

Dann erst senkte ich die Pistole in Richtung Boden. Meine Muskeln an den Schultern brannten und auch meine untere Rippe auf der rechten Seite spürte ich wieder. Dennoch war ich mir sicher, dass ich die Scheibe gut getroffen haben musste.

Ich drückte die Taste zur Sicherung der Pistole und ging zur Zielscheibe.

Ich hatte die Zielscheibe nur am rechten, unteren Außenrand getroffen. Das konnte nicht sein! Hatte ich beim Zielen so stark gewackelt?

Das Loch auf der Zielscheibe war gut zu erkennen. Ich hob die Zielscheibe leicht an und suchte nach einer Delle, die durch den Schuss an der Holzwand entstanden sein musste. Hier konnte ich nur eine kleine Delle finden. Auch das wunderte mich. War die Pistole so viel schwächer als das Luftgewehr? Wenn wir mit dem Luftgewehr auf eine Holzwand, wie die vom Komposter, geschossen hatten, dann klebten die Eierbecher danach zum Teil noch in der Holzwand.

Ich sah zu Nils, der sich gerade lang auf den Bauch auf den Rasen gelegt hatte und im Liegen seine Zielscheibe am Komposter anvisierte. Auch er ließ sich Zeit beim Zielen. Dann löste sich der Schuss und am Komposter schlug einer der Eierbecher auf. Auch von weitem konnte ich erkennen, dass Nils das Zentrum der Zielscheibe schon einige Male getroffen haben musste.

Ich ging zurück zu der Position, aus der ich den ersten Schuss abgegeben hatte, spannte die Pistole erneut und legte auf die Zielscheibe an.

Bei diesem Schuss wollte ich den Ablauf des Zielens etwas beschleunigen, damit ich die schwere Pistole nicht so lange halten musste. Ich vermutete, dass meine Muskeln aufgrund der Überanstrengung bereits angefangen hatten zu zittern.

Ansonsten war der Ablauf genau der Gleiche, wie bei dem vorherigen Schuss. Auch bei diesem Mal spürte ich wieder meine Rippe. Nachdem sich der Schuss gelöst hatte, senkte und sicherte ich die Pistole wieder. Auch nach diesem Schuss war ich mir sicher, dass ich die Scheibe gut getroffen haben musste. Voller Neugierde ging ich zu der Zielscheibe und suchte nach dem neuen Loch.

Bei diesem Schuss hatte ich einen der äußeren Ringe auf der linken unteren Seite getroffen. Wieder war ich von dem Ergebnis enttäuscht. Wäre die Kimme nicht richtig eingestellt gewesen, so hätte auch dieser Schuss nach rechts ziehen müssen. An der Einstellung von Kimme und Korn konnte es also nicht gelegen haben, sofern man das nach zwei Schüssen überhaupt schon beurteilen konnte. Ich hätte mir auch nicht vorstellen können, dass mein Vater etwas hatte, was nicht perfekt eingestellt war. Eventuell hätte man an der Höhe von der Kimme noch etwas einstellen können, schließlich waren beide Schüsse zu tief gegangen. Dass beide Schüsse die Scheibe zu tief getroffen hatten, konnte aber auch daran gelegen haben, dass die Pistole so schwer war und ich die Höhe einfach nicht mehr hatte halten können. Oder der Schmerz an meiner Rippe hatte mich abgelenkt. In der Wand konnte ich auch bei diesem Schuss nur eine kleine Delle in der Holzwand finden.

Scheinbar war die Pistole in Präzision und Stärke nicht mit dem Luftgewehr zu vergleichen. Ich musste herausfinden, welchen Schaden die Pistole wirklich anrichten konnte. Ich musste ein Ziel suchen, das ähnliche Eigenschaften wie ein Oberschenkel hatte.

Ich sah mich nach einem neuen Ziel um. Mein Blick fiel auf den Reifen der Schubkarre. Mit der linken Hand prüfte ich, wie fest der Reifen aufgepumpt war. Der schwarze Reifen war warm und ließ sich etwas eindrücken. Wie bei einem Oberschenkel. Ich hatte ein Ziel gefunden. Erneut sah ich zur Terrasse, um mich zu vergewissern, dass mein Vater noch nicht wieder da war. Die Tür der Terrasse war noch geschlossen,

Nils lag immer noch bäuchlings auf dem Rasen und hatte erneut auf die Scheibe am Komposter angelegt. Auch er konnte nicht sehen, was ich jetzt machen würde.

Ich ging wieder zurück zu der Position, aus der ich die zwei Schüsse auf die Zielscheibe abgegeben hatte, und spannte die Pistole erneut. Dann richtete ich die Waffe auf den Reifen der Schubkarre aus und entsicherte sie. Um den Reifen aus dieser Entfernung zu treffen, musste ich nicht zielen. Ich rechnete damit, dass der Reifen nach dem Schuss ein Loch haben würde – dass konnte ich aber dann damit erklären, dass scheinbar jemand bei der letzten Nutzung der Schubkarre über einen Nagel gefahren sein musste.

Ein Loch im Reifen der Schubkarre war zumindest zu der Zeit, da Nils und ich unsere Holzhütte gebaut hatten, keine Seltenheit gewesen. Am Anfang waren wir nicht sonderlich sorgsam im Umgang mit den Nägeln gewesen. Und so landete eben der eine oder andere am Ende im Reifen der Schubkarre. Das hatte dann dazu geführt, dass Nils und ich für einen Nachmittag dazu verdonnert worden waren, den Platz bei den Holzhütten aufzuräumen und alle Nägel zusammenzusuchen.

Ich senkte die Pistole, und das Zentrum des Reifens tauchte hinter Kimme und Korn auf. Dann betätigte ich den Abzug.

„Peng!"

„Ssssuuuuu!"

Mit einem hellen Surren flog die Kugel etwa einen Meter an meinem Kopf vorbei. Mein Puls stieg schlagartig wieder an. Der Reifen war nicht geplatzt! Die Kugel hatte kein Loch in die Reifenwand geschossen. Die Kugel war einfach nur von dem Reifen zurückgeprallt und hatte mich nur haarscharf verfehlt!

Damit hatte ich nicht gerechnet.

Ich sah zur Terrasse, um zu sehen, ob mein Vater etwas von diesem Versuch mitbekommen hatte. Die Terrassentür zum Wohnzimmer war noch geschlossen. Ich war erleichtert. Ich ging zu dem Reifen und untersuchte die Stelle, an der die Kugel den Reifen getroffen haben musste. Hier war nichts zu sehen. Erst jetzt betätigte ich die Taste zur Sicherung.

Kurz nach dem Schuss auf den Reifen öffnete sich die Terrassentür und mein Vater trat, mit einer Zeitung unter dem Arm, hinaus. Er sah kurz zu Nils und zu mir, setzte sich auf einen der Stühle und fing an, die Zeitung zu lesen.


Wir waren bis zum Abendessen draußen schießen. Mit der Zeit wurde auch meine Treffsicherheit mit der Pistole besser. Mit der Präzision des Gewehres konnte die Pistole aber trotzdem nicht mithalten.

Ich hatte mir vor einigen Jahren mal eine Zwille gebaut, mit der ich kleine Steine verschossen hatte. Ich war mir sicher, dass, wenn ich mit der Zwille auf den Reifen oder auf die Schuppenwand geschossen hätte, der Schuss hier einen deutlich sichtbareren Abdruck hinterlassen hätte.


Zur Selbstverteidigung eignete sich die Pistole also nicht. Wenn ich sie in Gegenwart von Herrn Müller oder Tom gezogen hätte, so hätte das zwar mit Sicherheit trotzdem für einen Schockmoment bei den beiden gesorgt, sobald ich aber den ersten Schuss abgeheben hätte und dieser lediglich für einen kleinen blauen Fleck gesorgt hätte, wäre dieser Schockmoment auch schon wieder vorbei gewesen und ich hätte ein riesiges Problem gehabt.

Bei Tom war ich mir sicher, dass er mir die Pistole weggenommen hätte. Dann hätten seine beiden Freunde mich festgehalten und Tom hätte mir dann in aller Ruhe dutzende kleine blaue Flecke verpasst. Über den ganzen Körper verteilt.

Was Herr Müller machen würde, das wollte ich mir nicht vorstellen. In beiden Fällen hätte ich die Pistole nie wieder gesehen. Da hätte ich besser mit einer Wasserpistole auf Herrn Müller und auf Tom schießen können.

Ich hatte mir Gedanken darüber gemacht, ob ich mich, als ich bei dem Fahrradunterstand von Tom verprügelt wurde, hätte wehren sollen. Ich hatte mich gefragt, ob ich in dem Fall bestraft worden wäre. Ich war mir zudem sicher, dass ich, wenn ich mit dieser Pistole auf einen der beiden schießen würde, erheblichen Ärger bekommen würde. Und somit begrub ich diese Idee mit der Pistole wieder.

Eventuell könnte ich mit der Pistole aber das Auto von Herrn Müller aus sicherer Entfernung mit einer Golfballoberfläche versehen. Überall kleine, runde Vertiefungen im Blech. Das sollte ja auch gut sein für die Aerodynamik. Zumindest war das wohl bei einem Golfball der Fall, denn wozu sonst sahen die so aus?

Den Nagel hatte Tom vorhin weggeworfen. Vor dem Abendessen ging ich daher in den Schuppen, nahm mir einen weiteren aus der Packung und steckte ihn in meinen Schulranzen.

Mein Vater hatte gesagt, dass ein oder zwei gezielte und kräftige Treffer ausreichen würden, damit er von mir ablässt. Ein oder zwei Schläge würden ausreichen, damit auch Tom realisierte, dass auch er einstecken müsste, wenn er mich angriff oder ärgerte. Zielen konnte ich. Zumindest war das mit der

Zwille, mit dem Blasrohr und dem Luftgewehr immer so gewesen. Ich dachte, dass das mit der Faust ja nicht viel anders sein konnte. In jedem Fall würde es nicht schaden, wenn ich das Zielen mit der Faust mal mit meiner Matratze üben würde. Dann fehlte mir da noch die Kraft, um richtig zuschlagen zu können.

An diesem Abend beschloss ich, vor dem Zubettgehen Liegestütze zu machen. Jeden Abend so viele, wie ich konnte. Bis ich es nicht mehr schaffte, mich hochzudrücken, und die Muskeln brannten.

# DER ABSTURZ

*Lukas:* Dienstag


Auch wenn ich keine Angst mehr vor Tom haben musste, da wir quitt waren, drohte dieser Dienstag zu einem der schwärzesten Tage meines bisherigen Lebens zu werden. Ich hatte in der letzten Woche die Englischarbeit und die Bioarbeit schreiben müssen. Bei beiden Arbeiten rechnete ich mit sehr schlechten Noten.

Ich rechnete damit, dass sowohl Frau Weber als auch Herr Tönjes die Arbeiten über das Wochenende korrigiert hatten. In der vierten Stunde hatten wir heute Englisch und in der fünften Stunde Bio. Meine Angst vor diesem Tag war somit durchaus berechtigt.

Als sollte das noch nicht für einen wirklich schlechten Tag reichen, hatte ich zudem auch noch eine Doppelstunde Deutsch bei Herrn Müller. Alleine der Gedanke an Herrn Müller verursachte in mir eine Mischung aus Angst und Ekel.

Ich hatte die Nacht über kaum schlafen können, und als dann mein Wecker klingelte, hatte ich Bauchschmerzen. Bauchschmerzen waren aber nach Meinung meiner Mutter kein Grund, nicht zur Schule zu gehen.

Vielleicht war meine Angst vor der Bioarbeit aber ja auch unbegründet. Ein paar der Aufgaben hatte ich ja beantworten können. Vielleicht würde ich ja doch noch mit einem blauen Auge davonkommen.


Die erste Stunde verging ohne Zwischenfälle. Tom ließ mich in Ruhe. Dennoch bekam ich von der ersten Stunde nur sehr wenig mit. Dabei hatte mir Physik bei Frau Behrens früher immer viel Spaß gemacht.

Ich mochte das Fach Deutsch nicht. Ich hatte es noch nie gemocht. Durch Herrn Müller bekam dieses Fach aber seinen ganz besonderen negativen Reiz.

Um zu verhindern, dass mich Herr Müller erneut für meine Aufmerksamkeit loben konnte, sah ich ihn die zwei Stunden über nicht direkt an. Ich behielt ihn im Augenwinkel, um sicherstellen zu können, dass er mir nicht zu nahe kam, mehr aber auch nicht. Mehrfach spürte ich hingegen, wie er mich mit den Augen fixierte.

Er hatte einen neuen Pullover, mit höherem Kragen, an. Die Haare an seinem Nacken konnte man nicht mehr sehen. Ich stellte mir aber vor, wie sie verzweifelt versuchten, sich über den hohen Kragen in die Freiheit zu winden.

Als er in der zweiten Deutschstunde einmal durch den Klassenraum ging, kam er bis auf zwei Meter an meinen Platz heran. Ich war starr vor Angst und mein Puls raste. Dort stand er, gestikulierte mit seinen Händen, während er versuchte, irgendetwas zu erklären, und wandte mir immer wieder seinen Rücken zu. Der untere Saum seines Pullovers lag hier knapp über dem Bund seiner Hose.

Es wäre ein Leichtes gewesen, die Arschgranate hier in die Hose reinzustecken und zu zünden. Die Arschgranaten und der Nagel steckten in meinem Schulranzen zu meiner Linken. Ich müsste Herrn Müller nur ganz kurz aus den Augen lassen und mich zu meinem Schulranzen runterbeugen. Er war so dicht bei mir, ich hatte das Gefühl, dass ich seinen ekligen Schweiß riechen konnte! Ich konnte ihn jetzt nicht aus den Augen lassen!

Er kam nicht näher zu mir. Als er wieder vor der Tafel stand, holte ich den Nagel und die Arschgranate aus meinem

Schulranzen und legte diese nebeneinander, zwischen meinen Beinen, auf meinem Stuhl ab.

Ob ich mich wirklich trauen würde, sie zu benutzen, wusste ich nicht. Doch Herr Müller machte keinen weiteren Ausflug durch das Klassenzimmer, weswegen ich das wohl erst an einem anderen Tag herausfinden würde.


Nach einem weiteren Gong ließ Frau Weber nicht lange auf sich warten. Sie kam gut gelaunt in unser Klassenzimmer und verkündete, dass wir heute die Arbeit zurückbekommen würden. Meine Laune hingegen sackte allmählich auf ein Allzeittief.

Das änderte sich etwas, als Frau Weber sagte, dass die Arbeit mit zwei Ausrutschern erstaunlich gut ausgefallen sei. Sie schrieb den Notenspiegel an die Tafel. Es gab wenige Einsen, viele Zweien, viele Dreien, nur zwei Vieren und nur eine Fünf. Keine Sechs.

Auch wenn ich in den Sprachen wirklich nicht gut war, so gab es in dieser Klasse dennoch Schüler, die waren gerade in Englisch noch schlechter als ich. Mit diesem Gedanken im Hinterkopf hoffte ich darauf, dass ich vielleicht doch einige richtige Antworten gegeben hatte.

Frau Weber fing an, die Arbeit zu verteilen. Jedes Mal, wenn sie eine Arbeit übergeben hatte und den Namen der nächsten auf ihrem Stapel in ihrer Hand vorlas, stieg die Nervosität und die Angst in mir. Denn bei nahezu jeder Arbeit, die von Frau Weber übergeben wurde, folgte im Anschluss ein freudiges Jauchzen oder einfach nur ein ‚Ja!'. Eine Mischung aus Nervosität und Angst, das war ein Gefühl, welches ich bisher bei der Rückgabe von Arbeiten nicht kannte. Lediglich bei der Rückgabe von Diktaten war ich schon öfter ängstlich und nervös gewesen.

Wieder ging Frau Weber an mir vorbei, um eine weitere Arbeit an einen meiner Mitschüler zu vergeben. Wieder ein freudiges Lachen.

Hatte Frau Weber die Arbeiten so sortiert, dass die schlechten Arbeiten unten waren?

Ich hoffte, dass ich die nächste Arbeit bekommen würde. Wieder kam Frau Weber nicht zu mir. Selbst Tom und seine Freunde hatten ihre Arbeiten inzwischen zurückbekommen. Der Stapel in der Hand von Frau Weber wurde immer kleiner. Dann fixierte mich Frau Weber von der anderen Seite des Klassenraumes, wo sie gerade eine Arbeit übergeben hatte, mit ihrem Blick. Ich wusste, die nächste Arbeit war meine. Frau Weber kam mit schnellen Schritten auf mich zu, ich hatte aber dennoch das Gefühl, dass dieser Weg ewig lange dauern würde.

„Das war keine Glanzleistung von dir", meinte Frau Weber, als sie vor meinem Tisch stand und mir die Arbeit auf den Tisch legte. Es waren zwei Blätter, die jetzt oben links zusammengetackert waren. Der Aufgabenzettel, der obenauf lag, und mein Lösungszettel, der darunterlag. Ich brauchte das Aufgabenblatt nicht umzublättern. Unten rechts auf dem Aufgabenzettel stand neben der Unterschrift von Frau Weber eine 4-.

„Ich hoffe, du bist dir im Klaren darüber, dass das ein ganz dickes Minus ist", sagte Frau Weber anklagend.

Mir war das egal. Es war keine Fünf und es war auch keine Sechs. Es war eine 4-. Eine 4-, für die ich Frau Weber unendlich dankbar war. Eine 4- konnte ich meinen Eltern noch, ohne in Bedrängnis zu kommen, erklären. Meine Eltern waren sich darüber im Klaren, dass die Sprachen nicht zu meinen Stärken gehörten. Auch wenn ich keine Ahnung hatte, wie ich das mit der 4- geschafft hatte, ich war erleichtert.

Kurze Zeit später läutete der Gong die kurze Pause zwischen der vierten und der fünften Stunde ein. Mit dem Gong hatte uns Frau Weber noch mitgegeben, dass wir die Arbeit zur nächsten Englischstunde am Donnerstag, von unseren Eltern unterschrieben, wieder mitbringen sollten.

Hatte ich bei der Bioarbeit auch einige Zufallstreffer landen können? War meine Angst unbegründet gewesen?

Erneut hallte der Gong durch die Schule und läutete die fünfte Stunde ein.

Herr Tönjes hielt nichts davon, die Spannung bezüglich der Bioarbeit unnötig in die Länge zu ziehen. Unmittelbar nachdem er das Klassenzimmer betreten und uns begrüßt hatte, fing er an, die Arbeiten zu verteilen. Als Erstes kam Herr Tönjes mit dem Stapel der Arbeiten zu mir. Alle starrten mich an. Er legte mir die Arbeit verkehrt herum – die unbeschriebene Rückseite zeigte nach oben – auf den Tisch und sagte: „Lukas, du bleibst nach dem Unterricht bitte noch kurz hier."

Mehr sagte er nicht zu mir. Mein Herz sackte in die Hose. Ich fühlte jeden einzelnen meiner Herzschläge. Von meinem Umfeld bekam ich nichts mehr mit. Meine Aufmerksamkeit galt dieser Arbeit, die da vor mir auf dem Tisch lag. Das war ein Moment, in dem ich in einem Tunnel zu sein schien. Ein Tunnel zwischen mir und der Bioarbeit.

Langsam hob ich meine Hand und drehte die Arbeit um.

Unten rechts auf der beschriebenen Seite stand eine fett geschriebene 5-.

Ich war geschockt.

Eine 5- in Biologie war etwas anderes als eine 4- in Englisch. Selbst bei einer vier in Bio wären meine Eltern stutzig geworden und hätten sich gefragt, was an dem Tag mit mir los gewesen war. In den Fächern Mathe, Physik, Chemie und Biologie war ich bisher nie schlechter gewesen als 2-. Wie sollte ich da eine 5- erklären?

Ich brauchte einige Minuten, um mich von dem Schock zu erholen. Der Tunnel zwischen mir und der 5- bestand weiterhin.

Aber wieso sollte ich nach der Stunde noch hier bleiben? Was hatte er vor? Ich hatte doch nichts angestellt? Ich bekam wieder Angst. Meine Bauchschmerzen wurden stärker.

Auch von dieser Unterrichtsstunde bekam ich nichts mit. In meinen Gedanken spielten nur die 5- und das, was Herr Tönjes von mir nach der Stunde wollte, eine Rolle. An etwas anderes konnte ich nicht denken.

Um 11:55 Uhr ertönte der Gong zur erneuten Pause und meine Klassenkameraden standen auf, um in die Pause zu gehen. Ich blieb sitzen. Erst jetzt löste sich der Tunnel zwischen mir und der 5- langsam auf.

„Rebecca, lass die Tür bitte auf, wenn du rausgehst. Ich möchte mitbekommen, was auf dem Flur los ist."

Rebecca verließ als Letzte das Klassenzimmer und ließ die Tür weit offen stehen. Ich sah ihr beim Verlassen des Klassenzimmers nach. Als sie nach links in den Flur abbog und damit aus meinem Blickfeld verschwand, gab sie damit den Blick in Richtung der Bänke auf dem Flur frei. Auf einen der Bänke hatte Tom sich gesetzt. Er starrte mich an.

„Lukas, du hast dich verändert", startete Herr Tönjes seine Ausführungen.

Ich wandte meinen Blick wieder auf den Fußboden zwischen meinem Tisch und Herrn Tönjes.

„Du beteiligst dich überhaupt nicht mehr am Unterricht, und was du bei dieser Arbeit gezeigt hast …" An dieser Stelle unterbrach Herr Tönjes seinen Satz. Es hatte den Anschein, als ob er nach den richtigen Worten suchen würde. Dabei spitzte er seinen Mund und legte die Stirn in Falten. Dann schien er die richtigen Worte gefunden zu haben. „Das bist nicht du, Lukas! Du kannst viel mehr! Und ich bin auch nicht der Einzige, der das Gefühl hat, dass mit dir etwas nicht stimmt. Es gibt Lehrer, die berichten Ähnliches. Was ist los mit dir?"

Bei diesen Worten saß Herr Tönjes am Lehrerpult, hatte die linke Hand auf die rechte gelegt und sah mich eindringlich an. Ich hatte die Arme vor mir auf dem Tisch verschränkt und sah auf den Fußboden drei Meter vor mir. Auf meinem Tisch vor mir lag noch die 5-.

Ich sagte nichts. Ich wusste nicht, was ich jetzt hätte sagen können. Ich hätte ihm am letzten Freitag vor der Bio-Stunde alles sagen wollen. Wenn er mir zugehört hätte, dann hätte ich nicht aufgehört zu reden. Ich war verzweifelt, ich hatte Angst. Ich hätte ihm auch das von Herrn Müller erzählt. Aber er hat mich zurückgewiesen. Er hat keine Zeit gehabt!

Konnte ich jemandem wie ihm überhaupt erzählen, was mit mir los war? Konnte ich ihm sagen, was passiert war? Wie sollte ich wissen, ob ich ihm vertrauen konnte?

„Lukas, du warst immer einer der Besten in dieser Klasse, und jetzt das! Was ist los mit dir?", fragte Herr Tönjes eindringlich und stand von seinem Stuhl auf.

Ich antwortete nicht und sah stur auf meine Arbeit vor mir. In meinem Bauch sammelte sich eine nahezu unendliche Wut auf Herrn Tönjes.

„Also gut! Du schaltest auf stur. Stur kann ich auch. Da müssen wir den Druck wohl noch etwas erhöhen. Am Freitag haben wir die nächste Biologiestunde. Ich möchte, dass du deinen Eltern diese Arbeit vorlegst und diese unterschreiben lässt. Am Freitag will ich dann natürlich die Unterschrift sehen. Ich gehe davon aus, dass sich deine Eltern im Anschluss bei mir melden werden. Erst recht, wenn sie sehen, dass du so gut wie nichts geschrieben hast. Bei einem gemeinsamen Termin mit deinen Eltern, deinem Klassenlehrer Herr Müller und uns beiden, werden wir dann mal ergründen, wieso so du dich so verändert hast.“

Nach diesen Worten nahm Herr Tönjes seine Tasche und verließ ohne ein weiteres Wort das Klassenzimmer.


Mir wurde schlecht. Ich hatte das Gefühl, mich übergeben zu müssen. Ich stand auf, rannte die Treppe herunter zu den Toiletten, brach dort zusammen und spie vor die erste Kabinentür. Ich hatte es nicht mehr bis zur Toilette geschafft.

Ich war alleine.

Hier war niemand, der mir den Kopf hielt, während ich mich übergab. Hier war niemand, der mir ein Taschentuch reichte, damit ich mir Nase und Mund abputzen konnte, nachdem ich mich übergeben hatte. Hier war niemand, der mich tröstete, wie es zu Hause immer war, wenn ich mich übergeben hatte müssen.

Hier war aber auch niemand, der mich an sich drückte und betätschelte. Hier war auch niemand, der über mich lachte, weil ich auf allen vieren auf dem kalten Fliesenboden hockte.

Ich war alleine.

Wie sollte ich in Gegenwart von Herrn Müller erklären, was mit mir los war? Wie hätte ich in Gegenwart von Herrn Müller, Herrn Tönjes und meinen Eltern erklären können, was Herr Müller mit mir gemacht hatte? Wie sollte ich meinen Eltern erklären, wieso ich so lange geschwiegen hatte?

Könnte ich das ausschließlich damit erklären, dass ich von Tom gemobbt wurde? Das wäre eine weitere Lüge. Außerdem hatte Tom gesagt, dass wir jetzt quitt wären. Wenn ich jetzt, in Gegenwart von Herrn Müller, Herrn Tönjes und meinen Eltern, Tom für alles die Schuld geben würde, dann konnte ich mir sehr gut vorstellen, was Tom und seine Freunde dann mit mir machen würden.

Und Herr Müller wäre ab dem Zeitpunkt fein raus. Sollte ich danach irgendwem erzählen, was er mit mir gemacht hat, was der wirkliche Grund war, wer würde mir das dann noch glauben? Alle würden sich fragen, wieso ich nicht spätestens bei dem Gespräch die Wahrheit gesagt hatte. Alles, was ich nach diesem Gespräch noch sagen würde, würde schlicht als Lüge tituliert werden.

Und wenn ich jetzt zu meinen Eltern gehen würde, um ihnen zu erzählen, was Herr Müller mit mir gemacht hat, würden sie dann glauben, dass ich mir das Ganze nur ausgedacht habe, um damit die schlechten Noten zu rechtfertigen? Ich hatte keine Beweise für das, was mir Herr Müller angetan hat, und ich hatte alles dafür getan, dass es für alles eine andere Erklärung als den Missbrauch gab! Wie sollten mir meine Eltern jetzt noch glauben? Würden sie meine Anschuldigungen gegen Herrn Müller vielleicht sogar als einen schlechten Scherz abtun und das Vertrauen in mich verlieren?

Ich sah keinen Ausweg. Ich war verzweifelt.

Die Englischarbeit sollte ich bis Donnerstag unterschrieben wieder mitbringen und die Bioarbeit sollte ich Herrn Tönjes am Freitag vorlegen.

Meine Eltern wussten, dass ich am Dienstag sowohl Englisch als auch Biologie hatte. Wenn ich am Dienstag oder am Mittwoch die Englischarbeit zur Unterschrift vorzeigen würde und dann am Donnerstag die Bioarbeit, dann würden sie sofort wissen, dass ich beide Arbeiten am Dienstag zurückbekommen haben musste. Beide Arbeiten konnte ich meinen Eltern aber unmöglich zeitgleich vorlegen.

Eine weitere Lüge, die dafür sorgen würde, dass meine Eltern das Vertrauen in mich verlieren würden. Eine Träne löste sich aus meinem rechten Auge, rann meine Wange herunter und tropfte auf die Fliesen neben das von mir Erbrochene.

Die wichtigste Erkenntnis aus dem Gespräch mit Herrn Tönjes war aber, dass sich die Lehrer über mich unterhielten. Offenbar hatte ich die 4- von Frau Weber nur bekommen, weil ihr Herr Tönjes von meinem schlechten Abschneiden in der Biologiearbeit erzählt hatte, und dass er mich dafür zur Rede stellen wollte. Das war somit eine 4- aus Mitleid. Wenn ich einigermaßen unbescholten aus dieser Situation herauskommen wollte, dann durfte ich nicht weiter auffallen. Besonders nicht durch Fehlstunden. Die Lehrer durften sich nicht über mich unterhalten!

Als der Gong die sechste Stunde einläutete, da stand ich auf und ging zurück zu unserem Klassenzimmer. In der sechsten Stunde hatten wir Arbeitslehre bei Herrn Müller.

Wie hätte dieser Tag noch schlechter verlaufen können? Ich war in einer aussichtslosen Lage. Alles schien unweigerlich aufzufliegen. Was sprach dagegen, heute alles in einem großen Knall auffliegen zu lassen? Ein kleiner Stoß mit dem Nagel auf die Arschgranate – und es würde kein Gespräch mit Herrn Müller geben. Auch die 4- und die 5- wären dann absolut bedeutungslos. Die Stunde über lagen die Arschgranate und der Nagel wieder zwischen meinen Oberschenkeln auf meinem Stuhl.

Herr Müller machte in dieser Stunde nur leider keinen Ausflug durch das Klassenzimmer. Diesmal war ich mir ziemlich sicher, dass ich sie verwendet hätte.


Auf dem Heimweg überlegte ich mir, dass ich erst mal nur die Englischarbeit unterschreiben lassen wollte. Die Diskussion um eine 5- in Biologie hätte ich heute nicht ertragen. Ich musste Zeit gewinnen.


Natürlich hielt sich die Freude meiner Mutter über die 4- sehr stark in Grenzen. Nachdem ich sagte, dass ich die Arbeit über das Wochenende, an dem ich ja krank war, vergessen hatte und folglich nicht für die Arbeit gelernt hatte, da schien auch sie froh zu sein, dass es keine 5 geworden war. Gemeinsam haben wir dann vereinbart, dass ich zukünftig alle kommenden Arbeiten in unseren Kalender in der Küche eintragen würde, damit sie mit einen Blick auf die Termine werfen könnte.

# DAS FEUER

*Lukas:* Mittwoch


Ich hatte in meinen Haaren zwei starke Wirbel, die gegeneinander zu arbeiten schienen. Um meinen Haaren dennoch eine Richtung zu geben, damit es annähernd nach einer Frisur aussah, musste ich hier morgens mit Haargel nachhelfen. Besonders wenn die Haare länger wurden – wie momentan –, war das ein schwieriges Unterfangen. Damit das Haargel nicht auffiel, musste es nach dem Auftragen gekämmt und dabei trocken geföhnt werden. Die Menge an Haargel wurde morgens langsam immer mehr. Es wurde mal wieder Zeit für einen Besuch bei einem Friseur.


In der Schule angekommen stellte ich mein Fahrrad im Fahrradunterstand ab und ging den Flur und dann die lange Treppe zu meinem Klassenzimmer hoch. Ich war noch nicht ganz oben, da sah ich, dass Tom und seine Freunde kurz hinter dem Ende der Treppe standen und sich dort unterhielten.

Ich wurde nervös. Tom hatte zwar gesagt, dass wir quitt wären, ich hatte aber dennoch Angst vor ihm. Ich ging die Treppe weiter hinauf und wollte rechts an ihnen vorbei zu unserem Klassenzimmer gehen. Ich hielt den Blick gesenkt. Tom hatte etwas in der Hand, mit dem er zu spielen schien. Ich sah, wie sein Daumen immer wieder eine kurze und schnelle Abwärtsbewegung vollzog. Als ich die letzte Stufe erreicht hatte, sprach Tom mich an.

„Du hast noch gar nicht erzählt, was der Tönjes gestern von dir wollte?"

Carsten und Michael stellten sich rechts und links neben mich. Ich fühlte, wie mein Herz pochte.

„Er wollte einfach nur wissen, wieso ich die Arbeit verhauen habe", antwortete ich leise. Tom hob seine geschlossene rechte Hand und zuckte erneut mit seinem Daumen. Ich hörte ein leises „Tschik". Zwischen seinem Zeigefinger und seinem Daumen sah ich in seiner geschlossenen Faust eine kleine Flamme. Tom hielt ein Feuerzeug in der Hand.

„Und? Was hast du ihm gesagt?", fragte Tom weiter. Dabei hob er seinen Daumen leicht an und die Flamme über seinem Zeigefinger verschwand.

Wieso interessierte er sich dafür, was Herr Tönjes von mir wollte? Das konnte ihm doch völlig egal sein. Ich traute mich allerdings nicht, ihm zu sagen, dass ihn das einen Scheißdreck anging. Ich wollte ihn nicht provozieren. Ich wollte keinen neuen Streit mit ihm.

„Ich habe gesagt, dass ich vergessen hatte, für die Arbeit zu lernen", log ich.

„Ach, das ist ja süß", meldete sich Carsten zu meiner Rechten zu Wort und zog mit seiner übertriebenen Betonung meine Antwort ins Lächerliche.

Ich drehte meinen Kopf nach rechts und sah Carsten an. Ich habe nicht gesehen, was Tom in dem Augenblick gemacht hat. Aber ich spürte, wie seine rechte Hand auf einmal an meinem Kopf, knapp hinter meinem Ohr, war.

„Tschik!"

Ich drehte meinen Kopf wieder zu Tom. Seine Hand war immer noch neben meinem Kopf und Tom starrte mich fasziniert an. Ich verstand nicht, was das sollte. Dann spürte ich plötzlich eine Hitze links oben auf meinem Kopf. Ich zuckte zusammen und drehte meinen Kopf nach links oben, um zu sehen, wo das herkam. Ich konnte nichts sehen, aber die Hitze wurde stärker.

„Oh, oh, oh, oh…!“, hörte ich Tom rufen, während er mir mehrfach mit seiner flachen rechten Hand auf den Kopf schlug. Auch Michael fing an, mir auf den Kopf zu klatschen. Ich verstand nun, was geschehen war – Tom hatte meine Haare angezündet.

Nach einigen Schlägen hörten Tom und Michael auf, mich zu malträtieren, und begannen, wohl froh darüber, das Feuer gelöscht zu haben, zu lachen. Ich roch verbranntes Haar.

Tom, Michael und Carsten wandten sich ohne ein weiteres Wort von mir ab und schlenderten lachend in Richtung Klassenzimmer.

Ich fuhr mir mit der linken Hand durch mein Haar. Neben meinem Ohr war mein Haar noch lang, aber je weiter ich meine Hand nach oben bewegte, um so kürzer und strohiger wurde das Haar. Es war nirgendwo gänzlich weggebrannt, aber der Unterschied zu vorher war deutlich spürbar.

Langsam ging ich zu unserem Klassenzimmer. Der Gestank nach verbranntem Haar war im gesamten Flur zu riechen. Oder roch ich gerade das Haar selber? Herr Hinz, unser Kunstlehrer eilte an mir vorbei und schloss die Tür unseres Klassenzimmers auf.

Ich ließ mir Zeit. Ich wusste nicht, wie meine Haare in dem Augenblick aussahen. Ich wusste nicht, wie groß das Loch war, das die Flammen in meine Haare gebrannt hatten. Ich sagte mir aber, dass es schon nicht so schlimm gewesen sein konnte. Schließlich sprachen mich meine Mitschüler nicht auf meine Haare an.

Patrik, war wieder da. Als ich mich auf meinen Stuhl setzte, schien Patrik gerade seine Entschuldigung für die Fehltage bei Herrn Hinz abzugeben.

Herr Hinz und auch Frau Gerlach, die wir in der zweiten Stunde hatten, sagten nichts. Ich vermutete, dass es sich schlimmer anfühlte, als es in Wirklichkeit war.

Herr Müller brauchte allerdings nur wenige Sekunden, um festzustellen, dass etwas passiert sein musste. Zu Beginn der dritten Stunde starrte er mich entsetzt an.

„Lukas, was ist mit deinen Haaren geschehen?", fragte er fassungslos. Ich empfand es als heuchlerisch, dass gerade er, der mir weit Schlimmeres angetan hatte, jetzt für Gerechtigkeit sorgen wollte.

Am Donnerstag hatte er gesagt, dass er auf mich aufpassen wollte und dass ich in der Schule keine Angst mehr haben müsste. Ich hatte mich aber noch nie so verlassen gefühlt wie in der vergangenen Woche. Ich hatte noch nie so viel Angst gehabt wie in der vergangenen Woche, und ich wollte nicht, dass gerade er sich für mich einsetzte! Ich konnte nichts sagen und ich wollte nichts sagen.

„Kann mir jemand von euch sagen, was mit Lukas' Haaren geschehen ist?" Bei den Worten blickte er sich in dem Klassenraum um und schien Tom hierbei mehrfach zu fixieren.

Trotz mehrfacher Nachfrage bekam Herr Müller keine Antwort. Ihm blieb nichts anderes übrig, als den Unterricht, wie ursprünglich geplant, durchzuführen.

In der Pause nach der dritten Stunde ging ich zur Toilette, um das ganze Ausmaß der Zerstörung im Spiegel sehen zu können. Ein Großteil meiner Haare auf der linken Seite meines

Hinterkopfes war weggebrannt. Allerdings hatten es die Flammen nicht ganz bis auf meine Kopfhaut geschafft.

Ich wusste nicht, wie ich das meinen Eltern erklären sollte. Ich hasste Tom und ich hasste Herrn Müller.


Ich ging die Treppe hoch, die zu unserem Klassenraum führte und bog um das Treppengeländer. Da die lange Pause noch in vollem Gange war, war der Flur nahezu menschenleer. Ich ging auf die Tür unseres Klassenzimmers zu und vernahm hinter mir die Stimmen, die mich wie keine anderen erstarren ließen.

„… du vielleicht, ich merke nicht, was du hier treibst? Du hörst sofort auf damit, sonst …!"

„… sonst was?"

Hörte ich von hinten. Sofort drehte ich mich zu den Stimmen um. Weiter den Flur entlang, kurz vor der Notausgangstür, standen Herr Müller und Tom. Tom wurde rechts und links von Michael und Carsten flankiert. Tom hatte seinen Kopf hoch erhoben und starrte Herrn Müller auffordernd an. Mit verkniffenem Gesicht sprach Tom weiter, aber so leise, dass ich es nicht verstehen konnte. Ich wollte keinem der vier begegnen und verschwand, so schnell ich konnte.


In der vierten Stunde überlegte ich, wie ich Tom am besten mit Benzin übergießen und anzünden konnte, ohne dass ich dabei selber in Brand geriet. In jedem Fall stand fest, dass wir jetzt nicht mehr quitt waren. Er hatte angefangen, und ich hätte das Recht gehabt, mich zu wehren.

Ich würde meinen Eltern heute erzählen, dass Tom mir in der Schule die Haare angezündet hatte. Dass meine Haare gebrannt hatten, das war auch ohnehin nicht zu verbergen.

Ich war mir sicher, dass meine Eltern einen Weg finden würden, wie ich mich an ihm rächen konnte. Ich musste mich nicht gleich mit ihm prügeln. Für den Fall, dass Tom oder Herr Müller mir in der Zwischenzeit noch mal auflauern würden, musste ich hingegen vorbereitet sein. Ich öffnete meinen Schulranzen, holte das Taschenmesser heraus und steckte es in meine Hosentasche.

# DER GESCHICHTSUNTER-RICHT

*Lukas:* Mittwoch

In der sechsten Stunde hatten wir Geschichte bei Herrn Schote. Ich mochte den Unterricht bei Herrn Schote.

Pünktlich um 12:05 Uhr läutete es zur sechsten Stunde und ich setzte mich auf meinen Platz. Einigen meiner Klassenkameraden schien der Gong gleichgültig zu sein. Sie setzten ihre Unterhaltung mit ihren Freunden fort. Tom saß auf dem Tisch und hatte einen Fuß auf einen der Stühle gestellt.

Wenig später kam Herr Schote durch die geöffnete Tür, schloss diese hinter sich und sah sich im Klassenzimmer um.

„Guten Tag!", rief er auffordernd in den Raum. Einige meiner Klassenkameraden entgegneten ein gequältes „Guten Tag, Herr Schote."

Langsam bewegten sich die Schüler, die noch nicht an ihrem Platz saßen, zu ihren Stühlen und setzten sich – natürlich ohne dabei ihre Unterhaltung zu unterbrechen.

Herr Schote war sichtlich wenig begeistert von dem Zustand in der Klasse, sagte aber nichts. Er ging zum Lehrerpult, stellte seine Ledertasche auf diesem ab und setzte sich auf den Stuhl hinter dem Lehrerpult. Er sagte nicht ein Wort, sondern sah nur auffordernd zu den Schülern, die sich noch immer angeregt unterhielten.

Hin und wieder blickte einer der Schüler zu Herrn Schote, erkannte, dass der Unterricht noch nicht begonnen hatte, und setzte dann seine Unterhaltung mit seinem Tischnachbarn fort. Zu meiner Überraschung waren es nicht Tom und seine

Freunde, die sich weiterhin unterhielten, aber auch diese schienen sich über das Verhalten von Herrn Schote zu wundern. Sie steckten die Köpfe zusammen und fingen an zu tuscheln.

Herr Schote wartete. Hin und wieder sah er sehr provokativ auf seine Uhr. Nichts änderte sich. Die Gespräche unter den Schülern wurden fortgeführt. Die Minuten vergingen.

Worauf wartete er? Wieso fing er nicht einfach an?

Herr Schote sah sich immer wieder im Klassenzimmer um und fokussierte dabei jedes Mal die Schüler, die sich miteinander unterhielten. Ich erahnte, wieso Herr Schote nicht mit dem Unterricht begann. Er wartete darauf, dass alle Schüler Ruhe gaben!

Ich war mir sicher, dass das der Grund war. Aber wie konnte ich meine Klassenkameraden darauf aufmerksam machen? Wie konnte ich sie dazu bringen, ruhig zu sein? Wenn ich mich zu ihnen umdrehte und sie anbrüllte, dass sie endlich ruhig sein sollten, dann hätte ich in den kommenden Wochen nicht nur Tom und seine Freunde gegen mich. Sie würden sich alle gegen mich wenden.

Weitere Minuten vergingen.

Langsam wurde ich nervös. Herr Schote war sonst immer sehr resolut und duldete keine Störung seines Unterrichts. Keine Störung war bisher folgenlos geblieben. War ich der Einzige, der das erkannt hatte? Ich vermutete, dass auch andere Schüler zu dieser Erkenntnis gekommen waren, dass sie aber alle Angst davor hatten, sich gegen diejenigen zu wenden, die den Unterricht störten.

Die Minuten vergingen und nichts änderte sich.

„Wir haben jetzt 12:40 Uhr!“, rief Herr Schote plötzlich sehr laut. Schlagartig verstummten alle Schüler und blickten gespannt auf Herrn Schote.

„Ich stelle fest, dass es der Klasse nicht möglich war, sich über 35 Minuten für den Unterricht bereit zu machen. In den verbleibenden zehn Minuten werden wir den für heute geplanten Unterrichtsstoff nicht durchziehen können. Wir hätten heute mit dem Thema Reformation begonnen. Das restliche Schuljahr ist zu kurz, um den heute verpassten Stoff in den verbleibenden Einheiten aufholen zu können. Da wir uns an den Lehrplan halten müssen und dieses Thema somit nicht ausgelassen werden darf, erwarte ich von jedem eine schriftliche Ausarbeitung des gerade genannten Themas bis zur nächsten Stunde. Diese Ausarbeitung muss mindestens vier Seiten lang sein und behandelt jedes Kapitel aus dem Buch bis hin zum Bauernaufstand im Jahre 1525. Bei Nichtabgabe ist eine sechs garantiert. Sollte ich erkennen, dass voneinander abgeschrieben wurde, so drohen beiden, dem Original und der Kopie, ebenfalls eine sechs.“

In der Klasse breitete sich ein Durcheinander aus lauthals ausgesprochenem Protest und gestöhnter Enttäuschung aus. Unterstützt wurde dieses Durcheinander durch einen Schüler, der seine Stirn vor lauter Verzweiflung mehrfach auf die Tischplatte vor sich aufschlagen ließ.

Patrik hatte die ganze Stunde ruhig auf seinem Stuhl gesessen und darauf gewartet, dass der Unterricht begann. Mit der Zeit war es ihm aber immer schwerer gefallen, Haltung zu bewahren. Jetzt kam seine Zeit. Ich sah, wie er sich auf seinem Stuhl aufrichtete und Luft zu holen schien.

Kaum dass sich der Aufruhr in der Klasse gelegt hatte, ergriff Patrik dann recht laut das Wort.

„Sie verstoßen gerade gegen das Gesetz!", klagte er Herrn Schote an. Schlagartig herrschte Ruhe im Klassenzimmer und alle beobachteten Patrik. Auch der Schüler, der seine Stirn mehrfach auf die Tischplatte geschlagen hatte, blickte jetzt zu ihm. Herrn Schote schienen für einen kurzen Augenblick die Worte zu fehlen.

„Eine Kollektivstrafe ist verboten, und wie Ihnen sicherlich aufgefallen ist, gab es durchaus Schüler, die darauf gewartet haben, dass der Unterricht, zu dessen Durchführung Sie verpflichtet sind, beginnt!", klagte Patrik Herrn Schote weiter an.

Aus dem Augenwinkel sah ich, wie sich alle Blicke jetzt Herrn Schote zuwandten. In dem Klassenzimmer herrschte absolute Stille. Alle warteten auf seine Antwort.

„Ah! Ein ganz Schlauer", sagte Herr Schote und zog dabei seine Augenbrauen leicht hoch. „Bei einer Bestrafung wären die verantwortlichen Schüler nicht unter zehn Seiten weggekommen."

Herr Schote stand, den Blick auf seine Tasche gerichtet, langsam von seinem Stuhl auf.

„Hierbei, lieber Patrik, handelt es sich somit nicht um eine Strafarbeit, sondern lediglich um eine Aufarbeitung des verpassten Unterrichtsstoffes."

Jetzt fixierte sein Blick Patrik regelrecht.

„Oder möchtest du mich dazu auffordern, die verantwortlichen Schüler, zusätzlich zu der Aufarbeitung des verpassten Unterrichtsstoffes, zu bestrafen?"

Hatten einige Schüler gerade noch Hoffnung ausgestrahlt, so blickten sie jetzt voller Hass in Patriks Richtung.

„Das ist nicht fair! Sie hätten nur anfangen müssen, dann wären alle ruhig gewesen. Das ist doch nicht Ihre erste

Unterrichtsstunde! Diesen Zusammenhang sollten Sie bereits vor Jahren verstanden haben", fuhr Patrik fort.

Alle Blicke lagen jetzt wieder auf Herrn Schote. Das Ganze hatte etwas von einem Tennisspiel: Zwei Spieler und das Publikum, das den Blick immer von einer Seite zur anderen wechselte.

Ich war von Patriks Selbstvertrauen und Auftreten fasziniert, hatte aber die Vermutung, dass er hier etwas zu dick auftrug.

„Wieso hast du nichts gesagt?", fragte Herr Schote Patrik. Dann schwenkte er seinen Blick durch die ganze Klasse und wurde beim Reden immer lauter. „Wieso haben alle anderen nichts gesagt? Alle, die ja angeblich auf den Beginn des Unterrichts gewartet haben. Wieso haben diese Schüler nicht für Ruhe in der Klasse gesorgt? Diese Schüler haben sich genauso schuldig gemacht wie diejenigen, die sich weiter unterhalten haben!"

Ein Teil der Schüler sah betroffen in die Mitte des Raumes, der andere Teil der Schüler starrte mit entsetztem Blick auf Herrn Schote.

„Also, was wollt ihr? Wollt ihr alle eine Strafarbeit machen, oder gebt ihr euch damit zufrieden, den verpassten Unterricht aufzuarbeiten?", fuhr Herr Schote weniger laut fort.

Es folgte ein betroffenes Schweigen.

„Wie ich bereits sagte: Ich erwarte von jedem vier Seiten zur nächsten Stunde. Ich dulde keine Entschuldigung! Es gibt keine Ausnahme!"

Herr Schote nahm seine Tasche vom Lehrerpult und setzte noch nach:

„Es wird wirklich Zeit, dass wir in dieser Klasse das dritte Reich durchnehmen, damit ihr versteht, was Schweigen und Untätigkeit bewirken können.“

Nach diesen Worten wandte er sich ab und verließ den Klassenraum.

Ich war geschockt.

Eine kurze Zeit war es ruhig im Klassenzimmer. Ich überlegte, was jetzt geschehen würde. Würde Tom die verbleibende Zeit nutzen, um mich weiter zu quälen? Ich bekam wieder Angst.

„Ist die Stunde jetzt vorbei?“, fragte Saskia.

Einige Schüler hatten keine Antwort auf diese Frage. Tom, Michael und Carsten hatten die Frage für sich scheinbar beantwortet und packten ihre Sachen ein. Dann standen sie auf und verließen als Erste das Klassenzimmer. Meine Angst verflog wieder, und ich begann auch, meine Sachen in den Schulranzen zu packen.

Ich war beeindruckt von dem, was Patrik gesagt hatte, und wie er es gesagt hatte. Seine Worte hatten Herrn Schote für einen Augenblick aus der Bahn geworfen. Mit solchem Paroli hatte Herr Schote nicht gerechnet. Die Worte von Patrik hatten ihn zweifeln lassen, ob er das Richtige gemacht hatte.

Wieso traute sich Patrik, einem Lehrer derart die Stirn zu bieten? Wenn aber Tom mich, seinen Freund, immer wieder mobbte und attackierte, dann sagte er nichts! War Patrik noch mein Freund? Ich hatte ihm am Montag vor einer Woche, nach unserem Streit, die Freundschaft gekündigt.

Ich sah auf und blickte zu dem Tisch, an dem ich noch vor zwei Wochen zusammen mit Patrik gesessen war. Er hatte seine Sachen bereits eingepackt, stellte pflichtbewusst seinen Stuhl auf den Tisch. Er verließ das Klassenzimmer ohne eine

Verabschiedung oder einen Blickwechsel, als er an mir vorbeiging.

Ich hätte einen solchen Freund gebraucht. Ich zweifelte daran, dass er jetzt noch an einer Freundschaft mit mir interessiert war.

Ich war alleine.

Hatte Patrik selber Angst vor Tom? Befürchtete er, dass Tom ihn verprügeln würde, wenn er sich gegen Tom stellte? Tom war stärker als Patrik, aber bei Patrik hatten Worte richtig viel Kraft.

# DER BESUCH

*Lukas:* Mittwoch

Die dicke Lippe hatte ich am Montag vor meiner Mutter verbergen können. Die dicke Lippe wollte ich aber auch verbergen.

Dass meine Haare gebrannt hatten, wollte ich nicht verstecken. Und wie hätte ich das auch machen sollen? Das Haar war nicht bis auf die Kopfhaut heruntergebrannt, man konnte aber sehen, dass es auf der linken Seite meines Hinterkopfes deutlich kürze war. Offenbar hatte es gerade an den Stellen gebrannt, an denen ich den Haaren morgens mit dem Haargel Einhalt gebieten wollte. Hätte ich jedenfalls verbergen wollen, dass meine Haare gebrannt hatten, so hätte ich in den kommenden Wochen ständig eine Mütze tragen müssen.

Tom hatte wieder angefangen. Wir waren also nicht mehr quitt. Ich hatte jetzt das Recht, meinen Eltern oder den Lehrern zu erzählen, was Tom gemacht hatte. Von den Lehrern war ich aber schon oft genug enttäuscht worden. Ich rechnete also schon gar nicht mehr damit, dass mir einer der Lehrer helfen würde.

Zu Hause angekommen ging ich zu meiner Mutter und erzählte ihr, was heute in der Schule passiert war. Sie war entsetzt und untersuchte meinen Kopf sehr gründlich nach Brandspuren auf meiner Kopfhaut. Es hatten aber nur die Haare gebrannt. Im Anschluss machte sie ein Foto von meinen Haaren und schlug vor, dass wir auf meinen Vater warten und dann gemeinsam entscheiden sollten, wie wir weiter vorgehen wollten.

Als mein Vater von der Arbeit kam, zitierte meine Mutter ihn sofort zum Familienrat in die Küche. Erneut berichtete ich – dieses Mal meinem Vater und meiner Mutter –, wie Tom mir in der Schule mit einem Feuerzeug die Haare angezündet hatte. Nachdem ich mit meinem Bericht geendet hatte, führte meine Mutter aus, was Tom damit alles hätte anrichten können, und welche schwerwiegenden Folgen der Brand meiner Haare für mich hätte haben können.

„Das können wir auf keinen Fall auf sich beruhen lassen. Ich möchte vorschlagen, dass Lukas und ich gleich mal zu Tom fahren. Die werden wir uns mal etwas zur Brust nehmen", schlug mein Vater vor.

Ich wusste nicht, was er genau damit meinte. Wen meinte er mit ,die'? Meine Mutter aber befürwortete diesen Plan sofort.

Zusammen mit meinem Vater fuhr ich wenig später zu der Adresse, die hinter Tom in der Klassenliste stand. Mir war unwohl bei der Fahrt. Ich hatte keine Angst um mich, ich hatte zum ersten Mal Angst um meinen Vater. Er wirkte immer stark, selbstbewusst und unangreifbar. Wie mein Geschichtslehrer Herr Schote.

Aber was genau wusste ich eigentlich über meinen Vater? Er hatte in seiner Kindheit gelernt, sich gegen seine Brüder und seine Klassenkameraden zur Wehr zu setzen. Aber wie konnte ihm das bei dem, was jetzt vor uns lag, helfen? Er wollte sich ja wohl hoffentlich nicht mit Toms Vater prügeln?

Während der Fahrt war mein Vater sehr still. Es schien, als sei er in Gedanken versunken. An was dachte er? Dachte er an seine eigene Jugend? Überlegte er, was er gleich sagen wollte? Ich konnte mir nicht vorstellen, was mein Vater bei Tom machen oder sagen wollte. Und ich hatte ein wenig Angst davor, was mein Vater bei diesem Besuch von mir erwarten würde.

„Was hast du gleich vor?", fragte ich also schließlich, weil ich die Ungewissheit nicht länger ertrug.

„Ich werde ein wenig mit Toms Eltern reden", erklärte mein Vater völlig ruhig und scheinbar mit Vorfreude.

„Mit solchen Leuten kann man nicht reden", entgegnete ich kurz.

„Na, das werden wir gleich sehen. Sollten sich Toms Eltern wenig einsichtig zeigen, so müssen wir einen anderen Weg einschlagen. Aber jetzt versuchen wir erst einmal die Diplomatie. Eskalieren kann man später immer noch", sagte mein Vater. „Wenn du mir einen Gefallen tun willst, dann überlässt du gleich das Reden mir. Nur wenn ich dir direkt eine Frage stelle, dann antworte bitte so kurz wie möglich."

Ich war froh darüber, dass ich nichts sagen musste. Ich hätte eh nicht gewusst, was ich hätte sagen sollen.


Bei der Adresse angekommen, parkte mein Vater das Auto am Wegesrand, neben einer hohen Thuja-Hecke. Dann stiegen wir aus dem Auto.

Die Thuja-Hecke vor Toms Haus war hoch und ungepflegt. Etwa fünf Meter weiter in Fahrtrichtung führte ein schmaler Weg, ausgekleidet mit Waschbetonplatten, von der Straße zu einem Gartentor aus grün lackiertem Stahl. Der Knauf an der Gartentür war nicht mehr lackiert. An den Rändern dieses Knaufs konnte man aber noch Rückstände des grünen Lacks erkennen. Scheinbar wurde dieser Griff häufig betätigt, aber selten lackiert. Mein Vater drückte ihn herunter und öffnete die Gartentür. Ein grelles Quietschen kündigte unseren Besuch an.

Jetzt konnte ich auch den Garten und das Haus hinter der Hecke sehen. Ich war erschrocken, wie klein ein Garten sein konnte. Zwischen dem Haus und der Hecke lagen ein maximal 3 Meter breiter Streifen aus festgetretener Erde. An wenigen Stellen konnte ich flache Rasenbüschel entdecken. Wenn dieser Streifen mal als Rasenfläche gedacht war, so wurde dieser Wunsch von dem aktuellen Bewohner nicht geteilt.

Bisher kannte ich nur Häuser mit großen und gepflegten Gärten. Der Garten von Patriks Haus war nicht so groß wie unserer, dafür hatte Patrik hinter dem Haus aber einen Pool, in dem wir im Sommer schwimmen konnten. Mein Gefühl sagte mir, dass ich bei diesem Haus weder einen großen Garten noch einen Pool vorfinden würde.

Mitten durch diese Wüste aus festgetretener Erde führte der Weg aus Waschbetonplatten bis zu einer einflügligen Haustür aus braunem Holz. Die Lackierung an dieser Tür schien sich an einigen Stellen bereits abzulösen.

Das Haus musste, von der Straße aus betrachtet, etwa zehn Meter breit gewesen sein. Die Wand des Hauses bestand aus grobem Putz, der vor nicht allzu langer Zeit weiß gestrichen worden war. Scheinbar war diese Arbeit nicht von einem Maler durchgeführt worden. An einigen Stellen schimmerten dunklere Stellen durch. Die Wand erinnerte mich ein wenig an das Fell der Kühe hinter unserem Haus.

Der Eingangsbereich wurde von einem schmalen Vordach vor Regen geschützt.


Mein Vater ging zur Haustür und drückte auf den Klingelknopf rechts neben der Tür. Aus dem Inneren des Hauses ertönte zeitgleich ein schrilles Klingeln. Ich stellte mich schräg hinter meinen Vater und sah gespannt auf die Tür.

Nichts geschah.

Erneut drückte mein Vater auf den Klingelknopf.

Wenige Sekunden später hörten wir von innen Geräusche. Jemand schien sich der Tür zu nähern. Sie öffnete sich und ein älterer Mann kam zum Vorschein. Seine Kleidung wirkte alt, war aber nicht schmutzig. Auch wirkte sein Erscheinungsbild nicht ungepflegt. Er war rasiert und sein Haar war gekämmt.

Ich muss gestehen, dass ich mir, bevor die Tür geöffnet wurde, ausgemalt hatte, wie Toms Eltern aussehen würden. Bei Toms Vater hatte ich mir einen alten, dicklichen und unrasierten Mann in Jogginghose und Unterhemd mit Bierflecken darauf vorgestellt. Bei Toms Mutter hatte ich ein Bild von einer Frau mittleren Alters mit Lockenwicklern im Haar, einer viel zu engen Hose und einer Zigarette im Mundwinkel vor Augen. Ich vermutete, dass der Eindruck des Vorgartens diese Bilder in mir hervorgerufen hatte. Ich sollte wirklich aufhören, so viele amerikanische Filme zu gucken.

Der Mann stellte sich in die halb geöffnete Tür und griff mit der linken Hand an die Türzarge. Seine Schulter lehnte leicht an der Tür. Durch diese Haltung, die den Eingang versperrte, war offensichtlich, dass er uns nicht hineinbitten würde. Ich vermutete, dass es sich hierbei um Toms Vater handelte, ich konnte aber keinerlei Ähnlichkeit mit Tom erkennen.

„Guten Tag, mein Name ist Wolfgang Zimmermann, ich bin der Vater von Lukas. Lukas geht mit Ihrem Sohn Tom in die gleiche Klasse", begrüßte mein Vater den Mann freundlich.

Von dem Mann kam nur ein skeptischer Blick, kein Wort der Begrüßung.

„Ist Tom auch zu Hause? Ich denke, es wäre gut, wenn er bei diesem Gespräch mit dabei sein könnte", setzte mein Vater das Gespräch nach seiner Begrüßung fort.

„Tom!", rief Toms Vater energisch über die Schulter die Treppe hoch, die auf der rechten Seite hinter der Tür nach oben führte. Es dauerte nicht lange, da hörte ich, wie jemand eine knarzende Holztreppe herunterkam. Der Mann nahm seine linke Hand von der Türzarge und deutete Tom an, dass er sich neben ihn stellen sollte. Tom trat in die Tür und blickte hinaus. Sofort als er mich sah, verfinsterte sich sein Gesichtsausdruck.

„Lukas hat mir gesagt, was Tom heute in der Schule mit ihm gemacht hat", fing mein Vater an. „Ich vermute, Sie wurden von Tom bereits in Kenntnis gesetzt?"

Es entstand eine Pause, in der der Mann zuerst meinen Vater, dann kurz mich und dann Tom ansah. Tom schien in diesem Augenblick sehr nervös zu werden. Nachdem weder von Tom noch von dem Mann eine weitere Reaktion zu erwarten war, sprach mein Vater weiter.

„Anscheinend ist das nicht der Fall", meinte er scheinbar verwundert und wandte sich dann an Tom. „Ich möchte vorschlagen, dass du das jetzt nachholst."

Toms Blick senkte sich gen Boden. Mit einem „Was war los?", forderte Toms Vater ihn zum Reden auf.

„Ich habe Lukas versehentlich die Haare angezündet", gestand Tom leise.

‚Versehentlich'! Er behauptete, dass das versehentlich passiert war! Ich platzte innerlich vor Wut, sagte aber nichts. Auch Toms Vater sagte nichts. Er schien nachzudenken.

„Sollte Tom noch einmal seine Hand gegen Lukas erheben, so können Sie sich sicher sein, dass wir dies der Schulleitung mitteilen werden. Auch werden wir in diesem Fall rechtlich gegen Sie und Ihren Sohn vorgehen", sagte mein Vater sehr ruhig und gelassen. Nach einer kurzen Pause sprach er weiter: „Ich nehme an, Sie sind sich darüber im Klaren, dass es sich bei der Schule nicht um einen rechtsfreien Raum handelt. Wenn Ihr Sohn anderen Schülern mit einem Feuerzeug die Haare anzündet, dann erfüllt das den Tatbestand der vorsätzlichen Körperverletzung. Und wenn ich das noch kurz erwähnen darf: Versehentlich entzündet niemand ein Feuerzeug. Erst recht nicht an den Haaren eines anderen Menschen. Es ist davon auszugehen, dass das auch von einem Staatsanwalt oder einem Richter nicht anders gesehen wird. Ich denke nicht, dass ich Ihnen die Folgen einer gerichtlichen Aufarbeitung dieses Vorfalles für Sie und Ihren Sohn erläutern muss."

„Sie können davon ausgehen, dass etwas Derartiges nicht wieder vorkommen wird", sagte Toms Vater zu meinem. Dann richtete er seinen Blick auf seinen Sohn. „Du wirst dich jetzt bei Lukas entschuldigen."

Es entstand ein Moment der Stille, in der Tom vor mir auf die Waschbetonplatten sah.

„Entschuldigung", murmelte Tom leise in meine Richtung, ohne mich dabei anzusehen.

„Ich konnte dich nicht hören!", äußerte Toms Vater recht laut, sah Tom dabei aber nicht an.

„Es tut mir leid, dass ich deine Haare angezündet habe. Bitte entschuldige", versuchte Tom sich dieses Mal aufrichtig zu entschuldigen.

„Eine Entschuldigung ist ein guter erster Schritt. Ich möchte vorschlagen, dass Tom zusätzlich die Rechnung für den Friseur von seinem Taschengeld bezahlt."

„Das ist ein guter Vorschlag. Tom wird die Rechnung selbstverständlich übernehmen", antwortete Toms Vater in dessen Namen.

„Lukas, bist du damit einverstanden und nimmst du die Entschuldigung an?", fragte mich mein Vater.

„Ja", antwortete ich so kurz, wie ich konnte, auch wenn ich fand, dass er eine stärkere Bestrafung verdient hatte.

„Ich freue mich, dass wir diese unangenehme Sache so unkompliziert beseitigen konnten, und verlasse mich auf Ihr Wort, dass etwas Derartiges nicht wieder vorkommen wird. Ich wünsche Ihnen noch einen schönen Tag."

„Wiedersehen", sagte Toms Vater und drückte Tom, der immer noch betroffen zu Boden sah, mit der linken Hand zurück in das Haus. Hinter Toms Vater fiel die Tür krachend ins Schloss.


Mein Vater und ich gingen wortlos zurück zum Auto und stiegen in das Auto ein.

„Du hattest Recht. Mit solchen Leuten kann man nicht reden. Hätte er reden wollen, dann hätte er uns, spätestens nachdem ihm klargeworden ist, um was es hier geht, hereingebeten. Auch hätte ich nicht gleich mit Konsequenzen drohen müssen, für den Fall, dass sie kein Interesse an einer Aufarbeitung dieses Vorfalles zeigen würden. Ich gehe aber davon aus, dass Toms Vater verstanden hat, was unsere nächsten Schritte sind, wenn er Tom nicht zur Vernunft bringen kann. Ich möchte jetzt nicht in Toms Haut stecken."

Ich dachte wieder an die Lüge von Tom, die mich so wütend gemacht hatte.

„Das war kein Versehen, das hat er mit Absicht getan!“, klagte ich Tom an.

„Darüber bin ich mir im Klaren. Und ich denke, das wird auch Toms Vater sofort klar gewesen sein. Hast du nicht gesehen, wie ihm die Gesichtszüge entglitten sind, als er das mit dem Feuerzeug gehört hat?“ Mein Vater drehte den Zündschlüssel um und startete den Motor. „Auch Toms Vater wird sich sofort gefragt haben, wieso Tom überhaupt ein Feuerzeug mit zur Schule genommen hat.“ Er legte den ersten Gang ein, hielt jedoch noch inne und sah mich direkt an, bevor er losfuhr. „Um rauchen zu dürfen, ist er noch deutlich zu jung. Also was hatte er mit dem Feuerzeug vor? Hatte er vor, in der Schule etwas anzuzünden? Nun, ich weiß nicht, wie gut die Versicherung von Toms Vater ist, ich vermute aber, dass eine vorsätzliche Brandstiftung von der Versicherung nicht abgedeckt wird. In dem Fall hätte Toms Vater, je nach Schwere des Brandes, den Rest seines Lebens den entstandenen Schaden abbezahlen dürfen. Oder hatte er sogar von vornherein vor, jemandem die Haare anzuzünden? Und glaube mir, kein Richter auf dieser Welt wird glauben, dass das aus Versehen passiert ist. Er musste das Feuerzeug neben deinem Kopf an deine Haare halten und dann gleichzeitig das Reibrad und das Gas am Feuerzeug betätigen. Das kann kein Versehen gewesen sein. Wir hätten auch direkt zur Polizei fahren und das zur Anzeige bringen können. Tom würde dafür nicht ins Gefängnis kommen, aber du kannst davon ausgehen, dass Tom in den kommenden Monaten von seinem Vater, von der Schule und natürlich vom Gericht einigen Ärger bekommen würde. Ich würde aber vorschlagen, dass wir den Weg der außergerichtlichen Einigung fortsetzen. Zumal ich das Gefühl hatte, dass Toms Vater eine Auseinandersetzung über das Gericht oder die Schule fürchtet. Du kennst Tom besser als ich. Hat er die Entschuldigung gerade eben ernst gemeint?"

Ich zuckte mit den Schultern.

Ich wusste es wirklich nicht. Wenn er es ernst gemeint hatte, dann sollten wir wieder miteinander quitt sein. Dann könnte jetzt alles wieder gut werden. Was ich aber gerade gelernt hatte, war, dass mein Vater mit Worten Macht auf jemanden ausüben konnte, den er gerade zum ersten Mal gesehen hatte. Ich war beeindruckt.

Noch am selben Tag fuhr ich mit meiner Mutter zu einem Friseur. Die Auswahl an möglichen Frisuren war, aufgrund der kurzen Haare links und oben, sehr stark eingeschränkt, und somit sollte ich meinen ersten Kurzhaarschnitt bekommen. Aufgrund der Brandspuren bestand die Frisörin darauf, mir vorher noch die Haare zu waschen. Natürlich willigte ich ein. Tom sollte ja die Rechnung bezahlen. Da durfte es dann auch mal etwas teurer sein. Nachdem sie mit dem Waschen und dem Schneiden fertig war, bekam ich noch eine Art Gel in die Haare. Hierdurch wirkten die Haare stachelig und standen steil nach oben. Ich fand das toll. Ich fragte mich allerdings, wie ich die Wirbel auf meinem Kopf mit diesen kurzen Haaren bändigen sollte.

# TOMS RACHE

*Lukas:* Donnerstag


In den ersten beiden Stunden hatte ich noch Angst vor der Reaktion von Tom. Aber weder in den Stunden noch während der Pausen kam eine Gemeinheit von ihm und seinen Freunden.

In der dritten Stunde fühlte ich mich bereits so sicher, dass ich mich sogar traute, mich am Englischunterricht von Frau Weber zu beteiligen. Auch im Matheunterricht machte ich mit, obwohl dieser im Schatten der kommenden Stunde bei Herrn Müller stand.


Frau Gerlach beendete die Mathestunde wenige Minuten vor dem Pausengong zur Fünfminutenpause und verließ das Klassenzimmer.

Ich nutzte die verlängerte Pause und ging zur Toilette. Als ich die Treppe wieder hochkam, der Gong hatte die Pause noch nicht verkündet, lehnte Tom am Treppengeländer und wartete offenbar auf mich. Michael und Carsten waren nicht bei ihm. Er wartete alleine. Vermutlich lag es daran, dass ich erst realisierte, dass er es war, als ich bereits oben angekommen war und quasi vor ihm stand. Er sah mich an und stellte sich mir in den Weg. Ich senkte meinen Blick und korrigierte meinen Weg so, dass ich zwischen ihm und der Wand an ihm vorbeigehen würde.

„Wegen dir Arsch habe ich jetzt zwei Wochen Hausarrest", klagte mich Tom an.

„Du hast angefangen! Du hast gesagt, dass wir quitt waren, und dann hast du mir die Haare angezündet!", erwiderte ich ebenfalls anklagend, als ich gerade an ihm vorbeigehen wollte. Tom holte mit der rechten Hand aus und schlug mit der flachen Hand knapp vor meinem Kopf an die Rigipswand. Der Aufschlag seiner Hand auf die Wand war laut. Sein Arm versperrte mir den Weg. Jetzt drehte er auch seinen Oberkörper zu mir. Ich drehte mich zu ihm, wich leicht zurück und stand nun mit dem Rücken an der Wand.

Voller Hass sah Tom mich an. Er spitzte seinen Mund und kam dichter an mein Gesicht heran. Dann spuckte mir Tom ins Gesicht. Ich spürte, wie der Speichel auf meiner rechten Wange, knapp neben meiner Nase herunterlief, und riechen konnte ich ihn auch. Er stank wie der Mundgeruch von Herrn Müller, als er in der Bibliothek hinter mir lag und sich mit seinem Kopf über mich gebeugt hatte.

Eine unerträgliche Wut erfasste mich – und ich schlug zu. Ohne zu zielen, ohne weiter nachzudenken, schlug ich Tom mit meiner rechten Faust auf die Nase. Da ich die Wand in meinem Rücken hatte, konnte ich mit der Faust nicht nach hinten ausholen, so wie ich es ansonsten wahrscheinlich gemacht hätte. Vielleicht hätte ich meine Absicht mit einer solchen ausholenden Bewegung verraten, sodass Tom in dem Fall noch seine Fäuste zur Verteidigung hätte heben können.

So aber hatte ich seine Nase voll getroffen. Tom war so überrascht gewesen, dass er seine linke Hand zum Schutz nicht rechtzeitig hatte heben können. Seine rechte Hand ruhte immer noch an der Wand neben meinem Ohr.

Mein Schlag hatte seinen Kopf nach hinten geworfen. Er wich zwei Meter zurück und hielt sich dabei seine Hände an die Nase. Während er sich von mir entfernte, sahen seine Augen ungläubig abwechselnd auf mich und auf seine Hände, die immer noch auf seiner Nase lagen. Er nahm seine Hände von der Nase und sah in seine geöffneten Handflächen. Blut tropfte aus seiner Nase und färbte Teile seiner Handflächen rot. Ich fühlte Genugtuung. Das war das erste Mal, dass ich jemanden geschlagen hatte. Ich hätte niemals gedacht, dass es sich so gut anfühlen könnte. Gleichwohl wusste ich sofort, dass ich einen Fehler gemacht hatte. Ich hatte mich nicht nur verteidigt, ich hatte angefangen zu schlagen! Aber das war mir jetzt egal. Mit der linken Hand griff ich nach meinem rechten T-Shirt-Ärmel und wischte mir die Spucke aus dem Gesicht.

„Ich mach' dich fertig!", rief mir Tom entgegen, während er seine Hände wieder an seine Nase führte. „Wir kriegen dich und dann bist du fällig!"

Tom drehte sich um und ging schnellen Schrittes zu unserem Klassenzimmer. Ich wusste, was Tom jetzt beabsichtigte. Er hatte es bereits verraten. Er würde jetzt seine Freunde als Verstärkung holen und mich dann verprügeln.

Ich rannte weg. Ich musste mich verstecken.

# DIE FÜNFMINUTENPAUSE ÄNDERT ALLES

*Herr Kretschmann:* Donnerstag 11:07 Uhr

Mathe war wirklich ein spannendes Fach. Die Kunst, ein guter Mathelehrer zu sein, bestand darin, diese Spannung auch an die Schüler zu übermitteln. Bisher gelang mir das nur in einigen wenigen Ausnahmefällen. Die meisten Schüler dieser Schule waren für Mathematik leider nur wenig empfänglich.

Um dennoch so etwas wie Spannung bei den Schülern aufbauen zu können, versuchte ich, das Material, mit dem ich im Unterricht arbeitete, zu variieren. Manchmal brachte ich Fernseher und Videorekorder mit in den Unterricht und ließ ein kurzes Video zu einem bestimmten Thema laufen. An anderen Tagen nahm ich einen Tageslichtprojektor mit in die Klasse und gestaltete den Unterricht über Folien. Meistens aber verwendete ich einfach nur die Tafel.

Es gab nicht viel, mit dem man den Unterricht abwechslungsreich gestalten konnte, aber das, was es gab, das nutzte ich aus.

Für die nächste Stunde brauchte ich einen Tageslichtprojektor.

Ich fand es eigentlich nicht gut, wenn man in der fünften Stunde noch Mathematik unterrichten musste. Zu diesem Zeitpunkt war die Konzentration der Schüler bereits auf einem Tiefpunkt. Aber wenn der Plan sagte, dass ich in der fünften Stunde Mathematik unterrichten sollte, dann habe ich eben Mathematikunterricht gegeben. Gelegentlich holte ich einen der Schüler an die Tafel, damit dieser hier eine Aufgabe löste.

In der Regel waren dann auch alle anderen Schüler wieder hellwach.

Da die Tageslichtprojektoren nicht dauerhaft in den Klassenzimmern standen und die Anzahl der zur Verfügung stehenden Projektoren eingeschränkt war, ging ich in der Pause zum
Materialraum, der in der Nähe des Lehrerzimmers und neben
der schuleigenen Bibliothek lag, um mir einen der Tageslichtprojektoren zu sichern.

Die Bibliothek war ein Projekt von Herrn Müller. Nachdem
er etliche Stunden in den Aufbau der Bibliothek investiert
hatte, war diese den Schülern im letzten Schuljahr zugänglich
gemacht worden.

Aufgrund geringer Nachfrage und einigen Vorfällen von
‚unsachgemäßer Behandlung‘ der Bücher wurde dieses Projekt
aber wieder eingestellt.

Ich öffnete die Tür zum Materialraum, den man seit einigen
Wochen nicht mehr abschließen konnte, und ging zu der Stelle,
an dem die Projektoren in dem Regal standen. Ich hatte Glück,
es waren noch welche da.


Der Raum konnte aktuell von außen nicht abgeschlossen
werden, da irgendein Spaßvogel vor einigen Wochen einen
Schlüssel in das Schloss gesteckt und diesen dann abgebrochen
hatte. Das Rätselhafte daran war, dass der abgebrochene
Schlüssel in das Schloss passte. Ansonsten hätte Herr Gottwald
das Schloss nicht einfach durch das Ansetzen eines Schrauben-
drehers aufschließen können.

Das aktuelle Schloss gehörte nicht zu dem Schließsystem
der Schule, da es vor über einem Jahr schon einmal ausge-
tauscht werden musste. Damals hatte jemand, als die Tür un-
verschlossen war, einen Kaugummi in das Schloss gedrückt.

Herr Gottwald musste das Schloss ausbauen, um es gegen das aktuelle auszutauschen. Jeder Lehrer bekam damals einen Schlüssel für das neue Schloss.

Da alle Lehrer ihren Schlüssel für das aktuelle Schloss noch hatten, wurde angenommen, dass einer der Schüler irgendwie an eine Kopie gekommen war und diesen in dem Schloss abgebrochen hatte.

Glaubten die Schüler, dass sie dadurch, dass sie den Lehrern den Zugang zum Materialraum versperrten, dem Unterricht entgehen konnten?


Gerade wollte ich den Tageslichtprojektor aus dem Regal heben, da hörte ich aus dem hinteren Teil des Raumes ein klackendes Geräusch.

Ich ließ den Tageslichtprojektor wieder los und sah mich nach der Ursache des Geräusches um. Hinten rechts in der Ecke des Raumes, leicht versteckt hinter einem nahezu leeren Regal, saß ein Junge zusammengekauert auf dem Boden. Die Füße bis an den Hintern herangezogen, die Arme auf den Knien verschränkt. Seine Stirn hatte er auf seinen Armen abgelegt. Ich konnte nicht erkennen, wer das war. Ich erkannte nur einen dunkelblonden Jungen mit kurzem Haar. Ich wendete mich von dem Projektor ab und ging ein Stück in seine Richtung.

„Was ist los? Was machst du hier? Hier drin habt ihr eigentlich nichts zu suchen", sagte ich vorsichtig.

Der Junge hob den Kopf und sah mich ängstlich an. Es war Lukas.

„Du brauchst keine Angst zu haben. Ich werde es schon niemandem verraten", beruhigte ich ihn, um ihm etwas die Angst zu nehmen.

„Wovor versteckst du dich hier?“, fragte ich. „Ist jemand hinter dir her? Ärgert man dich?“

Ich bekam keine Antwort. Er starrte mich nur an. Er zog seine Knie weiter an den Oberkörper heran. Dann senkte er seinen Kopf hinter die auf den Knien verschränkten Arme. Nur die Augen von Lukas waren zu sehen. Es hatte fast den Anschein, als wollte er sich hinter seinen Knien und Armen vor mir verstecken.

„Was ist los mit dir? Mir fällt kein Grund ein, wieso man sich freiwillig in diesem Raum aufhalten könnte.“

Keine Reaktion.

„Ist es wegen Tom? Versteckst du dich hier vor Tom? Letzte Woche Montag hatte ich auf der Treppe das Gefühl, dass Tom dich da verbal attackiert hat.“

Erneut herrschte Stille in dem kleinen Materialraum.

„Versteckst du dich hier vor jemand anderem?“, fragte ich Lukas. Wieder bekam ich keine Antwort. Da mir Lukas scheinbar nicht sagen wollte, was ihn in diesen Raum getrieben hatte, ging ich davon aus, dass man ihn mobbte und er sich hier nur verstecken wollte. „Es ist schlimm, wenn man geärgert wird. Es gibt einem das Gefühl, dass alle gegen einen sind und dass man keine Freunde mehr hat. Man bekommt Angst davor, zur Schule zu gehen, weil man befürchtet, wieder geärgert zu werden“, sagte ich und versuchte, ihm damit zu verdeutlichen, dass auch andere vor ihm mit diesem Problem zu kämpfen hatten.

Um das aktuell recht einseitige Gespräch vertiefen zu können, musste ich mich mit Lukas auf Augenhöhe begeben. Es war nicht möglich, ein vertrauensvolles Gespräch zu führen, bei dem der eine Gesprächsteilnehmer stand, während der andere auf dem Boden hockte.

„Darf ich mich zu dir setzen?", fragte ich Lukas und sah, wie er im gleichen Augenblick die Augen aufriss. Ohne seine Antwort abzuwarten, hockte ich mich an die ihm gegenüberliegende Wand. Er schien sich über mein Verhalten zu wundern. Er hob den Kopf leicht an und sah mich an, während ich mich setzte. Auf dem Boden angekommen, zog auch ich meine Beine an und verschränkte meine Arme auf den Knien. Das hatte ich Ewigkeiten nicht mehr gemacht, aber offenbar war ich noch flexibel genug.

Dann setzte ich das einseitige Gespräch fort: „Es gibt Wege, um da wieder rauszukommen. Ein Weg ist, sich physisch Respekt verschaffen! Wenn es zu viel wird, dann kann man sich körperlich zur Wehr setzen. Nun, in der Regel sind diejenigen, die andere ärgern, immer stärker. Das macht das Ganze riskant. Außerdem führt dieser Weg automatisch dazu, dass man selber auch Ärger mit den Lehrern und mit den Eltern bekommt. Das kann also fürchterlich schiefgehen. Diesen Weg kann ich also nicht empfehlen." Hier machte ich eine kurze Pause, um meine Empfehlung bei Lukas wirken zu lassen.

„Der zweite Weg: Man sucht sich Verbündete in der Klasse, die dann, wenn man geärgert wird, für einen Partei ergreifen. Der, der ärgert, hat dann wenigstens zwei Klassenkameraden gegen sich, und das verunsichert ihn in der Regel so sehr, dass er damit aufhört. Besser wäre es aber, wenn gleich mehrere Klassenkameraden helfen. Das ist ein sehr schwerer Weg. Denn zuerst muss man wissen, welche Schüler in der Klasse wirklich die Courage dazu haben. In der Regel haben die Schüler in den unteren Jahrgängen immer die Hosen voll, wenn jemand geärgert wird, und sind dankbar, dass es nicht sie getroffen hat." Wieder machte ich eine kurze Pause.

„Und bei dem dritten Weg, da sucht man sich Hilfe bei denjenigen, die den besten Rat wissen. Das sind die Eltern oder die Lehrer. Dafür müsste man allerdings seine Geschichte erzählen, damit man dann gemeinsam überlegen kann, wie man am besten vorgeht. Bei diesem Weg ist man niemals alleine. Wenn man Hilfe braucht, dann ist immer jemand für einen da", endete ich mit der Erläuterung der möglichen Auswege und hoffte, dass ich den dritten Weg schmackhaft hatte machen können. Ich ließ ihn einen kleinen Augenblick über das Gesagte nachdenken.

„Für welchen Weg würdest du dich entscheiden?", fragte ich schließlich.

Wieder entstand eine Pause der Stille. Lukas schien nachzudenken. Aus dem Nichts heraus hielt mir Lukas seine linke Hand entgegen. Die Finger waren fest zu einer Faust verschlossen, der Handrücken nach unten gerichtet. In seiner geschlossenen Hand befand sich ein Gegenstand, den ich nicht identifizieren konnte. Dieser Gegenstand war zu groß für seine Hand und ragte an beiden Seiten seiner Hand etwas hinaus.

Dann öffnete Lukas seine Hand und ich konnte in seiner geöffneten Handfläche ein zugeklapptes Taschenmesser entdecken. In der Haut seiner Hand konnte ich noch die Abdrücke des Messers erkennen, so fest hatte er dieses umklammert.

Das Taschenmesser fiel aus seiner Hand und schlug auf dem Boden auf. Ich war geschockt und starrte das Messer an.

Ich wendete meinen Blick von dem Taschenmesser ab und sah Lukas in die Augen.

„Was hattest du mit dem Messer vor, Lukas?" Ich bekam keine Antwort. Lukas schloss seine Hand wieder und verschränkte seine Arme erneut auf den Knien. Das Taschenmesser lag auf dem Linoleumfußboden zwischen uns.

„Wolltest du dich damit vor Tom schützen? Ist er es, der dich quält?", fragte ich weiter. Wieder bekam ich keine Antwort. „Was ist mit dir geschehen? Wenn man gehänselt wird, dann darf man sich dagegen wehren. Aber doch nicht so!", sagte ich etwas erbost und zeigte dabei auf das Messer. „Und wenn man sich nicht wehren kann, dann sucht man sich Hilfe", ergänzte ich wieder in einem ruhigen Ton.

Wieder bekam ich keine Antwort.

„Es würde mich sehr freuen, wenn ich dir helfen darf. Dafür muss ich aber wissen, was geschehen ist. Bitte! Lass mich dir helfen!", bat ich Lukas.

Wieder entstand eine Stille, in der Lukas nachzudenken schien.

„Wie alt bist du jetzt? Zwölf? Dreizehn?"

Lukas senkte den Kopf und legte die Stirn auf seinen Armen ab. Ich konnte seine Augen nicht mehr sehen.

„In dem Alter ändert sich das ganze Leben. Alles, was man bisher kannte, scheint jetzt nicht mehr von Bedeutung zu sein. Das Verhalten der Mitschüler ändert sich. Es scheint, dass jeder auf einmal der Stärkste und Beste sein möchte, und wer da nicht mithalten kann oder will, der wird von denen, die sich für die Stärksten und Besten halten, gnadenlos niedergemacht."

Hier wartete ich einen kleinen Augenblick und achtete auf eine mögliche Reaktion von Lukas. Seine Haltung änderte sich nicht. Scheinbar lag ich mit meiner Vermutung, dass er gehänselt wurde, falsch.

„Bei einigen kann es sein, dass auch die Eltern komisch werden. Sie verbieten Dinge, die noch vor einem Jahr kein Problem gewesen wären. Sie untersagen dir den Umgang mit bestimmten Menschen. Sie erwarten von dir, dass du ihnen immer sagst, wo du wann bist und wann du wieder nach Hause kommst. Verstößt du dagegen, so gibt es zu Hause ein Drama. In diesem Lebensabschnitt wird man mit Problemen konfrontiert, die es vorher nicht gegeben hat. Da man diese Probleme noch nie hatte, kennt man auch den Ausweg nicht, und sosehr man auch nachdenkt, es scheint keinen Ausweg zu geben!", steigerte ich mich und machte danach wieder eine Pause.

Lukas schien sich über die plötzliche Stille zu wundern, hob seinen Kopf und sah mich fragend an.

„Aber es gibt einen Ausweg", fuhr ich leise, aber sehr eindringlich fort. „Immer! Die einzige Frage ist nur, welcher Weg ist der richtige?"

Durch die Lautsprecher auf dem Flur ertönte der Gong. Die Pause war zu Ende. Lukas sah mich fragend an, sagte aber nichts. Nichts passierte.

„Es hat geklingelt", sagte Lukas nach einigen Sekunden auffordernd.

Mit einem knappen „Ja" bestätigte ich diese Tatsache. Wieder entstand ein Moment der Stille im Raum.

„Müssen Sie nicht in den Unterricht?"

„Nein. Ich glaube, jetzt gibt es Wichtigeres zu tun. Und wenn, dann müsstest du doch eigentlich auch in den Unterricht, oder? Ich denke, dass meine Klasse ganz glücklich ist, wenn ich nicht komme, um sie mit Mathematik zu quälen. Allerdings führt Langeweile in der Klasse oft dazu, dass sie Quatsch macht. In den Kreidekasten pullern, zum Beispiel."

Ich hörte ein kurzes Lachen von Lukas.

„Wer macht denn so etwas?", fragte Lukas leicht angeekelt.

„Ich habe das damals einmal gemacht. Das war aber nicht gerade eines meiner Meisterstücke. Ich war damals kein

Musterschüler, musst du wissen", bemerkte ich, in meinen Erinnerungen schwelgend.

„Ich war immer auf der Suche nach einem Weg, wie ich meinen Lehrern einen Streich spielen konnte. Niemals etwas Böses … also … nicht richtig böse …, aber schon so, dass sie sich etwas geärgert haben. Mit der Zeit hat sich mein Verlangen, Lehrern einen Streich zu spielen, aber unter den Lehrern rumgesprochen. Wenn etwas war, dann hatten die sofort mich in Verdacht. So auch bei dem Kreidekasten, in den ich gepullert hatte. Der Lehrer hat sofort gemerkt, dass da was nicht stimmt." Ich schien Lukas' Neugierde geweckt zu haben. Er sah mich an, sagte aber nichts.

„Na ja, … mit nasser Kreide kann man nicht auf der Tafel schreiben, und das riecht dann ja auch etwas. Nachdem er gemerkt hatte, dass das mit dem Schreiben nicht klappte, hat er die Kreide und den Kreidekasten untersucht. Natürlich hat er auch daran gerochen. Bis dahin fand ich das noch recht witzig. Das hat sich dann geändert, als er mich an die Tafel zitierte und ich den Rest der Stunde, mit der nassen Kreide in der Hand, an der Tafel stehen durfte", gestand ich eine meiner Untaten aus meiner frühen Jugend.

„Ich denke, mit nasser Kreide kann man nicht schreiben,", entgegnete Lukas aufmerksam.

„Es bleibt schon etwas an der Tafel, man kann das am Anfang nur sehr schwer erkennen. Wenn die Kreide an der Tafel getrocknet ist, dann kann man das Geschriebene aber erkennen. Meine Klassenkameraden hatten eine entspannte Stunde, mein Lehrer hatte nie mehr Freude am Unterricht als in dieser Stunde und ich habe mich die ganze Zeit geekelt." Ich entdeckte ein Grinsen in Lukas' Gesicht.

„Ich habe danach immer aufgepasst, dass ich nur Späße treibe, die nicht nach hinten losgehen können. Was hast du schon für Späße mit den Lehrern getrieben?"

„Ich mache so was nicht", erwiderte Lukas. Seine Augen sahen dabei in meine Richtung, sein Kopf war aber leicht gesenkt und auf seinen Lippen meinte ich, ein leichtes Grinsen erkannt zu haben.

„Ach, komm schon, du glaubst doch nicht, dass ich dir das abnehme?", entgegnete ich lachend. Dann hob Lukas den Kopf und sagte mit leichter Begeisterung in der Stimme: „Mein Vater hatte mal eine Salbe, wenn man die auf der Haut verteilt, dann wird es da richtig heiß."

„Das kenne ich. So eine Salbe habe ich auch. Was hast du damit gemacht?", fragte ich.

„Ich habe die mit zum Schwimmunterricht genommen. Als die Schwimmlehrerin dann etwas vorgemacht hat, da haben Patrik und ich ihr eine ordentliche Ladung in die Badelatschen geschmiert. Kurze Zeit, nachdem sie die Badelatschen wieder angezogen hatte, da ist sie dann ständig von einem Bein auf das andere gehüpft und hat mit den Armen gewedelt. „Was ist denn los hier? Ist der Boden heute so heiß?", imitierte Lukas die helle Stimme der Schwimmlehrerin und wedelte dabei mit seinen Armen. „Ihr müssen die Füße gebrannt haben." Aus Lukas Gesicht war die Traurigkeit und die Verzweiflung verschwunden. Wir lachten. Sein Lachen hielt aber nicht lange an.

Einen kurzen Augenblick herrschte Stille. In Lukas schien es zu arbeiten. Ich gab ihm die Zeit.

„Wollen Sie mir wirklich helfen?", erkundigte sich Lukas mit der alten zweifelnden Stimme.

„Das ist einer der Gründe, wieso ich Lehrer geworden bin. Ich möchte helfen. Ich habe in meinem Leben einiges an

Erfahrungen sammeln dürfen und auch sammeln müssen", erklärte ich. „Es ist wichtig, dass man Menschen mit Erfahrung um sich hat, denen man vertrauen kann. Das ist wichtig, wenn man in meinem Alter ist, aber erst recht, wenn man noch so jung ist wie du. Aber auch bei den Menschen mit Erfahrung gibt es gute und schlechte. Die guten kommen am Ende, wenn du nicht auf deren Rat gehört hast und unbedingt deine eigenen Erfahrungen sammeln wolltest und es dann schief gegangen ist, nicht mit dem Spruch ‚Ich hab's dir ja gesagt!'. Die guten reichen dir eine Hand und helfen dir wieder auf. Solche Menschen sind unwahrscheinlich wertvoll und natürlich auch schwer zu finden."

„Hatten Sie jemanden, der Ihnen half?", wollte Lukas wissen.

Ich dachte kurz nach.

„Ja. Das war auf der einen Seite der Mann meiner älteren Cousine. Den habe ich jetzt aber schon länger nicht mehr gesehen, aber als ich klein war, habe ich ihn immer bewundert. Ich glaube aber nicht, dass er weiß, welche Rolle er in meinem Leben gespielt hat. Und auf der anderen Seite meine Mutter. Auch wenn es lange gedauert hat, bis ich verstanden habe, dass in ihrem Rat eine tiefe Weisheit lag."

Ich machte eine kurze Pause und sah Lukas in die Augen.

„In der Regel wollen Kinder nicht auf die Erfahrung und die Ratschläge ihrer Eltern hören. Dabei sind sie es, die die besten Ratschläge geben können."

Es entstand wieder eine kleine Pause der Stille, in der es in Lukas erneut zu arbeiten schien. Ich fuhr fort:

„Die Eltern geben ihren Kindern ständig Tipps und Ratschläge. Irgendwann werden die Kinder aber immer selbstständiger und wollen ihre eigenen Erfahrungen machen. Die Eltern sagen: ‚Das ist nicht gut, wenn du das machst!‘ Natürlich nennen sie dann auch die Gründe und die daraus resultierenden Konsequenzen, und das Kind sagt daraufhin: ‚Nein, das wird geil!‘… Das ist der Moment, in dem die Eltern kurz abschätzen sollten, ob durch das Sammeln eigener Erfahrungen aus diesem Vorhaben ein dauerhafter Schaden entstehen könnte. Wenn das nicht der Fall ist, dann sollten die Eltern einen Schritt zurücktreten und ihren Sprössling seine eigene Erfahrung machen lassen. Vielleicht findet er ja einen Weg, bei dem die Sache wirklich geil wird? Von dieser Erfahrung können dann wiederum andere lernen. Geht das aber schief, dann lernt der Sprössling, dass die Erfahrung der älteren Generation sehr wertvoll sein kann. So war es auch bei mir und meiner Mutter. Es gibt allerdings Erfahrungen, die muss jeder selber machen. Dazu gehört in meinen Augen … Oh, Gott! Ich rede schon wieder viel zu viel. Das ist so eine typische Angewohnheit der Lehrer. Ich hoffe, du nimmst mir das nicht übel?“

Lukas machte eine Bewegung mit seiner Hand, als würde er eine Fliege wegwischen, und sah mich auffordernd an.

„Zu diesen Erfahrungen gehören der erste Liebeskummer und das erste Mal betrunken zu sein. Beim Betrunkensein muss man lernen, wo der Punkt ist, von dem aus es keinen Spaß mehr macht und wo man sich sicher sein kann, dass der folgende Tag alles andere als angenehm sein wird. Das ist schon viel zu viel Information für dein Alter. Ich hoffe, du verrätst mich nicht an deine Eltern. Wenn die erfahren, dass ich dir in deinem Alter solche Tipps gebe, das könnten die mir richtig übel nehmen.“

Wieder sah ich die wegwischende Bewegung seiner Hand und redete weiter:

„Beim Liebeskummer ist es ähnlich. Wenn man Liebeskummer hat, dann fühlt es sich an, als ob die Welt nie wieder schön werden könnte. In jeder Minute fühlt man einen tiefen Schmerz in sich drin. Einen Schmerz, der einen zu zerreißen scheint. Mit der Zeit lässt dieser Schmerz aber nach und die nächste große Liebe bahnt sich an. Noch viel schöner als die vorherige. So lernt man, dass nach jedem Tief auch wieder ein Hoch kommt und dass dieses Hoch noch höher sein kann als das vorherige."

Lukas schien nachzudenken.

„Die Erfahrungen, die du sammelst, begrenzen sich aber nicht nur auf diese zwei Bereiche. In allen Lebenslagen gilt es, einen Erfahrungsschatz aufzubauen. Irgendwann hast du dann genug Erfahrungen gesammelt, sodass du es erkennst, wenn du einen Weg einschlägst, der kein gutes Ende nehmen wird." Ich versuchte, Lukas in die Augen zu sehen. „Und wenn du dann alt und weise bist, dann wirst du versuchen, den Jüngeren mit deinem Rat und mit deiner Weisheit zur Seite zu stehen. Dabei wirst du dann feststellen, dass auch diese Generation ihre eigenen Erfahrungen machen möchte. Aber bis du alt und weise bist, solltest du noch auf den Rat derer hören, denen du am meisten vertraust. Auch wenn genau das schwerfällt."

In meiner ganzen Zeit als Schüler und Lehrer hatte ich die Schule immer als belebten und zum Teil auch lauten Ort kennengelernt. In diesem Augenblick wirkte die Schule auf mich eher tot und still.

„Wir kennen uns kaum. Ich durfte erst zweimal in deiner Klasse unterrichten. Ich gehöre auch nicht zu deiner Familie. Ich hoffe aber dennoch, dass ich dir das Gefühl geben konnte, dass ich wirklich helfen will und dass man mir vertrauen kann. Glaubst du, dass man mir vertrauen kann?"

Lukas sah mich an und sagte leise: „Ja."

„Versteckst du dich hier vor Tom?“, fragte ich sehr ruhig.

Lukas nickte.

„Was ist geschehen, dass du dich vor ihm verstecken musst?“

„Noch vor zwei Wochen war alles in Ordnung. Er hat keine Notiz von mir genommen. Aber dann wurde alles anders.“

Dann erzählte mir Lukas, was in den vergangenen Tagen zwischen ihm und Tom vorgefallen war. Während er über das Vorgefallene berichtete, kam es immer wieder vor, dass seine Stimme vor Verzweiflung brach und ich ihn kaum noch verstehen konnte. Er erzählte von dem kleinen, aber nicht unbedeutenden Vorfall mit der Stiftemappe, er berichtete über die Begegnung mit Tom auf der Toilette, dass er daraufhin den Sportunterricht geschwänzt hatte, und wie ihn Tom am Folgetag bedrängt hatte. Er berichtete über das Kaugummi auf seinem Stuhl, wie er von Tom auf dem Flur unter der Treppe in die Enge getrieben und geschlagen wurde, wie er entkommen war und wie er nach Schulschluss von Tom verprügelt wurde. Er erzählte, dass er geglaubt hatte, dass Tom und er jetzt quitt wären, und wie Tom ihm am Mittwoch die Haare angezündet hatte. Dann erzählte er, dass er gestern mit seinem Vater bei Tom und dessen Vater war, wie Tom ihm heute ins Gesicht gespuckt hatte und wie er Tom daraufhin ins Gesicht geschlagen hatte.

„Und deshalb ist Tom jetzt hinter dir her? Deshalb versteckst du dich hier?“, fragte ich, nachdem Lukas mit seiner Erzählung geendet hatte.

Lukas nickte.

„Ich verstehe dich, Lukas“, sagte ich einfach nur. „Ich weiß, wie du dich fühlst. Ich weiß, wie es sich anfühlt, wenn man gemobbt wird. Ich weiß, wie erniedrigend es ist, wenn man angespuckt wird, und ich kann gut nachvollziehen, dass du Tom deswegen geschlagen hast. Bei dem, was du mir da gerade erzählt hast, glaube ich nicht, dass es irgendjemanden gibt, der das nicht genau so gemacht hätte. Mal ganz davon abgesehen, dass sich viele schon sehr viel früher zur Wehr gesetzt hätten.“

Waren Lukas‘ Augen während seiner Erzählung halb geschlossen und mehr auf den Fußboden fixiert gewesen, öffneten sich seine Augen jetzt und er sah mich an.

„Wieso bist du nicht zu einem deiner Lehrer gegangen und hast denen das erzählt?“, fragte ich.

„Das habe ich versucht. Ich habe versucht, es Herrn Tönjes zu erzählen und ich wollte es Frau Oltmann erzählen. Sie haben mir nicht zugehört.“

Dann erzählte Lukas von seinem Versuch, Herrn Tönjes und Frau Oltmann von den Ereignissen mit Tom in Kenntnis zu setzen. Er erzählte, wie er von Frau Oltmann zur Schlachtbank geführt worden war, und er erzählte, wie enttäuscht er von Herrn Tönjes war, weil diesem die Biologiearbeit wichtiger gewesen war als sein Hilferuf.

„Ich höre dir zu“, erklärte ich ruhig. „Und was ist mit deinen Eltern? Haben sie dir auch nicht zugehört?“

Wieder entstand eine kleine Pause, in der es in Lukas zu arbeiten schien.

„Da ist noch etwas“, sagte Lukas, scheinbar ohne dabei auf meine Frage einzugehen.

„Na, sag schon. Was ist es?“

„Versprechen Sie mir, dass Sie das niemandem verraten werden?“, bei dieser Frage sah mir Lukas direkt in die Augen.

„Ich verspreche dir, dass ich nichts machen werde, was du nicht willst, und wenn du möchtest, dass unser Gespräch vertraulich bleibt, dann werde ich niemandem etwas erzählen", sagte ich und hielt dabei den Blickkontakt.

Lukas senkte seinen Blick auf den Boden, vergrub sein Gesicht aber nicht hinter seinen Armen. Wieder entstand ein kurzer Augenblick der Stille. Auf dem Flur hörte man das Getrappel eines vorbeilaufenden Schülers. Zumindest glaubte ich, dass es ein Schüler war, der auf dem Flur gelaufen war. Ich konnte mir nicht vorstellen, dass einer der Lehrer auf dem Flur laufen würde.

„Ich habe Angst", raunte Lukas leise. Ich hatte es fast nicht verstanden, so leise war er.

„Das ist verständlich. Bei dem, was du mir gerade erzählt hast, da hätte ich auch Angst vor T..."

„Das meine ich nicht!", warf mir Lukas verzweifelt und überraschend laut entgegen, noch bevor ich den Namen ausgesprochen hatte. Ich sah Lukas fragend an. Wenn er in dieser Situation nicht vor Tom Angst hatte, wovor dann? Das war für mich eine sehr überraschende Wendung in diesem Gespräch.

„Vor was hast du Angst?", fragte ich. Erneut folgte ein Moment der Stille.

„Man hat mir wehgetan", murmelte Lukas dann sehr leise mit gesenktem Blick.

„Meinst du Tom? Hat Tom dir weh getan?", hakte ich nach. Lukas schlug zweimal kurz hintereinander mit seinem Hinterkopf gegen die Wand.

„Auch! Aber das ist es nicht", meinte Lukas. Eine Träne löste sich in seinem linken Auge und rollte langsam seine Wange herunter.

Wieder entstand ein kurzer Augenblick der Stille, in der in mir die Gedanken hin- und herflogen. Ich hatte Angst vor der nächsten Frage und erst recht vor der Antwort.

„Wo hat man dir weh getan?"

Wieder vergingen Sekunden der Stille. Es waren bestimmt nur wenige Sekunden, für mich waren es aber die längsten Sekunden meines Lebens.

Langsam löste Lukas seinen rechten Arm aus der Umklammerung seiner Knie. Er senkte seine Hand langsam den Oberschenkel entlang, bis zu seinem Hintern. In Gedanken flehte ich darum, dass sich seine Hand weiterbewegen möge. Egal wohin, nur nicht da. Sie bewegte sich nicht weiter. Genau hier blieb die Hand stehen und sein Zeigefinger bestätigte meine Befürchtung. In mir breitete sich Entsetzen aus. Obwohl sich mein Mund trocken anfühlte, musste ich schlucken.

„Wer hat dir weh getan?", fragte ich.

Nach einem kurzen Zögern antwortete Lukas sehr leise: „Herr Müller."

„Wann war das? Wann hat er das getan?", fragte ich und bereute es sofort, diese Frage gestellt zu haben. Ich hoffte, dass er die Frage nicht so verstand, dass ich den Wahrheitsgehalt anzweifelte.

„Vor zwei Wochen. Am Donnerstag", erzählte Lukas stockend. Dabei löste sich erneut eine Träne und rollte seine rechte Wange hinunter.

Ich hoffte, er würde seine Antwort fortsetzen, ohne dass ich eine weitere Frage stellen musste. Ich befürchtete erneut, etwas Unüberlegtes zu sagen. Ich musste zuerst meine Gedanken neu sortieren. Eine Strategie für ein solches Gespräch hatte ich nicht. Weitere Sekunden verstrichen, ohne dass einer von uns etwas sagte.

„Ich musste ihm helfen, die Bücher aus dem Deutschunterricht in die Bibliothek zu bringen. Er wollte zuerst, dass ich in den Materialraum gehe. Erst als ich ihn gefragt habe, ob die Bücher nicht eigentlich in die Bibliothek gehören, hat er hier aufgeschlossen. Als ich die Bücher dann einsortiert habe, da stand er auf einmal hinter mir und hat mir seine Hand auf die Schulter gelegt. Ich habe mich weggedreht, aber er ist mir gefolgt und hat mich dann umarmt. Er hat fest zugedrückt, ich konnte nicht weg. Ich habe versucht, mich aus der Umarmung zu befreien, aber ich kam da nicht raus … Ich kam da nicht raus!"

Jetzt war ich es, der schwieg. Jetzt war ich es, der nicht wusste, was er sagen sollte. Ich ahnte, wie sehr Lukas mit sich rang, und ich ahnte, was er mir sagen wollte. Und ich hatte Angst vor dem, was er noch sagen würde. Lukas sprach weiter:

„Er sagte: ,Du bist ein guter Junge' und ist mit seiner Hand unter mein T-Shirt gegangen. Er ist mit seiner Hand meinen Rücken hochgegangen, bis zu den Schultern, und hat mir dann den Rücken getätschelt."

Lukas hob seinen Kopf und sah mir direkt in die Augen. Ich erkannte Verzweiflung in seinem Blick. Ich stand immer noch unter Schock und war sprachlos.

„Ich wollte das nicht!" Nach diesen Worten löste er den Blick wieder von mir und wischte die Träne auf seiner Wange mit dem Ärmel seines T-Shirts ab.

„Ich habe geschrien … Ich habe ihm direkt ins Ohr geschrien, und da hat er den Griff gelockert. Ich habe versucht, mich loszureißen und bin dann gefallen. Ich konnte den Sturz nicht abfangen und bin mit dem Kopf auf dem Boden aufgeschlagen. Dann wurde alles schwarz. Ich weiß nicht, was dann passiert ist“, berichtete Lukas leise. Es entstand eine sehr bedrückende Stille zwischen uns.

„Du warst ohnmächtig? Was ist geschehen, als du aus der Ohnmacht erwacht bist?“, fragte ich stockend.

„Als ich wieder aufgewacht bin, lag ich da auf dem Fußboden in der Bibliothek.“ Dabei zeigte Lukas auf die Wand zur benachbarten Bibliothek.

„In der Bibliothek?“, fragte ich und erinnerte mich an die Worte von Herrn Gottwald vor zehn Tagen, als er mir sagte, dass sich am vorherigen Donnerstag jemand in der Bibliothek übergeben hatte.

„Hast du dich in der Bibliothek übergeben?“, fragte ich.

„Woher wissen Sie das?“ Lukas sah mich bei dieser Frage mit großen Augen an.

„Nur so eine Ahnung. Ich vermute, du hattest eine Gehirnerschütterung. Herr Müller hätte eigentlich einen Arzt rufen müssen. Wo war er, als du aufgewacht bist?“

Lukas schwieg. Verlegen sah er auf den Fußboden im vorderen Teil des Raumes. Ich bereute, dass ich ihn in seinem Redefluss unterbrochen hatte.

„Ich hatte kein T-Shirt mehr an, und meine Hose …“, sagte er dann leise.

„Was war mit deiner Hose, Lukas?“, fragte ich, nachdem Lukas scheinbar nicht weiterreden wollte.

„Er hatte sie mir runtergezogen. Als ich wieder aufgewacht bin, da hatte ich meine Hose an, aber meine Unterhose war falsch. So hätte ich mir die Unterhose niemals angezogen. Er hatte sie mir ausgezogen“, berichtete Lukas mit einem Zittern in der Stimme. „Herr Müller lag hinter mir.“

Ich sagte nichts. Ich stellte mir lediglich die Szene vor, die sich vor zwei Wochen im Nebenraum abgespielt hatte.

„Sein Hemd und der Gürtel seiner Hose waren auf. Und mein Hintern tat so weh."

Ich wusste nicht, was ich daraufhin sagen sollte. Die Bilder, die sich in meinem Kopf abspielten, ekelten mich an.

„Nachdem ich aufgewacht bin, wurde mir schlecht und ich habe mich übergeben. Herr Müller lag hinter mir. Ich wusste da noch nicht, dass er hinter mir auf dem Boden lag. Nachdem ich mich übergeben hatte, da hat er mich zu sich gezogen und mich umklammert. Er hat mir seinen Arm um den Hals gelegt. Ich konnte kaum noch Luft kriegen. Dann hat er gesagt, dass ich es niemandem erzählen darf. Er sagte, dass das unser Geheimnis bleibt. Erst als ich gesagt habe, dass ich das nicht weitersagen werde, da hat er seinen Arm gelockert und ich habe wieder Luft kriegen können."

Ich war immer noch entsetzt und konnte nichts sagen.

„Wieso hat er das gemacht? Was habe ich ihm getan?", fragte Lukas verzweifelt.

Ich fand meine Fassung wieder und antwortete:

„Du hast keine Schuld, Lukas. Was er getan hat, ist das Schlimmste, was man einem Kind antun kann. Herr Müller ist schuld. Nur er alleine! Aber wir werden dafür sorgen, dass er dafür bestraft wird. Richtig bestraft wird. Er wird für einige Jahre ins Gefängnis einwandern. Lange genug, dass du nie wieder Angst vor ihm zu haben brauchst, darauf gebe ich dir mein Wort! Und Leute, die so etwas getan haben, werden selbst von Häftlingen als der Abschaum vom Abschaum betrachtet, er wird dort also kein schönes Leben haben, das kann ich dir versichern."

Bei diesen Worten sah mich Lukas mit großen Augen an.

„Hat er dir auch noch an anderen Stellen wehgetan?“

„Nur an meinem Kopf und an meinem Hintern. Jedes Mal, wenn ich mich zu schnell bewegt habe oder wenn ich meine Beine heben musste, hatte ich starke Schmerzen.“

„Wieso ist das niemandem aufgefallen? Das hätte doch viel früher auffallen müssen, dass mit dir etwas nicht stimmt. Es hätte doch zum Beispiel deinen Eltern auffallen müssen, dass du Schmerzen hast?“

„Immer wenn jemand gefragt hat, dann habe ich gesagt, dass ich Muskelkater habe.“

Jetzt erinnerte ich mich auch an meine Begegnung mit Lukas an dem Montag vor zehn Tagen auf der Treppe, und mir wurde schlagartig klar, dass ich bereits seit längerem Bestandteil dieser Geschichte war und dass auch ich nichts gemerkt hatte. Auch ich hatte nicht hinterfragt, ob hinter der Geschichte mit dem Muskelkater nicht mehr steckte.

Es war ein tiefer und dröhnender Schmerz, den ich jetzt in meinem Herzen fühlte. Ich war von mir selbst enttäuscht. Ich konnte Lukas nicht in die Augen sehen. Jetzt waren es meine Augen, die den Fußboden zwischen Lukas und mir fixierten.

„Lukas, wenn einem ein Unrecht widerfährt, dann darf man nicht schweigen“, sagte ich leise, hob den Blick, sah Lukas wieder in die Augen und äußerte energisch: „Dann muss man schreien! Und wenn einem keiner zuhört, dann muss man noch lauter schreien. Durch Schweigen ist noch niemand zu seinem Recht gekommen! Durch Schweigen ist noch kein Unrecht bestraft worden!“

Zwischen uns entstand wieder ein Moment der Stille.

„Es tut mir leid, dass ich deine Situation nicht bereits am Montag vor zwei Wochen auf der Treppe erkannt habe. Es tut mir leid, dass auch ich einer derjenigen war, die dir nicht zugehört haben. Es tut mir wirklich leid! Ich bin mir sicher, dass wir einiges von deinem Leid hätten vermeiden können, wenn ich da erkannt hätte, dass du Hilfe brauchst. Bitte entschuldige."

Lukas sah mich mit großen Augen an, sagte aber nichts.

„Hast du versucht, auch das einem der Lehrer zu erzählen?"

„Ich habe versucht, es Frau Oltmann zu erzählen, und ich habe überlegt, ob ich es Frau Weber erzähle. Ich wusste aber nicht, ob sie mir glauben würden."

„Beide hätten dir geglaubt, Lukas. Und beide hätten dir geholfen. Sie hätten dich sofort in Schutz genommen." Einen kleinen Augenblick trauerte ich um die verpassten Chancen.

„Lukas, diese eine Frage muss ich dir noch stellen: Wieso haben deine Eltern nichts bemerkt und wieso hast du deinen Eltern nichts davon erzählt? Die sollten als allererstes daran interessiert sein, dass es dir gut geht und dass du glücklich bist", fragte ich und hoffte, hier nicht auf eine weitere Hiobsbotschaft zu stoßen.

„Ich wollte nicht, dass sie von mir enttäuscht sind, und ich habe geglaubt, dass … wenn ich nichts sage, wenn keiner weiß, was passiert ist, dass dann einfach alles so bleibt wie früher. Meine Eltern glauben, dass ich eine Grippe hatte, und mein Bruder glaubt, dass ich einfach nur die Englischarbeit am Freitag schwänzen wollte."

„Wir sollten es deinen Eltern sagen, Lukas", erklärte ich eindringlich und sah Lukas dabei in die Augen. „Sie werden dir helfen wollen. Sie wollen, dass du glücklich bist. Wenn sie nicht wissen, was dir passiert ist, dann werden sie dich und deine Reaktionen irgendwann nicht mehr verstehen und die

falschen Entscheidungen treffen oder die falschen Schlussfol-
gerungen ziehen.“

Erneut herrschte für wenige Sekunden Stille in diesem
Raum.

Ich überbrückte die Stille mit den Worten: „Wenn wir weiter
schweigen, dann wird es nicht besser. Dann wirst du niemals
damit abschließen können.“

Lukas umschlang mit den Armen erneut seine Knie und
starrte kurz auf den Fußboden zwischen uns.

„Was machen wir jetzt?“, fragte er schließlich, ohne den
Blick zu heben.

„Du bestimmst, wie es weitergeht, Lukas. Ich kann hier aber
nicht rausgehen und so tun, als ob nichts gewesen wäre, und
ich möchte hier nicht rausgehen und so tun, als ob nichts geschehen ist. Herr Müller muss bestraft werden, und auch Tom
muss wieder zur Vernunft gebracht werden. Lass es uns jetzt
beenden! Denkst du nicht auch, dass es das Beste wäre, wenn
wir das jetzt beenden?“

„Ja“, antwortete Lukas leise, aber bestimmt.

Ich stand auf und ging die paar Schritte zu Lukas. Lukas
löste die Umklammerung seiner Knie etwas und hob fragend
seinen Blick. Ich reichte Lukas meine Hand, um ihm aufzuhel-
fen.

„Komm! Wir beenden das jetzt! Es ist kein einfacher Weg,
den wir jetzt gehen müssen, aber … es ist der richtige Weg!“

Die Fünfminutenpause war vorüber.

# DIE FÜNFMINUTENPAUSE


*Lukas:* Donnerstag, einige Minuten zuvor

Die Fünfminutenpause hatte noch nicht mal begonnen, und ich war schon auf der Flucht vor Tom. Ich hatte Tom gerade geschlagen und lief so schnell ich konnte die Treppe herunter. Ich wusste, dass es nicht lange dauern würde, bis auch Tom mit seinen Freunden unten auf dem Schulflur ankommen würde.

Ich hatte Angst vor Tom. Ich wusste, dass er mich jetzt mit Michael und Carsten in der ganzen Schule suchen würde. Das Versteck unter der Treppe war gut, aber ich befürchtete, dass sie jetzt alle Winkel auf den Fluren und auch die Toiletten durchsuchen würden.

Bei den Lehrern würde ich jetzt vergeblich nach Schutz suchen. Als ich das letzte Mal im Lehrerzimmer war, um um Schutz oder Hilfe zu bitten, war ich zuvor von Tom geschlagen worden. Damals war die Lage eine ganz andere, und dennoch hatte man mir nicht geholfen. Jetzt hatte ich Tom geschlagen. Mit welcher Reaktion der Lehrer hätte ich in diesem Fall rechnen können?

Ich brauchte ein besseres Versteck.

Herr Müller hatte vor zwei Wochen die Tür vom Materialraum nicht aufzuschließen brauchen. Ich hatte deshalb die Vermutung, dass dieser Raum nie abgeschlossen wurde. Das wusste niemand von den Schülern, folglich sollten auch Tom und seine Freunde nichts davon wissen. So hoffte ich.

Die Gefahr, dass Herr Müller in dieser Pause in den Materialraum kommen würde, hielt ich für gering. In der kommenden Stunde würden wir erneut Deutsch bei ihm haben. Die Bücher, die in der Bibliothek lagerten, hatten wir während der letzten

Stunden auch nicht gebraucht. Ich rechnete also damit, dass Herr Müller die Bücher auch für die kommende Stunde nicht holen würde. Generell nahm er eigentlich nur sehr selten Material mit in den Unterricht. Somit war der Materialraum in dieser Pause, in der ich mich vorrangig vor Tom, Michael und Carsten verstecken musste, der sicherste Raum in dieser Schule.

Ich fürchtete mich aber auch vor dem Materialraum. In diesem Raum herrschten die gleichen Lichtverhältnisse und der gleiche Geruch wie in der Bibliothek.

Ich hatte mich vor einiger Zeit mal mit Patrik darüber unterhalten, wo man sich an dieser Schule am besten verstecken konnte. Damals hatte ich nicht an die Lücke unter der Treppe gedacht, und dass der Materialraum nicht abgeschlossen wurde, das wusste ich da noch nicht.


Ich musste so schnell wie möglich von diesem Flur herunter und in den anderen Flur kommen – den, der zum Lehrerzimmer und zum Materialraum führte. Erst nachdem ich auf diesen abgebogen war, wurde ich langsamer.

Der Gong zur Fünfminutenpause hallte durch den Schulflur. Auf dem Flur befanden sich bereits einige Schüler. Ich reduzierte meine Geschwindigkeit und ging nur noch schnell. Wenn ich jetzt noch gelaufen wäre, so hätte ich die Aufmerksamkeit der Schüler auf diesem Flur auf mich gezogen. Wenn Tom dann einen der Schüler gefragt hätte, ob hier jemand vorbeigelaufen war, so hätte er mit Sicherheit eine Antwort bekommen. Ich durfte nicht auffallen. Durch den Sprint die Treppe herunter hämmerte mein Herz und ich atmete kurz und tief.

Bis zum Lehrerzimmer auf der linken Seite des Flures waren es etwa fünfzig Meter, bis zu der Tür vom Materialraum auf der rechten Seite waren es vielleicht sechzig Meter.

Auf dem Flur vor dem Lehrerzimmer und auch auf den Bänken waren nur sehr wenig Schüler. Auf der Höhe des Lehrerzimmers blickte ich kurz hinter mich, um zu sehen, ob Tom bereits auf diesem Flur war. Ich konnte ihn und seinen Freunde jedoch nicht entdecken. In beschleunigtem Tempo setzte ich meine Flucht fort, bis ich vor der Tür vom Materialraum stand. Weiter links sah ich die Tür mit dem Schild Bibliothek.

Selbst die Tür vom Materialraum wirkte auf mich beängstigend. Ich sah mich erneut nach Tom und seinen Freunden um. Niemand interessierte sich für mich und für das, was ich an dieser Tür machte. Ich drückte die Türklinke herunter und zog an ihr. Die Tür war nicht verschlossen. Ich öffnete die Tür, ging hinein und schloss die Tür hinter mir.

Ich sah mich in dem Materialraum um und ging vorsichtig weiter hinein. Das Dämmerlicht und der Geruch von Linoleum riefen mir die Bilder mit Herrn Müller in der Bibliothek in Erinnerung. Unweigerlich kam in mir wieder Panik auf. Ich hatte Angst! Aber nicht vor Tom. Hier überwog eine andere Angst. Eine Angst, die tiefer lag. Ich hatte Angst vor diesem Raum und ich hatte Angst vor dem, was in dem Raum nebenan geschehen war.

Ich spürte das Verlangen, den Materialraum wieder zu verlassen. Aber wo sollte ich hingehen? Bestimmt suchten Tom, Michael und Carsten auf dem Flur bereits nach mir. Es gab kein Zurück mehr. Ich musste hier bleiben.

Die Regale auf der linken und der rechten Seite gingen nicht ganz bis an die hintere Wand des Raumes. Während in dem vorderen Bereich des Raumes allerlei Dinge abgestellt wurden, wurde die Fläche im hinteren Teil des Raumes scheinbar nicht als Abstellfläche verwendet.

Ich ging in den hinteren Teil des Raumes und setzte mich zwischen dem Regal und der Wand zum Innenhof auf den Boden.

In der kommenden Stunde würden wir Deutsch bei Herrn Müller haben. Die Strategie vom letzten Montag, gemeinsam mit dem Lehrer zum Klassenzimmer zu gehen, schied in diesem Fall gänzlich aus. Ich konnte nicht gemeinsam mit ihm zum Klassenzimmer gehen. Die Angst und der Ekel vor ihm machten das unmöglich.

Ich rechnete auch nicht damit, dass sich das Verhältnis zwischen Tom und mir innerhalb der verbleibenden Zeit der Fünfminutenpause beruhigen würde. In der sechsten Stunde hatten wir wieder Sport bei Herrn Ehlers. Ich wusste nicht, wie ich von Tom unentdeckt zur Turnhalle und dann im Anschluss zu meinem Fahrrad kommen sollte.

Die kommenden beiden Stunden würde ich wieder schwänzen müssen.

Es war nur noch eine Frage der Zeit, bis meine Fehlstunden auffallen würden. Herr Ehlers hatte in der letzten Woche ja schon angekündigt, dass mein erneutes Fehlen Konsequenzen haben würde.

Mein Puls und meine Atmung hatten sich inzwischen beruhigt.

Wie sollte ich meinen Eltern gegenüber die Fehlstunden erklären? Auch Herr Tönjes wollte sich wegen der 5- in Bio mit meinen Eltern und mit Herrn Müller unterhalten. Irgendwann würde auch das ans Tageslicht kommen und alle würden mir die Schuld geben. Sie würden mir die Schuld an den

Fehlstunden geben, sie würden mir die Schuld an den schlechten Noten geben und sie würden mir die Schuld an der Eskalation mit Tom geben.

Wer würde mir jetzt noch glauben?

Auf dem Fußboden hockend zog ich meine Hacken dichter an mich heran und umklammerte meine Knie mit den Armen.

Wenn ich mich jetzt an meine Eltern wenden würde und ihnen die ganze Geschichte erzählen würde, was würden sie von mir denken? Würden sie mir noch glauben und würden sie mein Handeln verstehen? Wenn ich ihnen jetzt erzählen würde, was Herr Müller getan hatte, würden sie dann vermuten, dass ich diese Geschichte nur erfunden hatte, um eine Erklärung für alles andere zu haben? Ich konnte ja nicht mal mit Sicherheit sagen, was geschehen war. Ich war bewusstlos gewesen.

Es war zu spät! Ich hatte zu lange gehofft, dass alles wieder gut werden würde. Ich fand keinen Ausweg! Es waren zu viele Probleme, die es zu lösen galt. Wenn ich eines dieser Probleme nicht lösen konnte, dann würde das unweigerlich dazu führen, dass alle Probleme aufgedeckt werden würden. Die Gesamtsituation war zu komplex.


Was wäre geschehen, wenn ich an dem Donnerstag vor zwei Wochen direkt von der Bibliothek in das Sekretariat zu Frau Gesierich gegangen wäre? Hätte Frau Gesierich mir zugehört? Hätte sie mir das mit Herrn Müller geglaubt? Wie wären die zwei Wochen dann verlaufen? Würde Herr Müller dann jetzt im Gefängnis sitzen? Bei Wasser und Brot, und den ganzen Tag damit beschäftigt, Streichhölzer zu schnitzen, oder was man sonst so im Knast macht?

Noch vor zwei Wochen konnte ich von mir behaupten, dass ich meine Eltern noch nie angelogen hatte. Es bestand einfach nicht die Notwendigkeit zu lügen. Wenn mir meine Mutter oder mein Vater eine Frage gestellt hatten, bei deren wahren Antwort ich in Schwierigkeiten hätte kommen können, dann hatte ich einfach nichts gesagt oder eine Antwort hinausgezögert. Meistens verloren meine Eltern, nachdem sie eine Frage gestellt hatten, ziemlich schnell die Geduld und gingen zu der nächsten Frage, die dann nicht so kompromittierend war, über.

Und wenn sich eine Antwort doch nicht vermeiden ließ, so war die Strafe für das gestandene Vergehen eher milde. Ich hatte dann immer das Gefühl, dass meine Eltern froh darüber waren, dass ich sie nicht angelogen hatte. Zumal meine Eltern eh immer mitbekommen haben, wenn ich nervös wurde. Wie auch immer die das gemacht haben.

Letzten Montag, als ich zu spät von der Schule gekommen war, weil ich von Tom verprügelt worden bin, da hatte ich meine Mutter angelogen. Ich habe ihr gesagt, dass ich noch bei Patrik war. Das war gelogen.

Am Montag davor hatte ich gesagt, dass ich früher zur Schule fahren müsste, weil Patrik mir vor der Schule noch etwas in Mathe erklären wollte. Auch das war gelogen.

Ansonsten hatte ich meine Eltern auch in den zwei Wochen nicht angelogen, aber inzwischen fühlte es sich an wie eine Lüge. Würden sie das ebenso empfinden? War es auch eine Lüge, wenn man nichts sagte?


Patrik wäre vielleicht noch mein Freund und auch das mit Tom wäre nie geschehen, wenn ich direkt zu Frau Gesierich gegangen wäre. Sie hätte mir bestimmt zugehört. Eine Träne löste sich aus meinem rechten Auge und rann die Wange herunter.

Ich wollte doch einfach nur, dass alles so blieb wie früher. Es gab keinen Weg, durch den jetzt wieder alles so werden würde wie früher. Alle Wege, die ich sehen konnte, führten in eine Katastrophe. Ich hatte Angst vor der Zukunft, ich hatte Angst vor den kommenden Tagen, ich hatte Angst vor den kommenden Minuten und ich hatte Angst vor dem Geruch und dem Licht in diesem Raum.


Ich konnte nur einen Weg sehen, der mich davor bewahren würde von Tom verprügelt zu werden. Ich konnte nur einen Weg sehen, durch den man mir nicht die Schuld an allem hätte geben können. Ich konnte nur einen Weg sehen, durch den ich keine Angst mehr haben müsste.

Ich zog mein Taschenmesser aus der Hosentasche, klappte die Klinge auf und sah mir die Schneide an. Die Klinge war scharf.

Ich hatte das Taschenmesser letztes Jahr zu meinem Geburtstag von meinen Eltern geschenkt bekommen. Damals war das Messer nicht wirklich stumpf, um aber solch filigrane Dinge wie Gesichter oder Finger in das Holz schnitzen zu können, dafür war das Messer, gerade an der Spitze, dennoch nicht scharf genug. Vor einigen Monaten hatte ich meinen Vater gebeten, die Klinge an der Spitze an seinem Schleifstein zu schärfen.

Es würde ganz einfach sein, sich mit diesem Messer die Pulsadern aufzuschneiden. Einfach nur die Klinge am Arm ansetzen, runterziehen und warten. Warten auf den Tod.

Würde sich mein Vater Vorwürfe machen, weil er mir das Messer geschärft hatte? Würden sich meine Eltern Vorwürfe machen, weil sie mir das Taschenmesser geschenkt hatten? Ich wollte nicht, dass sie sich die Schuld geben würden, und ich wollte nicht, dass sie sich Vorwürfe machen würden. Dieser eine Weg, der mir jetzt noch blieb, schien mir so einfach zu sein. Aber würden meine Eltern verstehen, wieso ich nur noch diesen einen Ausweg gesehen habe?

Ich hob meinen Kopf und stieß mit dem Hinterkopf gegen die Wand hinter mir. Es schmerzte. Dieser Schmerz fühlte sich in dem Augenblick gut an. Für einen kleinen Augenblick war mein Kopf frei. Frei von Gedanken. Ich spürte einfach nur den Schmerz an meinem Hinterkopf. Ich lauschte dem Getümmel der anderen Schüler auf dem Schulflur. Der Schmerz ließ nach und die Gedanken kamen zurück.

Wie lange würde es wohl weh tun, wenn ich mir die Pulsadern aufschneiden würde? Würde es nur an den Armen schmerzen oder spürte man den Schmerz am ganzen Körper, wenn das Blut aus den Adern spritzte? Oder wurde man, wenn das Blut aus den Adern spritzte, einfach nur ohnmächtig? Tat es sehr weh, kurz bevor man starb, oder war es mehr wie einschlafen?

In dem Augenblick, in dem man starb, war man sich da darüber im Klaren, dass man in dem Augenblick starb? Musste man in dem Moment nicht eigentlich wahnsinnig werden vor Angst? Wusste ein Sterbender, dass er starb, es war ihm aber gleichgültig, weil er einfach nicht mehr in der Lage war, zu verstehen, welche Konsequenzen das Sterben für ihn haben würde?


Vor etwa drei Jahren sollte ich unter Vollnarkose im Krankenhaus operiert werden. Es war nur ein kleiner Eingriff, aber ich hatte Angst vor der Operation und ich hatte Angst vor dem Augenblick, von dem an mich meine Eltern nicht mehr begleiten konnten.

Bevor es zum Operationssaal ging, hatte ich dann, noch im Beisein meiner Eltern, eine Spritze bekommen. Die Ärzte nannten sie damals die ‚Scheiß-egal-Spritze‘. Diese Spritze sollte mir die Angst nehmen. Rückwirkend betrachtet würde ich aber sagen, dass diese Spritze mir nicht die Angst genommen hat. Diese Spritze hat damals meinen Verstand abgeschaltet. Gleich nachdem ich sie bekommen hatte, wurde ich sehr müde. Ich war aber noch bei Bewusstsein. Ich lag in dem Krankenhausbett, wurde von den Krankenschwestern durch die Flure des Krankenhauses zum Operationssaal geschoben und verstand nicht mehr, was da gerade geschah oder welche Auswirkungen das Geschehen für mich haben würde. Ich habe es einfach nicht verstanden!

Hätte mir damals jemand gesagt: ‚Wir müssen dir leider auch dein Herz rausoperieren, das kann jemand anderes gerade gut gebrauchen‘, so hätte ich das rein akustisch aufgenommen, ich hätte aber nicht verstanden, dass das schwerwiegende Auswirkungen auf mein Leben haben würde und dass ich das Herz eigentlich noch selber benötigte. Dadurch, dass ich die Konsequenzen nicht verstanden hätte, wäre es mir ‚scheißegal‘ gewesen.

Schützt uns unser Körper im Zeitpunkt des Todes, indem er kurz vorher eine solche ‚Scheißegal-Substanz‘ ausstößt? Ist einem dann, wenn man stirbt, auch alles einfach nur egal, weil man nicht mehr versteht, was da gerade geschieht?

Die Narkose und die Operation waren nicht schlimm, aber die Erfahrung mit dem Verlust des Verstandes, das hat mich geprägt. Umso schöner war es, als ich nach der Narkose gemerkt habe, dass der Verstand wieder da war.

Bis zu der Scheißegal-Spritze wusste ich nicht, was der Verstand für eine Gabe war. Diese Gabe war einfach da und war somit für mich völlig normal. Erst mit dem zeitweisen Verlust meines Verstandes bin ich mir darüber klar geworden, was ich da hatte.

Aber was brachte mir der Verstand, wenn er in einem solchen Augenblick nur diesen einen Ausweg für mich bereithielt?

Erneut schlug ich mit meinem Hinterkopf gegen die Wand. Dieses Mal stärker. Der Schmerz durchfuhr meinen ganzen Kopf und die Gedanken verschwanden erneut. Ich lauschte dem Treiben auf dem Flur und versuchte dabei, einzelne Stimmen, die von Tom, Michael oder Carsten, zu identifizieren. Die Schmerzen wurden schwächer und die Gedanken kamen zurück.

Würde die Scheißegal-Substanz auch gegen Schmerzen helfen? Wie lange würde es dauern, bis ich tot war? Spürte man nun also den Augenblick, in dem man starb, oder nicht?

Bestimmt würde es einige Tage dauern, bis man mich hier finden würde.

Erneut schlug ich mit dem Hinterkopf an die Wand. Eine Träne rann meine rechte Wange herunter. Aber auch dieser Schmerz ließ langsam nach und ich wusste, danach würden auch die Gedanken und die Angst zurückkommen.

Erneut sah ich auf die Klinge. Nur ein kleiner Schnitt und ich müsste keine Angst mehr haben. Nie mehr.

Die Tür vom Materialraum öffnete sich. Für einen kleinen Augenblick kam durch die offene Tür etwas mehr Licht in das Zimmer. Herr Müller hatte vor zwei Wochen zuerst die Tür vom Materialraum geöffnet und mich dazu aufgefordert, hineinzugehen, erinnerte ich mich! Wieso hatte er das gemacht? Hatte er ursprünglich vor, mir im Materialraum wehzutun?

Angsterfüllt sah ich zur Tür.

Ein Mann trat ein, schloss die Tür hinter sich und ging direkt zu dem Regal auf der rechten Seite des Raumes. Den Teil des Regales, in dem in den oberen Regalborten die Tageslichtprojektoren standen.

Vorsichtig zog ich meine Beine weiter an mich heran. Ich hoffte, dass ich hinter dem Regal versteckt, nicht von dem Lehrer – Herr Kretschmann, wie ich nun erkannte – entdeckt werden würde.

Herr Kretschmann sah recht unbeholfen dabei aus, wie er den Tageslichtprojektor aus dem Regal heben wollte. So wie er sich dabei anstellte, würde es noch etwas länger dauern, bis er den Raum wieder verlassen würde. Sollte er mich hier hinter dem Regal entdecken, wäre es allerdings besser, wenn ich kein aufgeklapptes Taschenmesser in der Hand halten würde. Ich drückte die Klinge zurück in den Griff des Taschenmessers. Die letzten Zentimeter schnappte die Klinge automatisch, getrieben durch eine Feder im Taschenmesser, in den Griff.

„Klack.“

# DER GEMEINSAME AUSWEG



Mein erster Impuls war es, die Polizei anzurufen, damit die Herrn Müller unter viel Aufsehen in Handschellen aus dem Klassenzimmer holte und für viele Jahre wegsperren konnte. Nach kurzer Überlegung wurde mir allerdings klar, dass der Rechtsstaat so nicht funktionierte. Niemand konnte ohne richterlichen Beschluss von der Polizei verhaftet und für lange Zeit weggesperrt werden.

Hinzu kam, dass es in dem Fall Gerede in der Schule und auch im Ort gegeben hätte. Jeder würde wissen wollen, wieso Herr Müller von der Polizei, aus dem Klassenzimmer heraus, abgeholt worden war. Es würde nicht lange dauern, bis die ersten Gerüchte über mögliche Hintergründe in Umlauf wären.

Und was war jetzt mit Lukas? Nach dem, was er in den vergangenen Wochen an dieser Schule durchgemacht hatte, sollte er erst einmal eine ganze Weile nicht mehr zur Schule kommen. Gemeinsam mit einem Psychologen würde Lukas das entstandene Trauma zuerst verarbeiten müssen.

Es war nicht auszuschließen, dass jemand einen Zusammenhang zwischen dem zukünftigen Fernbleiben von Lukas und der Verhaftung von Herrn Müller erkannte.

Um Lukas zu schützen, musste Herr Müller, so schnell und so unauffällig wie möglich, verschwinden. Um alles Weitere, rund um Herrn Müller, würde sich dann die Staatsanwaltschaft kümmern.

Lukas nahm die Hand, die ich ihm gereicht hatte, und ließ sich aufhelfen.

„Wir brauchen Hilfe, Lukas", sagte ich bestimmt. „Wir müssen als erstes dafür sorgen, dass Herr Müller nie wieder eine Schule betreten darf. Es gib nur einen, der genau das bewirken kann."

Lukas sah mich fragend an, nachdem ich ihm aufgeholfen hatte, sagte aber nichts.

„Ich muss Herrn Neumann erzählen, was geschehen ist. Er ist der Rektor dieser Schule. Er muss wissen, was geschehen ist. Er muss wissen, was Herr Müller getan hat", fuhr ich fort. „Ich bin mir aber sicher, dass auch er wissen wird, was jetzt das Wichtigste ist."

„Was ist das?" fragte Lukas nach kurzem Zögern.

„Das Wichtigste bist du, Lukas! Das Wichtigste ist, dass auch dir geholfen wird. Und damit meine ich nicht nur, dass Herr Müller weggesperrt und Tom zur Besinnung gebracht wird. Ich meine damit, dass dir jemand bei der Verarbeitung der vergangenen zwei Wochen helfen muss. Diese zwei Wochen haben dir schwer zugesetzt. Das ist ein Trauma, Lukas. Wenn du dieses Trauma nicht verarbeitest, dann wird es dich dein ganzes Leben lang begleiten. Es wird deine Handlungen und Entscheidungen im Unterbewusstsein mitbeeinflussen. Du wirst sonst nie wirklich frei sein. Psychologen können dir aber sehr gut dabei helfen, alles zu verarbeiten. Damit du dich wieder gut fühlen kannst."

Ich spürte deutlich, wie bei Lukas die Stimmung kippte, kaum dass ich das Wort ‚Psychologen' gesagt hatte. Er wich einen Schritt zurück und sah mich entsetzt an.

„Ich bin nicht verrückt!", warf mir Lukas mit einer Mischung aus Wut und Angst entgegen.

„Das stimmt", antwortete ich ruhig. „Du hast erkannt, dass du Hilfe braucht. Ansonsten hättest du nicht versucht, mit den anderen Lehrern zu reden. Ansonsten hättest du nicht mit mir gesprochen. Ein ‚Verrückter‘, wie du es nennst, hätte unter Umständen nicht erkannt, dass er Hilfe braucht.“

Langsam beruhigte sich Lukas wieder.

„Wer traumatische Ereignisse nicht verarbeitet, der wird diese immer wieder durchleben“, erklärte ich ruhig und sah Lukas dabei an. Lukas starrte an mir vorbei in die Mitte des Raumes.

„Ein Psychologe hilft dir dabei, das erlebte Trauma zu verarbeiten. Genau dafür sind die da. Sie sorgen dafür, dass du wieder ruhig schlafen kannst. Sie helfen dir dabei, die Angst zu besiegen, und sie sorgen dafür, dass du anderen Menschen wieder vertrauen kannst.“

„Können Sie das nicht machen?“, fragte Lukas und sah mich dabei hoffnungsvoll an.

„Lehrer sind keine Psychologen, Lukas. In aller erste Linie sind wir Lehrer“, entgegnete ich. „Erlaube mir bitte, dass ich alles Erforderliche einleite, damit dir geholfen wird. Du (!) bist jetzt das Wichtigste. Alle, die jetzt informiert werden, werden eingebunden, um dir zu helfen oder um Herrn Müller zu verurteilen.“

Lukas starrte mit leicht gesenktem Blick, nachdenklich in den Raum.

„Lukas, du brauchst keine Angst zu haben. Du hast nichts falsch gemacht. Das, was jetzt geschehen wird, geschieht nur, um dir zu helfen. Der Einzige, der jetzt Angst haben muss, das ist Herr Müller.“

„Okay. Ich bin einverstanden“, bestätigte Lukas nur wenig später.

Ich war erleichtert. Ich hatte Lukas mein Versprechen gegeben, dass ich nichts unternehmen würde, mit dem er nicht einverstanden gewesen wäre. Hätte er darauf bestanden, dass unser Gespräch vertraulich blieb, so hätte ich nicht gewusst, wie ich hätte handeln können. Denn handeln hätte ich definitiv müssen.

Ich hob das Taschenmesser vom Linoleumfußboden hinter Lukas auf und steckte es in meine Hosentasche.

„Bist du damit einverstanden, wenn ich dich zum Sekretariat bringe, damit ich mit Herrn Neumann reden kann? Frau Gesierich wird sich in der Zeit um dich kümmern."

Lukas nickte.

Ich hatte genug gehört, um alleine mit Herrn Neumann reden zu können. Wäre Lukas bei dem Gespräch mit dabei gewesen, so hätte ich nicht frei mit Herrn Neumann reden können. Ich hätte ständig darauf achten müssen, inwieweit ihn die Wiedergabe seiner Geschichte belastete.

Frau Gesierich war der einfühlsamste und vertrauensvollste Mensch, den ich kannte. Sie war die Seele dieser Schule. Kaum dass ich mit Lukas durch die Tür vom Sekretariat trat und sie Lukas ins Gesicht sah, stand sie von ihrem Schreibtisch auf und ging vorsichtig, mit Sorgenfalten auf der Stirn, zu Lukas. Ich brauchte gar nicht viel sagen. Ich sagte ihr lediglich, dass Lukas eine schwere Zeit durchgemacht hatte und dass sich jemand um ihn kümmern müsste, während ich darüber mit Herrn Neumann reden würde. Sie willigte sofort ein.

Herr Neumann war entsetzt, handelte aber sofort. Unverzüglich informierte er die Landesschulbehörde über den Vorfall und erkundigte sich nach der korrekten Vorgehensweise in einem solchen Fall. Im Anschluss klingelte beim Kinder- und Jugendpsychiatrischen Dienst das Telefon.

Wenig später telefonierte Herr Neumann auch mit Lukas' Mutter und bat sie, schnellstmöglich zur Schule zu kommen. Er bat sie, direkt in sein Büro zu kommen. Was geschehen war, das sagte Herr Neumann in dem Telefonat nicht.

Etwa 18 Minuten später klopfte es an der Tür von Herrn Neumanns Büro und eine recht groß wirkende Frau mit dunkelblonden, schulterlangen Haaren betrat das Büro. Sie stellte sich als Kinder- und Jugendpsychologin Frau Kragel vor. Zu diesem Zeitpunkt saß auch bereits Manuela Schaub, unsere Konrektorin, mit im Büro von Herrn Neumann und führte Protokoll.

Ich wiederholte, was Lukas mir vor einigen Minuten erzählt hatte, und versuchte dabei, auch die Komplexität seiner Situation deutlich zu machen. Zudem berichtete ich, in welcher Lage ich Lukas in dem Materialraum angetroffen hatte. Ich übergab gerade das Taschenmesser an Frau Kragel, als es erneut an der Tür klopfte.

Herr Neumann äußerte die Vermutung, dass es sich hierbei um Lukas' Eltern handeln musste. Wir berieten uns kurz mit Frau Kragel über die Vorgehensweise. Frau Kragel empfahl nachdrücklich, zuerst das Eröffnungsgespräch mit den Eltern zu führen. Erst wenn sie den Schock überwunden hatten, sollte es ein gemeinsames Gespräch mit Lukas geben.


„Herein!", rief Herr Neumann und erneut öffnete sich die Tür. Lukas' Mutter, Frau Zimmermann, trat verunsichert durch die Tür und grüßte freundlich. Lukas' Vater war nicht mit dabei. Er war noch bei der Arbeit und konnte bisher nicht erreicht werden.

Wie nicht anders zu erwarten, war Frau Zimmermann schockiert. Frau Kragel brauchte nur wenige Sätze, um Lukas Mutter aus ihrer Verzweiflung und ihrem Entsetzen zu befreien. Bereits nach wenigen Minuten hatte sich Lukas' Mutter beruhigt, und die nächsten Schritte – das Wiedersehen mit Lukas – konnten besprochen werden. Hier zeigte sich, dass Psychologen auf die Führung solcher Gespräche geschult waren. Ich war beeindruckt.

Das anschließende Wiedersehen von Lukas und seiner Mutter war hochemotional. Das folgende Gespräch zwischen Lukas, seiner Mutter, Frau Kragel, Herrn Neumann und mir war hingegen sehr kurz. Bereits nach wenigen Minuten hatte Lukas gegenüber seiner Mutter den Wunsch geäußert, nach Hause zu wollen. Frau Kragel hatte diesen Wunsch sofort aufgegriffen und den Termin zu einem schnellen Ende gebracht. ‚Lukas gibt das Tempo und den Ort vor‘, so ihre Worte.

Alle erhoben sich von ihren Stühlen und wendeten sich zum Abschied der Tür zu.

„Das ist jetzt vielleicht nicht der richtige Zeitpunkt, ich möchte mir aber sicher sein, dass Sie mit unserem weiteren Handeln einverstanden sind. Wenn ja, dann werden wir gegen Herrn Müller Anzeige erstatten“, sagte Herr Neumann zu Lukas' Mutter.

„Selbstverständlich sind wir damit einverstanden. Ich wäre von Ihnen enttäuscht, wenn Sie das nicht machen würden.“

„Lukas' Aussage ist schwerwiegend und glaubwürdig. Dennoch sollten wir uns Gedanken darüber machen, welche Beweise es noch geben könnte“, fuhr Herr Neumann fort. „An der

Kleidung, die Lukas am Donnerstag vor zwei Wochen getragen hat, könnten zum Beispiel noch Spuren sein."

„Die Wäsche habe ich bereits gewaschen", erwiderte Frau Zimmermann leicht resignierend.

„Meine Unterhose war nicht in der Wäsche", meldete Lukas sich zu Wort. Alle sahen Lukas überrascht an. „Die habe ich wegen der Flecken in den Mülleimer gesteckt."

„Die große Mülltonne wird alle zwei Wochen entleert. Die nächste Leerung ist erst morgen. Wenn wir den Müll aus dem Mülleimer nicht schon vor zwei Wochen in die Mülltonne getan haben, dann sollte die Unterhose jetzt noch in der Mülltonne sein", schlussfolgerte Lukas' Mutter nachdenklich.

„Die sollte sichergestellt werden. Daran dürften sich noch genügend Spuren von Herrn Müller befinden", bestätigte Herr Neumann und reichte Lukas' Mutter zum Abschied die Hand.


Frau Kragel begleitete Lukas und seine Mutter noch den ganzen Tag. Sie betreute auch Lukas' Vater, nachdem dieser frühzeitig nach Hause gekommen war.


Nach der sechsten Stunde wurde Herr Müller, nichts ahnend, in das Büro von Herrn Neumann gebeten. Herr Neumann und Manuela warteten hier bereits auf ihn. Manuela führte auch bei diesem Gespräch Protokoll.

Ohne Namen zu nennen, wurde Herr Müller darüber informiert, welche Taten ihm vorgeworfen wurden und dass er aufgrund dieser Vorwürfe bis auf Weiteres vom Dienst freigestellt wurde.

Am Ende des Gespräches musste Herr Müller die Schlüssel der Schule abgeben. Widerwillig übergab er diese an Manuela, die sofort die Vollständigkeit der Schlüssel prüfte. Bei näherer

Betrachtung des Schlüssels für den Materialraum fiel ihr auf, dass es sich hierbei nicht um den originalen Schlüssel handeln konnte. Der Schlüssel von Herrn Müller unterschied sich am Schlüsselkopf an einigen Stellen von denen, die Herr Neumann, Manuela und ich vor über einem Jahr von Herrn Gottwald bekommen hatten. Auf den Unterschied angesprochen, wurde Herr Müller sehr aufbrausend und ungehalten. Man würde ihn mit ‚solch unglaublichen Anschuldigungen‘ konfrontieren und dann auf solchen ‚Kinkerlitzchen‘ herumreiten, wetterte er lauthals. Währenddessen sammelten sich Schweißperlen auf seiner Stirn.

Alle Schüler und auch die meisten Lehrer hatten die Schule bereits verlassen, da wurde Herr Müller in Begleitung von zwei Polizeibeamten vom Schulgelände geführt.

Die Polizisten waren von Herrn Neumann in die Schule gebeten worden, um einen geräuschlosen Abgang von Herrn Müller gewährleisten zu können.

Wenige Stunden später wurde in der hiesigen Polizeidienststelle eine Strafanzeige gegen Herrn Müller eingereicht.

# DER ABSCHLUSS DES SCHUL-JAHRES

*Herr Kretschmann:* Freitag

Am Freitag wurden Manuela und ich noch vor der ersten Stunde in das Büro von Herrn Neumann gebeten. Zur gleichen Zeit sperrten Beamte der Polizei den Materialraum und die Bibliothek ab. Da die Bibliothek nicht offiziell genutzt wurde, wurde dieser Raum von den Reinigungskräften auch nicht täglich gereinigt. Es war somit möglich, dass hier noch Spuren zu finden waren.

Als Manuela und ich das Büro von Herrn Neumann betraten, hielt sich dieser nicht lange mit Begrüßungsformalitäten auf.

„Wir können nicht weitermachen, als wenn nichts gewesen wäre", verkündete er, noch während wir durch die Tür seines Büros traten. „Wir müssen sicherstellen, dass etwas Derartiges nie wieder geschehen kann."

Er zeigte auf zwei Stühle vor seinem Schreibtisch und wies uns an, uns zu setzen. Seine klaren Worte und seine eindeutige Gestik ließen mich vermuten, dass auch er in der letzten Nacht keine Ruhe hatte finden können.

„Wir müssen für die Zukunft etwas ändern. Das steht außer Frage. Dabei dürfen wir aber die Vergangenheit nicht außer Acht lassen. Wir sollten uns auch mit Tom unterhalten", meinte Manuela sehr eindringlich. Auch sie schien in der Nacht nur wenig Schlaf bekommen zu haben, schlussfolgerte ich aus ihrem energischen Einwand.

„Das ist richtig. Aktuell gibt es aber wichtigere Dinge zu erledigen“, merkte Herr Neumann an.

„Du hast mich nicht verstanden!“, sagte Manuela energisch und fixierte ihn mit ihrem Blick.

Herr Neumann und ich sahen Manuela fragend an.

„Was ist, wenn Lukas nicht sein erstes Opfer war?“ Diese Frage von Manuela schien in dem Büro mehrfach nachzuhallen.

Ich konnte erahnen, wie es gerade im Kopf von Herrn Neumann aussah. Auch bei mir flogen die Gedanken hin und her.

„Wie kommst du auf die Frage?“, fragte Herr Neumann.

„Mich hat der Schlüssel vom Materialraum an Herrn Müllers Schlüsselbund nicht zur Ruhe kommen lassen. Wieso war das ein anderer Schlüssel? Was ist mit dem Originalschlüssel geschehen? Ich habe Herrn Gottwald gestern noch gefragt, ob er verschiedene Schlüssel ausgegeben hat. Er war sich absolut sicher, dass alle Schlüssel, die er für den Materialraum ausgegeben hatte, identisch waren. Erinnert euch bitte daran, wie es zu dem Austausch des Schlosses gekommen war! Vor etwa eineinhalb Jahren hatte jemand einen Kaugummi in das ursprüngliche Schloss gedrückt. Dadurch konnte das Schloss nicht mehr von außen verschlossen werden und Herr Gottwald musste das Schloss austauschen.

Das muss in etwa zur gleichen Zeit gewesen sein, in der die Leistungen von Tom ins Bodenlose fielen. Deshalb stelle ich mir die Frage, ob Herr Müller schon mal einen Schüler in die Bibliothek oder aber in den Materialraum (!) gelockt hat.“ Bei dem Wort Materialraum hatte sie die Stimme erhoben. „Lukas hat gesagt, dass Herr Müller ihm zuerst die Tür vom Materialraum geöffnet hat.“

Im Büro von Herrn Neumann herrschte kurz Stille.

„Ist es nicht möglich, dass Herr Müller Tom damals das Kaugummi weggenommen hat – Tom hat damals oft Kaugummi gekaut – um dieses in das Schloss zu drücken? Nun … ich hatte gestern ein längeres Gespräch mit Herrn Gottwald. Bei allen Schlössern in der Schule handelt es sich um Doppel-Schließzylinder. Wenn die Außenseite blockiert ist, zum Beispiel durch ein Kaugummi, dann kann man von der Außenseite nicht mehr schließen. Weder auf noch zu. Die andere Seite, in diesem Fall die Innenseite, ist aber noch voll funktionsfähig! Nachdem Herr Müller den Materialraum von innen abgeschlossen hatte, konnte er sich sicher sein, dass er ungestört bleiben würde."

Auch dieser Satz stand einige Sekunden im Raum, ehe Manuela weitersprach.

„Ich vermute, dass sich Herr Müller eine Kopie des Schlüssels vom aktuellen Schloss hat machen lassen, mit der Absicht, diese Kopie im Schloss abzubrechen. Mit dem Originalschlüssel hätte er dann von innen abschließen können. So hätte er sichergestellt, dass er auch mit diesem Opfer ungestört blieb. Von außen war es nicht mehr möglich, die Tür aufzuschließen. Hier steckte bereits der abgebrochene Schlüssel. Nur, dass er versehentlich den Originalschlüssel im Schloss abgebrochen hat."

Für einige Sekunden belegte eine bedrückende Stille das Büro von Herrn Neumann.

„Diese Theorie sollten wir in jedem Fall auch der Polizei mitteilen. So erschreckend das ist, aber es klingt logisch", resümierte Herr Neumann, ehe Manuela weitersprach:

„Tom hat sich im letzten Schuljahr sehr verändert. Er hatte einige Fehlstunden und er ist notentechnisch abgestürzt, so dass er das Jahr wiederholen musste. Zum Ende des letzten Schuljahres ist er dann auch aggressiver geworden. Ich habe diese Veränderung damals auf die Scheidung seiner Eltern geschoben."

„Bei dem Verhalten könnte es auch sein, dass Tom damals Gewalt in seiner Familie erfahren hat. Es muss nicht zwangsweise Missbrauch gewesen sein. Aber du hast Recht. Auch dem muss nachgegangen werden. Auch Tom muss geholfen werden", bekräftigte Herr Neumann.

„Tom war zum Anfang des letzten Schuljahres eigentlich ein netter Junge. Als ich gehört habe, was er gemacht hat, da konnte ich das nicht recht glauben. Ich hatte im letzten Jahr, wegen seiner Verhaltensänderung, einige Gespräche mit Tom", ergänzte Manuela.

Wir sahen uns gegenseitig an. Durch die Tür hörten wir, wie der Gong die erste Stunde einläutete.

„Wir wissen nicht, ob es weitere Opfer an dieser Schule gibt, und es ist auch nicht unsere primäre Aufgabe, das herauszufinden." Bei diesen Worten streckte Herr Neumann den Zeigefinger seiner rechten Hand in die Höhe und stand von seinem Stuhl auf. „Das herauszufinden, das sollten wir in die Hände der Polizei und der Psychologen legen. Wir werden der Polizei alle Informationen und Vermutungen zukommen lassen und ich werde der Polizei auch den Schlüsselbund von Herrn Müller übergeben. Wer weiß, vielleicht können die damit etwas anfangen. Eventuell hat Herr Gottwald auch noch das alte Schloss mit dem Kaugummi. Er schmeißt ja so selten etwas weg. Vielleicht gibt es an dem Kaugummi einen Fingerabdruck. Der Kaugummi sollte ja inzwischen hartgeworden sein."

Er senkte seinen Zeigefinger und seine Hand und schob seinen Schreibtischstuhl mit den Kniekehlen zurück.

„Aber es gibt noch etwas, das wir machen können!" Langsam ging er in seinem Büro auf und ab, während Manuela und ich auf seine Worte warteten.

„Von uns erwartet man, die Schüler auf ihr zukünftiges Leben vorzubereiten. Aber wer bereitet sie auf das vor, was Lukas und eventuell auch Tom geschehen ist? Ich denke, es wird Zeit, dass wir auch diesen Aspekt des Lebens beleuchten. In der Zeit bis zu den Ferien sollten wir Projekte durchführen, die unsere Schüler und auch alle Lehrer für das Thema ‚Sexualisierte Gewalt‘, ‚Grenzüberschreitungen‘, ‚Mobbing‘ und ‚Gewalt‘ sensibilisieren. In den vergangenen Jahren haben wir am Jahresende schon mehrfach Projekttage durchgeführt, aber noch nie mit diesem Themenschwerpunkt. Ich denke, dass wir auch Hilfe von extern hinzuziehen sollten. Wir werden Psychologen einladen, die dann mit uns zusammen diese Themen in den Klassenverbänden bearbeiten. Das ist dann auch der Vorwand, um mit einzelnen, auffälligen Schülern über dieses Thema zu reden. Es darf aber keine Rückschlüsse auf Lukas geben. Wir müssen darauf achten, dass der wirkliche Grund für die Projekte vertraulich bleibt. Nicht, um den Ruf der Schule zu schützen, sondern einzig, um Lukas zu schützen. Ich würde mich freuen, wenn ihr die Organisation dieser Projekte federführend übernehmen würdet. Wenn ihr Hilfe von intern oder aber auch von extern braucht, so werdet ihr diese Hilfe erhalten, sofern wir diese denn in der Kürze der Zeit bekommen können. Auch ich möchte mich an dieser Stelle nicht ausnehmen. Was meint ihr? Kann ich auf eure Hilfe zählen?"

„Ja." Manuela und ich willigten zeitgleich ein.

„Die Schulung der Schüler im Rahmen von Projekten ist ein Aspekt, jedoch ist es ebenso wichtig, unsere Kollegen für den Umgang mit sexualisierter Gewalt und Mobbing zu sensibilisieren. Lukas' Geschichte hat sehr deutlich gezeigt, dass wir uns hier deutlich verbessern müssen. Es liegt an mir, sicherzustellen, dass das gesamte Kollegium entsprechend geschult wird. Darüber hinaus sollten wir Mechanismen einrichten, die solche Vorfälle in Zukunft verhindern. Hierbei werde ich mich sowohl mit anderen Schulen als auch mit der Landesschulbehörde abstimmen. Die Fortschritte und Erkenntnisse würde ich dann gerne regelmäßig mit euch teilen, um eure Meinungen dazu zu hören. In diesem Zuge könnt ihr mir dann auch berichten, welche Fortschritte es in der Organisation der Projekte gibt und was die nächsten Schritte sind."

Scheinbar zählte ich jetzt zum Führungskreis dieser Schule. Zudem schien mir Herr Neumann gerade ganz beiläufig das ‚Du' angeboten zu haben. Ich fühlte mich ein wenig geehrt.

Ich wiederholte in Gedanken die genannten Themengebiete, worauf mir einige Ideen zu den Projekten, und wie diese umgesetzt werden könnten, durch den Kopf gingen. Allein beim Gedanken an die Organisation der Projekte spürte ich Vorfreude in mir aufsteigen.

„Leider haben wir nicht mehr viel Zeit bis zu den Ferien, und ich denke, dass wir die Projekte unbedingt noch vor den Ferien durchführen sollten. Aus dem Grund möchte ich vorschlagen, dass wir uns täglich nach Schulschluss kurz zu dem Fortschritt und den nächsten Schritten in unseren Projekten austauschen."

Nach Schulschluss hatten wir unser erstes Treffen, in dem wir die Ideen für die Projekttage notierten und die ersten Maßnahmen festlegten.

Manuela und ich hatten innerhalb kürzester Zeit die Projektthemen detailliert und den Ablauf der Projekttage definiert. Auch das Datum für die Projekttage stand sehr schnell fest.

Für die kommende Woche und auch für die im Anschluss stattfindenden Projekttage hatten wir drei Psychologen für uns gewinnen können. Diese begleiteten den Unterricht primär in den Klassen, in denen Herr Müller unterrichtet hatte. Ihr besonderes Augenmerk galt den besonders auffälligen Schülern, aber auch den Schülern, die wenig bis gar nicht in Erscheinung traten.

Weitere Lehrer schlossen sich der Organisation von Projekten an und stellten, in Abstimmung mit Herrn Neumann und uns, weitere Projekte zu den Themen ,Im Einklang mit der Natur‘, ,Selbstbewusstsein‘, ,Motivationsstrategien‘ und ,Gewaltprävention‘ auf.

Zugegebenermaßen passte das Thema ,Im Einklang mit der Natur‘ nicht wirklich zu dem Schwerpunktthema. Auf diesen Mangel angesprochen erwiderte Frau Oltmann nur: „Doch, doch! Das passt total!“

Herr Neumann, Manuela und ich waren uns einig, dass den Schülern eine Stunde der Ruhe und der Besinnung, zwischen den schwierigen Themengebieten, ganz gut tun würde. Folglich stimmte Herr Neumann mit einem breiten Grinsen dem neuen Projekt zu.

Ich hatte die Organisation und die Durchführung des Projekts ,Mobbing‘ federführend übernommen. Für dieses Projekt konnten wir einen Coach gegen Mobbing gewinnen. Er hatte dieses Programm zuvor an mehreren anderen Schulen durchgeführt und dafür sehr positive Rückmeldungen erhalten.

Eine Woche vor dem Beginn der Ferien war es dann so weit: Die Schule stand für drei Tage komplett im Zeichen der Projekte. Diese wurden so gestaffelt, dass jede Klasse alle Projekte durchlaufen konnte.

In dem Projekt Mobbing wurden in den einzelnen Klassenverbänden vom Coach vorgegebene Szenen, mit einer zuvor festgelegten Rollenverteilung, durchgespielt. Im Anschluss berichteten die Schüler über ihre Gefühle und ihre Erfahrungen in den gerade durchlebten Rollen.

Bevor wir mit dem Projekt in die ehemalige Klasse von Herrn Müller kamen, hatten wir es bereits erfolgreich in einigen anderen Klassen durchgeführt.

In der ehemaligen Klasse von Herrn Müller gestaltete sich der Start sehr schwer. Es war kaum möglich, Freiwillige für die jeweiligen Rollen zu finden. Der Anti-Mobbing-Coach schien derartige Klassen aber schon erlebt zu haben. Mit seiner Motivation und seinem Charme gelang es ihm, das Projekt auch in dieser Klasse erfolgreich durchzuführen.

Patrik hatte gerade die Rolle des Mobbing-Opfers gespielt und über seine Erfahrungen in dieser Rolle berichtet. Er stand etwas abseits der restlichen Gruppe und schien nachzudenken.

Ich trat an seine Seite.

„Alles klar bei dir?“, fragte ich.

„Ja, ja. Alles gut“, antwortete er und verschränkte die Arme vor seiner Brust.

„Seid ihr beide noch befreundet, du und Lukas?“

„Wir waren seit dem Kindergarten beste Freunde. Vor knapp vier Wochen hat er mir die Freundschaft gekündigt. Er wollte nichts mehr mit mir zu tun haben. Ich für meinen Teil würde sehr gerne noch mit ihm befreundet sein."

„Freunde braucht man, wenn es gut läuft, aber erst recht, wenn es schlecht läuft. Lukas geht es aktuell nicht gut. Er könnte jetzt einen Freund gebrauchen." Ich dachte kurz nach und fuhr fort: „Ich glaube, dass er sich freuen würde, wenn du ihm deine Freundschaft anbieten würdest. Frag ihn, ob es wieder so sein kann wie früher. Ich versichere dir, er wird sich riesig darüber freuen und garantiert ‚Ja' sagen. Er traut sich nur nicht, den ersten Schritt zu machen. Magst du das vielleicht tun?"

„Ich kann es versuchen", antwortete Patrik kurz.

„Magst du mir das versprechen?"

„Na gut, ich werde mich mal bei ihm melden."


Ich hatte Lukas vor den Ferien und auch während der Ferien nicht wieder gesehen, meine Gedanken waren ständig bei ihm. Ich hoffte inständig, dass es ihm gutging und dass er die Hilfe, die ihm geboten wurde, annahm.

Auch Tom kam an den letzten Tagen des Schuljahres nicht mehr zur Schule. Den Grund hierfür habe ich nie erfahren.

# AM ENDE IST ALLES GUT

*Herr Kretschmann:* Einige Wochen nach dem Ende der Ferien

Herr Müller war nicht mehr Bestandteil des Kollegiums. Weder die Kollegen noch die Schüler schienen sein Ausscheiden bedauert zu haben. Es gab nicht eine Frage seitens der Schüler zum Verbleib von Herrn Müller.

Offiziell war Tom noch ein Schüler dieser Schule, allerdings wurde er von seiner Mutter langfristig als krank gemeldet. Den Grund hierfür konnte ich nur erahnen.

Kurz nach dem Ende der sechsten Stunde ging ich den Flur entlang – da sah ich Lukas. Lukas war wieder da! Gemeinsam mit Patrik und Stephan ging er in Richtung Fahrradunterstand. Patrik schien dabei etwas zu erzählen. Lukas und Stephan hörten gespannt zu. Dann fingen alle drei an zu lachen. Patrik hatte sein Versprechen scheinbar gehalten. Freude durchflutete mein Herz. Ich eilte den dreien nach. Kurz bevor sie die Ausgangstür zum Fahrradunterstand erreichten, rief ich nach Lukas.

„Lukas!"

Dieser blieb stehen, drehte sich zu mir um und lächelte.

„Hast du einen kleinen Augenblick für mich?"

Lukas wandte sich wieder Patrik und Stephan zu und sagte: „Wir sehen uns dann heute Nachmittag."

Die drei verabschiedeten sich voneinander. Danach kam mir Lukas entgegen. Mir fiel auf, dass Lukas größer geworden war. Scheinbar war er auch stärker geworden. Sein T-Shirt spannte etwas um die Brust herum und die T-Shirt-Ärmel kniffen in seine Oberarme.

Wie viele Wochen waren vergangen, seit wir uns das letzte Mal gesehen hatten?

„Wollen wir uns kurz setzen?", fragte ich und zeigte dabei auf eine nahegelegene Bank an der Wand. Lukas nickte, wir gingen zu der Bank und nahmen Platz. In mir stieg die Nervosität. Ich wollte wissen, wie es Lukas ergangen war, wollte aber nicht in irgendwelche Fettnäpfchen treten.

„Wie ist es dir ergangen? Kann ich noch etwas für dich tun?", leitete ich die Unterhaltung unverfänglich ein.

„Sie haben schon sehr viel für mich getan", sagte Lukas sofort. „Mir geht es sehr gut. Wissen Sie, ich habe jetzt eine Psychologin. Mit der kann ich alles besprechen. Die ist supernett. Am Anfang fand ich die Gespräche mit Frau Braun schwierig, aber das ist mit jedem Treffen besser geworden." Lukas grinste. „Kennen Sie das, wenn Ihnen jemand eine Frage stellt, Sie beantworten diese Frage, Ihr Gegenüber ist mit der Antwort aber nicht zufrieden und meint, dass da eigentlich noch mehr kommen müsste?" Lukas wartete nicht auf meine Antwort. „Frau Braun stellt dann ihren Kopf leicht schräg, zieht die Augenbrauen hoch, sagt nichts und sieht mich einfach nur eindringlich an. Man bekommt sofort das Gefühl, man müsste der bisherigen Antwort noch etwas hinzufügen. Es hat eine Weile gedauert, bis ich verstanden habe, dass das ein Trick von ihr ist. Jetzt batteln wir uns darin. Wenn sie eine meiner Gegenfragen nur flüchtig beantwortet, dann stelle ich meinen Kopf auch leicht schräg, ziehe die Augenbrauen hoch und starre sie provokativ an." Lukas sah mich an, stellte seinen Kopf leicht schräg und zog seine Augenbrauen hoch. Sofort hatte ich das Gefühl, etwas antworten zu müssen. Lukas erkannte meine Verlegenheit und fing an zu lachen. Wir beide lachten.

„Frau Braun meint, dass ich schon große Fortschritte gemacht habe. Sie sagt aber auch, dass ich mehr unter die Leute soll. Ich habe ihr zu sehr wie ein Einsiedler gelebt, meint sie.“

„Was möchtest du dagegen machen?“, fragte ich.

„Am Montag habe ich ein Probetraining beim Schwimmverein. Stephan hat mich gefragt, ob ich da nicht mal mitmachen möchte. Frau Braun meinte auch, dass ich das ruhig mal probieren sollte. Und am Mittwoch werde ich beim Geräteturnen beim Turnverein reinschnuppern. Da ich klein und schlank bin und gerne in Bäumen rumgeklettert bin, habe ich die Veranlagung zum Turnen, sagt Frau Braun.“

Lukas hatte sich verändert. Er war nicht mehr so still und introvertiert wie noch vor etwa einem Jahr. Er sprach voller Selbstvertrauen und ohne Angst.

Frei von Angst und Zurückhaltung erzählte mir Lukas dann auch noch die letzten Details seiner Odyssee. Er erzählte von seinem Plan mit den Rohren und der Idee mit dem Weidezaungerät.

„Ich hoffe, dass du das auch der Psychologin erzählt hast“, reagierte ich leicht schockiert.

„Natürlich“, antwortete Lukas sofort.

„Und … wie hat sie es aufgenommen?“

„Sie hat es verkraftet“, meinte Lukas grinsend und sah mich von der Seite an. „Im ersten Moment war sie aber sprachlos. Zumindest hatte ich den Eindruck. Das war aber auch das einzige Mal, dass sie scheinbar nicht wusste, wie sie reagieren sollte. Ich kann mit ihr über alles reden. Wir haben auch über Sie gesprochen. Ich glaube, sie hält Sie für einen Superhelden.“

„Oh! Ich hoffe, du lässt sie in dem Glauben.“

Wir lachten beide.

Nachdem wir einmal tief durchgeatmet hatten, sagte ich: „Ich freue mich, dass es dir besser geht, Lukas. Und ich freue mich, dass du wieder lachen kannst."

Dann stand Lukas von der Bank auf, schulterte seinen Schulranzen und sah mir in die Augen.

„Danke! Danke für alles!", sagte Lukas leise.

Ich war gerührt und kämpfte mit den Tränen. Lukas ging zur Ausgangstür, drehte sich dort noch mal zu mir um und lächelte mich an.

„Bis morgen."

„Tschüss", antwortete ich kurz. Dann ging Lukas durch die Tür. Mein Blick folgte ihm, bis er am Fahrradunterstand hinter den Fahrrädern und den anderen Schülern verschwunden war.

# NACHWORT - WAS DAS LE-BEN BIETET

*Alexander Booken*

Das, was die Menschen interessant macht, sind die Unterschiede. Jeder hat seine Stärken und jeder hat seine Schwächen. Jeder Mensch hat bestimmte Fähigkeiten, die individuell aber sehr unterschiedlich ausgeprägt sein können. Und dann gibt es Menschen, die über herausragende Talente verfügen.

Manche besitzen ein besonderes Verständnis für technische Zusammenhänge und Logik. Kommen diese jedoch in Verbindung mit Dingen, die sich jeglicher Logik entziehen, so sind sie völlig aufgeschmissen. Hierbei muss in meinem Fall in erster Linie die deutsche Sprache und deren Rechtschreibung genannt werden. Oder das Erlernen von Sprachen generell.

Anderen Menschen hingegen fällt das Erlernen von Sprachen sehr leicht. Werden diese dann aber mit komplexen technischen oder mathematischen Problemen konfrontiert, so stoßen sie dann schon mal an ihre Grenzen.

Wie Menschen denken und die Art, wie sie etwas verstehen, unterscheidet sich individuell in erheblichem Maße. Wir Menschen leben, obwohl wir alle auf der Erde leben, in unterschiedlichen Welten. In den meisten Fällen ist es nicht so ohne Weiteres möglich, Menschen ihre besonderen Fähigkeiten, also ihre Stärken, aber auch ihre Schwächen anzusehen. Mitunter kommt es vor, dass man sich nie darüber im Klaren wird, welche Talente einem in die Wiege gelegt wurden.

Die Stärken und die Besonderheiten sind für den, der sie von Geburt an hat, etwas völlig Normales. Etwas

Selbstverständliches, bei dem er davon ausgeht, dass alle Menschen diese Fähigkeit haben.

Wie erfährt ein Mädchen, dass es ein absolutes Gehör hat, wenn es niemals ein Musikinstrument erlernt oder gar Gesangsunterricht bekommt?

Dieses Mädchen fühlt einfach nur den Schmerz in den Ohren, wenn der ganze Rest der Familie morgens an seinem Geburtstag in sein Zimmer strömt, schwer bepackt mit Geschenken und lauthals in vier verschiedenen und nicht konstanten Tonarten ‚Happy Birthday‘ zum Besten gibt.

Vater: Bass in C-Dur – in den hohen Tönen mit Hang zum F-Dur, Mutter: Alt in E-Moll mit starkem Vibrato, großer Bruder: Bariton … nur ein Ton. Diesen einen Ton hält er aber mit absoluter Präzision. Und dann haben wir da noch die kleine Schwester: Sopran-Kopfstimme in D-Dur. Harmonien in den Tönen sind in dieser Zusammensetzung reine Glückssache.

Das, was diesem Mädchen über den Moment des Schmerzes im Ohr hinweghilft, ist die Aussicht auf Geschenke und die Tatsache, dass dieses Lied nur eine Strophe hat. Dass es sich hierbei um eine besondere Gabe handelt, wird es womöglich nie erfahren.

Jemand mit einer sehr guten Reaktionsgeschwindigkeit und einer sagenhaften motorischen Schnelligkeit wird niemals erfahren, dass er hier etwas Besonderes hat, wenn er sportlich nicht aktiv ist. Ein vom Küchentisch fallendes Glas wird von ihm im Flug aufgefangen und wie selbstverständlich wieder auf den Tisch gestellt. Es ist für ihn nichts Besonderes.

Solche Fähigkeiten können bei einem Jugendlichen, wenn er Spaß bei einer Sportart hat, der Grundstein für eine große

Karriere im Sport sein. Denn verspürt ein Mensch Spaß bei etwas – und dazu gehört auch der Sport –, so kommen Fleiß und Motivation, und dann der Erfolg von ganz alleine.

Nur leider halten seine Eltern nicht viel von Sport und melden ihr Kind aus diesem Grund nicht in einem Verein an. Ein weiteres Talent, das voraussichtlich unentdeckt bleiben wird.


Wie erkennt ein Mensch, dass er ein besonderes Talent in die Wiege gelegt bekommen hat?

Wie soll ein Jugendlicher erkennen, dass seine Augen über eine sehr gute Nachtsichtfähigkeit verfügen? Wenn er nachts unterwegs ist, dann sieht er alles. Er kennt die Sicht der anderen Menschen im Dunkeln nicht und hat somit keinen Vergleich. Er wird sich nur darüber wundern, dass sich seine Freunde, wenn sie des Nachts gemeinsam im Wald durch das Dickicht stapfen, so langsam sind und ständig gegen irgendwelche Äste stoßen.

Er kennt nur seine Rot-Grün-Sehschwäche, die er von seinem Vater vererbt bekommen hat. Er hasst seine Augen und er hasst seinen Vater dafür, dass er ihm seine Augen vererbt hat. Das seine Augen etwas Besonderes sind, wird er vermutlich nie erfahren.


Es gibt Untersuchungen, die ein Kind im Laufe seiner Jahre durchmachen muss, um Schwächen und Defizite aufzudecken, damit diese dann gezielt bereits im Kindesalter bekämpft werden können. Regelmäßige und vorgeschriebene Untersuchungen, bei denen die Stärken und die Talente eines Kindes aufgedeckt werden sollen, gibt es nicht. Schwächen können Ärzte wunderbar nachweisen, besondere Fähigkeiten hingegen werden nur selten erkannt. Wir leben in einer Gesellschaft, in der den Schwächen eines Kindes eine höhere Bedeutung beigemessen wird als den Stärken.

Mich interessieren die verborgenen Fähigkeiten der Menschen. Die Stärken und die Schwächen, und die daraus resultierenden Erfahrungen sind es, die einen Menschen erst interessant machen. Wenn man es schafft, die Stärken eines Menschen noch im Kindesalter zu entdecken und zu fördern, welchen Einfluss kann man dann auf das Leben eines Kindes haben? Vorausgesetzt natürlich, das Kind möchte diese besondere Fähigkeit überhaupt haben und sieht sie nicht mehr als eine Belastung, durch die man nur unnötig Aufmerksamkeit auf sich zieht.

Alle Menschen unterscheiden sich voneinander, alle Menschen sind anders, aber wir haben Angst vor dem Außergewöhnlichen und vor dem Anderssein. Das merken auch unsere Kinder und versuchen somit, der Norm zu entsprechen. Die Norm bietet keinen Platz für das außergewöhnliche.

# DANKSAGUNG

Danke an alle, die mich über die Jahre unterstützt und immer wieder motiviert haben. Gerade beim Schreiben der dunklen Kapitel war diese Unterstützung von entscheidender Bedeutung.

Ein besonderer Dank gilt David Hollmer (DER LETZTE SCHLIFF). Durch deine klaren Worte und guten Ideen im Erstlektorat ist hier etwas entstanden, das vielen Menschen eine Hilfe sein kann. Danke auch für deinen unermüdlichen Einsatz zur Beseitigung meiner … ausbaufähigen Rechtschreibung und Zeichensetzung. Solltest du deine Tastatur irgendwann austauschen müssen, weil die Komma-Taste verschlissen ist, so darfst du dich gerne bei mir melden. Es wäre mir eine Ehre, wenn ich mich an deiner neuen Tastatur beteiligen dürfte.